Mercedes Ron siempre soñó con escribir. Comenzó subiendo sus primeras historias a Wattpad, donde más de cincuenta millones de lectores se engancharon a sus libros, y dio el salto a librerías en 2017 de la mano de Montena con la saga Culpables (*Culpa mía*, *Culpa tuya* y *Culpa nuestra*), un fenómeno editorial que ha sido traducido a más de diez idiomas y cuya película, *Culpa mía*, ha triunfado en distintos países. A su éxito le siguieron las sagas Enfrentados (*Marfil* y *Ébano*) y Dímelo (*Dímelo bajito*, *Dímelo en secreto* y *Dímelo con besos*), que consolidaron a la autora como un referente de la literatura romántica juvenil, con más de un millón de ejemplares vendidos. Sus últimas novelas son *10.000 millas para encontrarte* y *30 sunsets para enamorarte*, ambas pertenecientes a la saga Bali.

Papel certificado por el Forest Stewardship Council®

MIXTO
Papel | Apoyando la silvicultura responsable
FSC® C117695

Penguin Random House Grupo Editorial

Junio de 2025

Travessera de Gràcia, 47-49. 08021 Barcelona
Diseño de la cubierta: Penguin Random House Grupo Editorial
basado en el diseño original de Elsie Lyons para Sourcebooks
Imagen de la cubierta: Composición fotográfica a partir de las imágenes de
© Tuomas A. Lehtinen / Getty Images, © Mariia Demchenko / Getty Images © Jane Khomi / Getty Images, © iStock ooyo / iStock, © Chinnapong / Shutterstock y © Michanano / Shutterstock

Printed in Spain – Impreso en España

ISBN: 978-84-10381-87-2
Depósito legal: B-6.230-2025

Impreso en Liberdúplex
Sant Llorenç d'Hortons (Barcelona)

BB 8 1 8 7 2

Dímelo bajito

MERCEDES RON

A mi familia de Bali, gracias por hacer
que me volviera la inspiración

Prólogo

KAMI

Aún recuerdo ese día como si fuese hoy. Me había levantado a las doce en punto, tal y como habíamos acordado, y solo eso ya era algo por lo que sentirse nerviosa. Nunca me habían dejado estar despierta hasta tan tarde: a las diez ya tenía que estar contando ovejas..., pero no esa noche, no aquel día. Saqué mi linterna rosa, de la que estaba totalmente orgullosa sin importarme que Taylor se metiera con ella, y la metí en mi mochila. Ya estaba vestida y solo tuve que hacerme las trenzas. Con diez años eso era la última moda. Me asomé por la ventana y sonreí al ver cómo a lo lejos una linterna se apagaba y se encendía en una ventana del piso superior de la casa de mis vecinos. Era la señal.

Con un cosquilleo en el estómago saqué la cuerda con nudos de debajo de mi cama y, tal y como Taylor me había enseñado, la até a la pata de la mesa. Cuando vi que estaba bien asegurada, saqué la cuerda por la ventana y respiré hondo para armarme de valor. Aquella noche iba ser lo más: íbamos a colarnos en la casa del señor Robin y a robarle todo el chocolate que escondía en el sótano. El señor Robin era un viejo cascarrabias, dueño de la chocolatería del pueblo, y la persona más tacaña que había llegado a conocer. Siempre nos enseñaba los dulces que traían a su casa, pero nunca nos daba más que una piruleta, el muy cretino, y era evidente que nos odiaba, a mí y a los hermanos Di Bianco: Taylor y Thiago.

Taylor tenía mi misma edad y era mi compañero en todas mis aventuras, y Thiago... Bueno, lo había sido, pero desde que había cumplido los trece había decidido que pasaba, cito textualmente, «de tonterías de críos». Pero no esa noche, esa noche había decidido acompañarnos y yo sabía que, aunque se hiciese el estirado y nos echase en cara que ya era un adolescente, estaba tan emocionado como nosotros.

Salí por la ventana y, justo cuando estaba por la mitad de la cuerda, escuché que llegaban mis amigos y me susurraban desde abajo.

—¡Vamos, Kami, que nos van a pillar! —me gritó en silencio Taylor y eso solo hizo que me pusiese más nerviosa.

—¡Ya voy, ya voy! —contesté apresurándome, teniendo cuidado con no matarme en el proceso. Mi casa era muy grande y mi habitación estaba en el segundo piso, así que era un largo trecho, tanto que habíamos tenido que unir tres cuerdas para poder crear aquella escalera improvisada.

—¡Kam, date prisa! —dijo una voz distinta. Thiago, el único capaz de hacerme llorar y rabiar, el único que me llamaba Kam.

Una parte de mí siempre había querido demostrarle que era tan valiente como ellos dos, que no era una niña tonta y remilgada, a pesar de mis trenzas y los vestidos que mi madre me ponía, pero daba igual todo lo que hiciese. No importaba cuántos bichos cogiera, cuántos escupitajos tirara, cuántas aventuras viviese con ellos, Thiago siempre se reía de mí y me hacía sentir pequeña. Por ese mismo motivo odié cuando me cogió por la cintura y me bajó, impaciente, cuando ya apenas quedaba medio metro para llegar al suelo.

—No irás a echarte atrás, ¿verdad, princesa? —me dijo, con aquella mirada traviesa que su hermano también había heredado. La diferencia es que cuando Taylor me miraba, me hacía sentir tranquila y capaz de todo; y si era Thiago el que clavaba aquellos ojos verdes en mí, los nervios para impresionar al hermano mayor se apoderaban de mí.

—No me llames así, sabes que siempre he odiado que lo hagas —le contesté apartándome. Él estiró una mano y tiró de una de mis trenzas.

—Entonces ¿por qué siempre vas con estos trastos? —dijo arrancándome uno de los lazos. Por suerte, la gomilla se quedó en su sitio.

—¡Devuélvemelo! —le dije enfadándome.

Él se rio de mí y se metió el lazo en el bolsillo.

—Déjala, T, que la vas a hacer llorar —dijo Taylor, cogiendo mi mano y tirando de mí. Se la apreté con fuerza, odiando aquellas lágrimas que amenazaban con desbordarse. Seguí a Taylor y empezamos a correr. Thiago se puso serio y adoptó su papel de hermano mayor cuando llegamos al pequeño riachuelo que separaba nuestras casas y la de nuestro tacaño vecino. Era muy angosto y el día anterior habíamos puesto una tabla que nos sirviera como puente para así poder cruzar. A Taylor no le gustaba nada el agua desde que una vez estuvo a punto de ahogarse, por eso fue Thiago quien cruzó primero para poder ayudarnos. Cuando rechacé la mano con la que intentó ayudarme, juro que vi un deje de orgullo en sus ojos verdes.

Poco después estábamos junto a la casa del señor Robin. Todo era tan emocionante... Para una cría de diez años aquello era el acto de valentía más grande que se pudiese hacer.

Thiago se agachó junto a la pequeña ventana rota que había en la parte baja de la casa. Aquel cristal lo habíamos roto nosotros jugando a la pelota y el señor Robin nunca lo había arreglado. Mirando dentro habíamos podido descubrir que allí se guardaban todas las golosinas y chocolates habidos y por haber... Aquello era mejor que cualquier tesoro que jugábamos a encontrar, aquello era de verdad.

—¿Quién baja primero? —preguntó Thiago, mirándome a mí e intentando ocultar su sonrisa.

—Tú eres el mayor, así que tú. —Lo miré con seriedad e intentando parecer mayor de lo que era.

—De acuerdo —dijo este sonriéndole a Taylor y después mirándome a mí—, pero no hace falta que bajemos los tres, con dos bastará. El otro se queda vigilando y le pasamos la mercancía.

La mercancía, a Thiago le encantaba utilizar palabras que a mí ni se me hubiesen pasado por la cabeza. ¿Qué mercancía? ¡Eran chuches!

Taylor y yo nos miramos, indecisos y temerosos de seguir adelante. Yo estaba muerta de miedo, todo estaba oscuro y el viento hacía que los árboles se moviesen de forma extraña. Aunque no lo hubiese admitido jamás, le tenía un miedo atroz al señor Robin, así que prefería bajar y estar con Thiago que quedarme allí sola en medio del jardín donde cualquier cosa podía ocurrirme.

—Yo iré contigo —dije, antes de que Taylor dijese lo mismo.

—Muy bien. Entonces, T, tú te quedas aquí fuera —le dijo Thiago, imitando la forma en la que Taylor le llamaba a él. Al principio fue muy confuso, pero con el tiempo me terminé acostumbrando. Era una cosa de hermanos, y de padre, puesto que todos llevaban un nombre que empezaba por T.

Thiago metió la mano por el agujero y quitó la trabilla de la ventana. Esta hizo un poco de ruido, que con tanto silencio pareció resonar por toda la casa.

—¡Chis! —le dije, abriendo los ojos y sintiendo un nudo en el estómago. Si nos pillaban...

La ventana se abrió y Thiago se asomó para ver el interior.

—Estamos muy arriba. Me apoyo en la mesa y te ayudo a bajar.

Asentí mirándolo nerviosa cuando introdujo las piernas por la ventana y saltó de forma limpia sobre la mesa que había allí.

—No tardéis mucho —me dijo Taylor con sus ojos azules, relucientes y asustados.

Entonces me tocó a mí. Introduje mis piernas por el hueco y supe que ni muerta habría podido bajar allí sola si no hubiese sido por Thiago que, al contrario que Taylor y yo, había crecido de forma asombrosa ese verano, sacándonos casi una cabeza a ambos.

Cuando Thiago me soltó sentí algo asombroso al vernos allí metidos y juntos, una conexión increíble que solo se consigue cuando estás haciendo algo peligroso. Nos sonreímos mutuamente cuando vimos las estanterías llenas de chocolates, golosinas y pasteles.

—Vamos, Kam —me dijo, ayudándome a bajar de la mesa. Nos apresuramos a coger todas las chuches que pudiésemos y a meterlas en nuestras respectivas mochilas. Aquello era el paraíso de cualquier niño: tantas golosinas y todas al alcance de nuestras manos. Cuando ya teníamos las mochilas a rebosar, escuchamos un ruido.

Me giré automáticamente hacia Thiago, con los ojos abiertos del miedo y la excitación.

—Se ha despertado —dijo Thiago mirándome alarmado.

Otro ruido.

Ambos dejamos lo que estábamos cogiendo, cerramos las mochilas y nos acercamos a la ventana. Thiago le pasó las mochilas a Taylor lo más deprisa que pudo.

—¡Ve yendo, ahora te alcanzamos! —le dijo en un susurro alarmado. Taylor asintió asustado y salió corriendo con las dos mochilas a cuestas. Miré a Thiago, que tenía que ayudarme a subir para poder salir de la ventana.

—¡Ayúdame! —le dije cuando vi que se giraba hacia mí con una sonrisa en la cara.

—Antes quiero algo a cambio —me dijo el niño del demonio.

—Ya te daré mi chocolate, pero ¡tenemos que salir de aquí! —dije con miedo de que el señor Robin nos pillase.

—No quiero tu chocolate, quiero un beso... tuyo —contestó dejándome totalmente descolocada.

—¡Qué asco, ni muerta! —le contesté por instinto.

Él se giró y colocó las manos para impulsarse hacia arriba.

—Pues aquí te quedas —me soltó preparado para saltar.

—¡Espera! —le dije cogiéndole de la camiseta y tirando para que no me dejara.

De repente, sin saber por qué, pensar en un beso de Thiago me dio algo más que asco..., me despertó curiosidad.

—¿Vas a dármelo? —me preguntó mirándome fijamente.

Por mi mente de niña de diez años se cruzaron mil pensamientos incoherentes, pero no pude evitar sentir una sensación de vértigo en el estómago cuando lo acerqué hacia mí.

Y entonces juntó sus labios con los míos. Fue muy raro y cálido y asqueroso, pero nunca llegué a olvidar ese momento y mucho menos el brillo en la mirada de Thiago cuando se separó de mí y, con una sonrisa radiante, me ayudó a salir de aquel infierno lleno de chuches. Corrimos como locos cogidos de la mano hasta alcanzar a Taylor. Aún recuerdo la emoción y la alegría cuando finalmente pudimos ver nuestro botín.

Esa noche fue mi primer beso... y nuestra última aventura.

1

KAMI

Siete años después...

Nada más abrir los ojos aquella mañana de 1 de septiembre, noté un cosquilleo extraño en el estómago, una sensación que quería hacerme creer que las cosas, a lo mejor, podían llegar a ser diferentes ese año. No es que tuviese especiales ganas de empezar mi último curso en el instituto, pero sí deseaba volver a la rutina. Haberme pasado el último mes de veraneo con mis padres y mi hermano pequeño había terminado por agotar mi paciencia. ¿Por qué nuestros padres insistían en querer compartir un mes de playa cuando apenas se soportaban?

Estaba segurísima de que no era mi madre la que seguía insistiendo en compartir las vacaciones. Sabía casi al cien por cien que era cosa de mi padre, Roger Hamilton, quien todavía insistía en creer que nuestra familia no estaba rota por completo.

Y yo no iba a pincharle la burbuja... No de nuevo, al menos.

Aquel pensamiento me hizo bajar la mirada hacia mi muñeca casi de forma automática. Mis ojos, como acostumbraban a hacer más de una vez al día desde hacía años, se centraron en aquella cicatriz que adornaba mi piel: un triángulo perfecto se distinguía de un color más claro al resto de mi piel, ligeramente bronceada por el sol. Aún podía recordar lo mucho que me había dolido hacerlo y, a pesar de los años transcurridos, cada vez que la miraba un pinchazo de dolor me atravesaba el pecho, un dolor que no era solo físico. ¿Cómo podía cambiar todo de repente? ¿Cómo podíamos pasar de ser simples niños inocentes a niños cuya infancia se ve marcada para siempre?

Borré de mi mente la imagen que se materializó frente a mis ojos y me ordené a mí misma no volver a deprimirme por algo que había pasado hacía ya tanto tiempo.

Me bajé de la cama y me metí en el cuarto de baño que había en mi habitación. Todo estaba impecable, nada estaba fuera de lugar. A veces me molestaba tanto regresar a casa y ver que nada estaba donde yo lo había dejado que las ganas de gritar y mandarlo todo a la mierda casi podían con mi personalidad callada, sumisa y perfecta que siempre le dejaba ver a todo el mundo. Si alguien supiese cómo era yo en realidad...

Me lavé la cara y los dientes y me cepillé el pelo con lentitud, observando mi rostro y los rasgos que me definían. No me disgustaba mi aspecto, pero me hubiese gustado no parecerme tanto a mi madre. Había heredado el mismo pelo rubio, un poco ondulado en mi caso, y los mismos hoyuelos en las mejillas. Mis ojos, al menos, no eran como los de ella, de un celeste impecable, sino que eran marrones como los de mi padre, con espesas y largas pestañas. Había tenido la suerte de solo tener que llevar bráquets durante un año, por lo que mis dientes estaban perfectamente alineados desde que había entrado en secundaria. Aunque, claro, tenía complejos igual que todos, complejos que además mi madre no se cortaba un pelo en hacerme notar. Por ejemplo, al cumplir los quince empecé a tener acné... Era lo normal en chicas de esa edad, incluso amigas mías a día de hoy siguen enfrentándose a ello en su cotidianidad. Obviamente había odiado esos puntos rojos que sin sentido habían parecido acoplarse a mi barbilla o a mi frente, pero mi madre había hecho de ello un mundo. Me hizo acudir a cinco dermatólogos, cambiar mi dieta casi por completo y someterme a un tratamiento que le costó una fortuna.

Dos años después tenía la piel como un melocotón... y aun así, seguía maquillándome para ir al instituto, no fuese a enseñarle al mundo mis ojeras o algunas de mis pecas. Kamila Hamilton siempre tenía que estar perfecta, al igual que su madre, que era la reina de hielo, alta, rubia, extremadamente delgada y elegante, obsesionada por su aspecto. Siempre manteniendo la calma delante de las personas. Nunca la había visto perder la compostura... Bueno, solo aquella vez, aquella maldita vez en la que la curiosidad que tenía de pequeña lo cambió todo.

Junto al tocador que estaba al lado de mi armario había un maniquí con un vestido suelto de color azul marino. Me encantaba, era sencillo y demasiado caro, como todas las prendas que invadían mi armario. Me hubiese gustado estrenarlo para ir a cenar o acudir a una fiesta, no para el primer día de instituto. Pero así era mi madre: las cosas que me compraba ella venían acompañadas de alguna cláusula externa, como por ejemplo ser ella quien decidía cuándo debía ponérmelo. No había nada que yo pudiese hacer para cambiarla: tenía que mantener las apariencias por encima de todo y yo simplemente estaba demasiado cansada para luchar contra mi madre.

Me maquillé y me vestí. El vestido era corto, pues hacía como unos cuarenta grados allí afuera, e iba acompañado de unas bonitas sandalias blancas, color que favorecía a mi piel ligeramente bronceada.

Me gustó el reflejo que vi en el espejo, aunque no la persona que me devolvía la mirada. ¿Por qué estaba tan triste? ¿Por Dani?

Con él las cosas no habían terminado bien el verano anterior... Aún recordaba aquella noche como una de las peores noches de mi vida. ¿Por qué demonios lo había hecho? ¿Por qué demonios había cedido ante algo que no estaba preparada para hacer?

Dani y yo habíamos empezado a salir el día de mi decimoquinto cumpleaños. Desde Thiago no había vuelto a besarme con nadie y Dani fue el único con el que decidí volver a hacerlo. Desde ese día nos volvimos inseparables, aunque lo que comenzó como una relación normal de instituto terminó convirtiéndose en un compromiso ridículo en donde nuestras familias empezaron a planificar nuestras vidas y a decirnos qué debíamos hacer en cada momento. Dani era el hijo del alcalde del pueblo y mi padre era el abogado y gestor que le llevaba su fortuna. Mi padre había estudiado en las mejores universidades, se graduó *summa cum laude* en Yale y se doctoró en Gestión e Inversiones en Bolsa por la Universidad de Nueva York. Gestionaba la fortuna de muchos empresarios, incluidas las de los pocos que habitaban en nuestro pequeño pueblo de Carsville. Viajaba mucho y lo veíamos poco, pero era el hombre que más quería en este mundo.

Para mi madre, reina de las apariencias, que su hija saliera con el hijo del alcalde era como estar en Disneyland. Al principio me había encantado poder contentarla con algo por fin, pero con el paso del tiempo la relación con Dani terminó convirtiéndose en una jaula donde yo no tenía ni voz ni voto. Aunque Dani pasaba bastante de sus padres, también sufría la presión de las apariencias, como yo. Lo que una vez fue un chico dulce, muy guapo, al que había querido con locura, terminó convirtiéndose en alguien malhumorado, a veces de carácter muy fuerte que solo pensaba y vivía por y para el sexo. Lo quería, mucho, pero ya no estaba enamorada de él... Y menos desde lo que sucedió la última vez que nos vimos.

Cerré los ojos intentando borrar ese recuerdo e ignoré la vocecita de mi conciencia que no dejaba de recordarme que iba a tener que hablar con él antes o después. El verano había sido la excusa perfecta para obtener la distancia que necesitaba, pero muchas cosas se habían quedado sin decir y... perder la virginidad con él para después dejarlo no era plato de buen gusto para nadie.

«¿Qué te pasa?», me había preguntado nada más acabar.

Lo habíamos hecho en su habitación. Sus padres se habían marchado el fin de semana y las expectativas después de dos años de relación sin sexo habían sido enormes.

Pero, aunque todo era aparentemente perfecto, cuando las lágrimas empezaron a inundar mis mejillas, ya no hubo quien las detuviera... No podía dejar de llorar y no había sido por dolor.

Lloraba porque, a pesar de haberlo hecho con Dani, que me quería y me respetaba, no había podido quitarme de la cabeza a quien, en mis deseos más profundos, seguía siendo el chico del que estaba enamorada.

Dejé de darle vueltas a aquel asunto cuando Cameron, mi hermano, entró por la puerta.

—Mamá me ha dicho que me llevarás tú al cole —me dijo y me giré hacia él con el ceño fruncido.

Mi hermano acudía al mismo centro que yo, aunque estábamos en edificios diferentes. El ala de primaria quedaba comunicada con el instituto por un largo pasillo utilizado para hacer exposiciones. Yo entraba una hora antes que él y por eso era mi madre la que normalmente lo llevaba, así el enano podía dormir un poco más.

Iba tan cargado como si fuese a ir de acampada en vez de al colegio. Llevaba una mochila más grande que él sobre su espalda, su iguana Juana estaba bien sujeta por uno de sus brazos y en su cinturón había atado una cantimplora, una linterna y no sé cuántos chismes más.

—Cameron, no puedes llevar todo eso al colegio —le dije con paciencia.

—¿Por qué no? —me preguntó indignado, frunciendo sus cejas rubias y sujetando con más fuerza a su iguana. Ese bicho era asqueroso y demasiado grande, pero mi hermano adoraba a su iguana, así que indirectamente yo también la quería.

—Porque no te dejarán pasar ni de la puerta del patio —le dije dándole un beso en la cabeza y cogiendo mi bolso, junto con las llaves del coche—. ¿Has desayunado? —le pregunté saliendo de la habitación seguida por él. Mi hermano tenía solo seis años, bueno, casi siete, pero para mí era como si aún tuviese cuatro, seguía siendo igual de mono e igual de insoportable.

—Sí, hace por lo menos una hora. Has tardado mucho en despertarte... Mamá va a enfadarse —me dijo casi tropezándose con uno de los chismes que arrastraba.

—A ver, dame eso —le dije cogiendo el palo para pescar ranas—. ¿En serio, Cameron? —le dije mirando el palo con incredulidad—. Ya puedes ir dejando todo esto en tu habitación.

—Vaaale —dijo arrastrando la palabra a longitudes inimaginables. Mi hermano desapareció por la puerta de su cuarto y yo empecé a bajar aquellas inmensas escaleras. Cuando era pequeña me encantaban, siempre me colgaba de la barandilla y me deslizaba hacia abajo, y por un instante de locura me imaginé a mí misma haciendo eso mismo justo en ese instante.

—¿Qué haces, Kamila? —me preguntó una voz dulce y fría a la vez. Miré hacia abajo y vi a mi madre esperándome al final de las escaleras. Suspiré y seguí bajando. Anne Hamilton, como he dicho antes, era una belleza, una belleza que desafiaba las leyes del tiempo. Cada día parecía más joven que el anterior gracias a los miles de dólares que se gastaba en permanecer como si solo tuviese veinte años en vez de cuarenta.

—Buenos días, mamá —le dije pasando por su lado y dirigiéndome a la cocina.

—Qué bien te queda el vestido, ¿no? Te dije que era una buenísima idea que lo estrenaras para el primer día de instituto —me dijo siguiéndome a la cocina—. Qué lástima que no hayas sacado mi altura, aunque aún estás en edad de crecimiento...

Activé el interruptor de no escucharla cuando empezó con su diatriba de siempre. No me hacía falta seguir escuchando. El resumen de sus palabras me lo sabía de memoria: «No eres suficientemente perfecta, no para mí».

La cocina era tan grande como todas las habitaciones de la casa. El ventanal que había en una de las paredes laterales dejaba entrar todo el sol de fuera y nos daba una panorámica exquisita de los campos que colindaban con la propiedad. Allí estaba Prudence, la cocinera que llevaba trabajando allí desde que yo tenía uso de razón. Era tan agradable que solo con verla se me escapaba una sonrisa.

—Hola, Prue —le dije observando lo que estaba preparando: huevos revueltos con beicon. Mmm, se me hizo la boca agua.

—Buenos días, señorita —me dijo muy formal porque estaba mi madre delante—. ¿Lo de siempre? —me preguntó refiriéndose al desayuno.

—Qué remedio —contesté yo colocando una mano bajo mi barbilla y observando cómo Prue cortaba un pomelo por la mitad y me lo ofrecía junto con una taza de café. Qué daría yo por comerme esos huevos...

—Kamila, necesito que lleves a Cameron al colegio y que a la vuelta te pases por el club para que me ayudes a preparar el té con las madres del AMPA —me dijo mi madre ignorando mi resoplido.

—Muy bien —dije pensando en todo menos en eso.

Justo entonces entró mi padre. Era alto, con la barriga prominente y el pelo oscuro ya canoso, pero con una sonrisa que me llegaba hasta el alma. Lo primero que hizo fue darme un beso en lo alto de la cabeza.

—Hola, preciosa —me dijo sentándose a mi lado.

Mi padre era lo opuesto a mi madre. Viéndolos podías pensar que era verdad eso de que los polos opuestos se atraen. Algo debieron de ver el uno en el otro para casarse y tener dos hijos, pero estaba segura de que ese tipo de relaciones tenía fecha de caducidad y para confirmarlo solo había que fijarse en ese matrimonio. Lo que les mantenía unidos era que mi padre era demasiado bueno para enfrentarse a la mujer que tenía al lado y por ello todos quedábamos sometidos bajo su influencia fría y distante.

Yo quería mucho a mi padre, de cierta forma él había sido todo lo buen padre que se puede llegar a ser teniendo en cuenta las circunstancias, aunque una parte de mí sabía que él me culpaba por haberle confesado lo que mis ojos inocentes habían presenciado esa noche inolvidable. El dicho «ojos que no ven, corazón que no siente» definía como anillo al dedo la filosofía del hombre que se sentaba a mi lado y se tragaba los huevos revueltos como si no tuviese ya suficiente colesterol en las venas.

Cuando mi hermano apareció por la puerta, me levanté deseosa de salir ya de esa cocina llena de tensión y reproches no pronunciados.

Mi hermano había dejado todos sus juguetes en su habitación y gracias al cielo se había vestido con la ropa que mi madre le había preparado. Iba con unos vaqueros y un polo de marca que regresaría en estado catatónico. Nunca entendería qué fin tenía gastarse una millonada en ropa de Ralph Lauren para un crío que solo iba a revolcarse en el patio.

Mientras acortábamos el camino que nos llevaba hasta mi coche, un descapotable blanco que había sido de mi madre pero que ella lo había sustituido por un Audi rojo reluciente, mis ojos se desviaron hacia el camión de mudanzas que había aparcado en la casa de al lado.

Mi corazón literalmente dejó de latir por unos instantes y entonces reanudó una carrera sin pausa.

—¿Vamos a tener vecinos? —preguntó mi hermano ilusionado.

Hacía siete años que nadie vivía en aquella casa, ni tampoco en la del señor Robin, que había muerto cuatro años atrás. Mi hermano siempre se quejaba de que no tenía con quien jugar y la emoción en su voz me hizo comprender que aquel camión significaba para él todo lo contrario de lo que significaba para mí.

Me bajé las gafas de sol que tenía sobre la cabeza para poder ver mejor y, con el corazón en un puño, vi cómo una moto aparcaba frente al camión y alguien se apeaba de ella y se dirigía hacia la casa.

Desde aquella distancia era imposible ver de quién se trataba, pero el cosquilleo que me recorrió todo el cuerpo solo podía significar una cosa.

—Vas a llegar tarde —dijo mi hermano detrás de mí. Me había quedado tan petrificada intentando divisar de quién se trataba que había olvidado adónde íbamos.

—Sube al coche —le dije abriendo la puerta del copiloto.

—¿Podemos ir con la capota bajada? —me pidió pegando saltitos en el asiento.

Le di al botón para que esta se abriera y así el aire nos diera de lleno en la cara. Lo hice todo con movimientos automáticos, ya que todos mis pensamientos estaban centrados en la persona que se acababa de bajar de aquella moto.

Arranqué el coche y salí dando marcha atrás hasta la calle. Íbamos a pasar justo delante de la moto e iba a tener ocasión de poder ver quiénes eran los que a partir de entonces ocuparían aquella casa que tantos recuerdos encerraba.

Solo me bastó un segundo para comprobar que lo que todas las células de mi cuerpo me decían era cierto. Sus ojos se clavaron en los míos, ocultos tras las gafas de sol, y todo mi cuerpo se tensó. Los hermanos Di Bianco habían regresado, o al menos uno de ellos.

Dejé a mi hermano en el colegio mientras escuchaba todas sus teorías sobre quiénes eran nuestros nuevos vecinos. No quise explicarle que yo sabía quiénes eran y que estaba segurísima de que no traían a ningún niño de su edad con ellos. Lo dejé fantasear y me despedí de él con un beso rápido, aunque ya apenas dejaba que lo abrazara y besara como antes, al menos en público.

Me fui directa hacia el aparcamiento del instituto. Gracias al cielo la idea de mis padres de mandarme a un colegio privado quedó en una mera discusión que no llegó a ninguna parte. Como mi madre había ido a ese instituto, finalmente creyeron que el hecho de juntarme con «todo tipo de gente» fortalecería mi personalidad... No sé exactamente a qué se referían con ese comentario, aunque estaba segura de que estaba relacionado con las cuentas bancarias de mis compañeros.

Ese iba a ser mi último año y me había jurado que las cosas iban a cambiar, sobre todo con respecto al modo en que la gente me miraba. Estaba cansada de llevar a todos lados aquella máscara de perfección que no reflejaba para nada lo que sucedía en mi interior. Aquel año todo tenía que ser mejor... Y mejor no definía ni de coña encontrarme con Thiago Di Bianco enfrente de mi casa.

La imagen que tenía de hacía media hora poco podía asociarse al niño desgarbado de pelo castaño casi rubio y ojos verdes. Thiago había cambiado. Al menos había crecido tanto como su padre, detalle que no me sorprendió puesto que ya de pequeño siempre había sido más alto que el resto, incluso que los de su misma edad.

¿Por qué había vuelto?

Cuando me bajé del coche en el aparcamiento del instituto muchas personas se giraron para mirarme. Todos esperaban ver a la chica popular en la que me había convertido sin ningún esfuerzo por mi parte. Sabía lo que todos harían: se fijarían en mi ropa, en cómo estaba peinada, en cómo iba maquillada y, si algo estaba fuera de lugar o era ligeramente menos glamuroso de a lo que los tenía acostumbrados, los comentarios hirientes empezarían a rular por todo el instituto... Todo esto a mis espaldas, claro está.

Una melena de rizos claros apareció frente a mí bloqueándome la vista de los alumnos nada discretos y un segundo después me vi envuelta en un abrazo cálido y amistoso.

—¡Hola, lady Kamila! —me dijo mi mejor amiga Ellie. Éramos amigas desde el primer año de instituto: ella había llegado nueva y, a diferencia de los demás, no me miraba como si fuese una especie de celebridad.

—Por favor, no me llames así, sabes que lo odio —le dije devolviéndole el abrazo—. ¿O quieres que yo te llame elfa?

Me sacó la lengua, pues odiaba que la llamase así. En realidad, no se llamaba Ellie: sus padres le pusieron Galadriel, como la elfa de *El Señor de los Anillos*. Y lo peor de todo era que, para disgusto de su padre, ella detestaba las películas, los libros y todo lo que tuviese que ver con ese rollo friki, incluyendo su propio nombre... Aunque a mí me gustaba porque así podía chincharla siempre que quisiera.

Un segundo después todas mis amigas se me acercaron para ponernos al día sobre el verano. Siempre querían saber adónde había viajado y las cosas que me había comprado. Carsville era un pueblo bastante pequeño y cualquier novedad alimentaba el aburrimiento del día a día..., sobre todo para mis compañeras, quienes se pasaban el verano en la piscina pública. Los viajes de mi familia les sonaban como una película, sin saber que en realidad tenían entre poco y nada que envidiarme.

Cuando entramos en el instituto todos me saludaron y me miraron sonrientes. A la mitad los conocía de toda la vida y la otra mitad me sonaban de vista. Me detuve en mi taquilla para coger un cuaderno y un boli, ya que el primer día no solíamos hacer casi nada. Chloe no dejaba de hablar con Kate y Marissa sobre el baile de fin de curso y sobre la graduación. Ni siquiera habíamos empezado y ya estaban pensando en el final.

Iba a tener que estudiar muchísimo si quería entrar en Yale como mi padre. Mi objetivo era largarme fuera, ya vería cómo haría para volver y visitar a mi hermano.

Mientras mis amigas charlaban a mi lado, alguien se me acercó por mi derecha y me atrajo hacia sí tirando de mis caderas hacia atrás. No me hizo falta mirar para saber quién era, reconocería ese perfume en cualquier parte.

—Hola, corazón —me susurró la voz de Dani en la oreja izquierda. Me estremecí al sentirlo tan cerca, aunque no en el buen sentido.

Me giré con la excusa de poder mirarlo a la cara.

—¡Hola! —casi grité en un saludo demasiado forzado incluso para mí.

Dani era un chico guapo, alto, fuerte, capitán del equipo de baloncesto, pelo marrón oscuro, ojos azules... Podría seguir definiéndolo y la imagen perfecta que se os formaría en la cabeza no le haría justicia... Todas matarían para que fuese su novio, pero yo ya no.

—Estás guapísima —dijo otra vez, atrayéndome hacia él y posando sus labios sobre los míos.

Justo en ese instante, alguien pasó por nuestro lado y siguió hasta una taquilla que quedaba un metro más allá.

El estómago me dio un vuelco.

—Discúlpame un momento —le dije como en trance apartándome de él y sabiendo que todos me seguían con la mirada mientras recorría la fila de taquillas.

Supe que se había percatado de mi presencia al ver cómo su cuerpo se tensaba y por cómo respiró hondo antes de cerrar su taquilla y girarse hacia mí.

Él también había cambiado. Estaba mayor y casi tan alto como su hermano. Sus ojos azules seguían igual, aunque no me miraban con aquel brillo infantil que ambos habíamos compartido cuando hacíamos travesuras o nos metíamos en líos. Esa complicidad que había sentido con él, esa seguridad y esa camaradería habían desaparecido. Su pelo ya no era rubio como el de su hermano, sino marrón claro, y me fijé en que tenía un tatuaje en el cuello, una especie de signo celta.

—Hola, Taylor —le dije en un susurro casi inaudible. Eran tantos los recuerdos que se acumulaban y pasaban por mi mente, tantos los momentos compartidos, tantos juegos y risas...

Sus ojos me recorrieron rápidamente y vi en ellos un deje de sorpresa, como si no fuese la misma persona que él recordaba.

—Hola, Kami —me dijo, frío y distante.

Su manera de mirarme, tan diferente a cómo solía hacerlo, me encogió por dentro.

—Habéis vuelto —afirmé, pero sonó como una pregunta.

—Sí —dijo él, colocándose la mochila, incómodo de repente.

Había tantas cosas que quería decirle, tantas cosas que quería compartir con él... Todo había cambiado demasiado desde la última vez que nos habíamos visto. Mi vida había dejado de ser feliz, mis días habían dejado de ser risas y aventuras para convertirse en una rutina de perfección y aburrimiento. Él era mi confidente, mi protector... Él y su hermano lo habían significado todo para mí y ni siquiera habíamos podido despedirnos. Y siete años después, habían aparecido como de la nada y ¿eso era todo lo que quería decirme?

Sí, mi madre había arruinado su familia, pero también la mía, no podía comprender su frialdad... Yo solo quería abrazarlo, que juntos volviésemos a sentirnos tan bien como lo hicimos en el pasado.

—Me hace muy feliz volver a verte —le dije, armándome de valor—, te he echado de menos, a ti y a tu...

—Tengo que irme —me interrumpió de repente, dejándome con todas las palabras en la boca.

En ese instante sonó el timbre. Pegué un salto, sobresaltándome, y entonces Taylor me rodeó y se alejó de mí. Esa no era la forma en la que había imaginado nuestro reencuentro. Miles de veces me había dormido pensando en cómo sería volver a verlos, a él y a Thiago, pero nunca imaginé que todo iba a ser tan extraño y doloroso como entonces.

Supe que me estaba viniendo abajo, y lo supe por cómo la gente a mi alrededor me estaba observando. Me coloqué la máscara que siempre llevaba por aquellos pasillos y contuve las lágrimas que amenazaban con delatarme.

—¿Qué estáis mirando? —dije a nadie en concreto.

Me giré sobre mis talones y fui directamente hasta mi clase. Mis amigas me siguieron y agradecí que ninguna dijese nada, por lo menos durante la primera hora.

Mis sentimientos amenazaban con derrumbarme y la princesa de hielo, al igual que mi madre, no podía permitírselo.

2

THIAGO

No llevaba aquí ni medio día y su imagen ya me perseguía. Kam... Mierda. ¿Por qué demonios me había afectado tanto verla? Ni siquiera se parecía a la persona que yo había conocido y adorado de pequeño. Aquella chica distante y pija no tenía nada que ver con la niña con trenzas de la que yo me había reído tiempo atrás. Solo la había visto un segundo, pero su imagen estaba grabada en mi retina. Había crecido y obviamente se había convertido en una chica muy guapa. Siempre lo había sido, pero lo que no me esperaba era sentir aquel anhelo al verla. Kamila Hamilton ya no era mi amiga, ya no era la primera chica a la que había besado y de la que creía haber estado enamorado cuando era un simple crío. Esa chica era la hija de la mujer que había arruinado nuestras vidas, la causante de que mi madre ya no sonriera como antaño, la razón por la que mi padre nos había abandonado. Odiaba a esa familia con todas mis fuerzas y a Kamila más que a nadie. Si esa cría me hubiese hecho caso, si hubiese mantenido la maldita boca cerrada, nada de lo que ocurrió entonces habría pasado. Mi madre no habría caído en una depresión, no se habría convertido en lo que era entonces, no se habría enrollado con un tipo gilipollas que la había maltratado y yo no tendría que estar cumpliendo con las seiscientas horas de trabajos a la comunidad por haberle partido la cara a ese cabrón... Si Kamila no hubiese abierto la boca, si ella no...

Verla tan feliz, tan radiante en su descapotable, rodeada de riquezas y sin ningún tipo de problema, hacía que me hirviera la sangre.

Ella no había sufrido como mi hermano y yo. Su familia se había mantenido unida. Seguían juntos, vivían sin ningún tipo de problema económico y no tenían que trabajar en una mierda de construcción para así mantener la familia a flote. A ella no la habían echado de la universidad ni iba a tener que regresar al instituto para poder pagarle al Estado los daños que había provocado.

Era consciente de que mi padre era tan culpable como los demás implicados. Pero mi padre era un cabrón, siempre lo había sido. Había engañado a mi madre en muchísimas ocasiones, yo ya lo sabía, siempre lo supe. Mi padre no era muy cuidadoso cuando se llevaba a sus amigas a casa. Nunca le importó que sus hijos estuviesen en la planta de abajo, jugando con la niñera. La única que parecía no darse cuenta era mi madre, que vivía en su burbuja de ignorancia. Vivía en una mentira, pero al menos vivía feliz.

Por eso le había pedido a Kam que no dijese nada, que mantuviera la boca cerrada... Pero de nada sirvió. La niña tonta había cantado como un canario, rompiendo todo cuanto había en nuestra vida.

Habíamos vuelto. Hacía siete años que mis padres se habían divorciado, siete años desde que mi padre poco a poco había dejado incluso de visitarnos. Solo recibíamos de él el talón que mandaba todos los meses, el dinero justo que había dictado el juez, y ahí se acababa toda nuestra relación.

El muy cabrón nos había abandonado, a sus dos únicos hijos y a la mujer que se lo había dado todo. Había dicho que no podía superarlo, que no podía hacerlo si seguía viviendo con nosotros, que todo se lo recordaba... Y aun así, mi madre aún le lloraba, a escondidas, destrozada.

Mi hermano Taylor fue el que mejor lo sobrellevó. Yo me encargué de ello. Mi madre nunca acudió a él cuando estaba mal, nunca lloró delante de él... En cambio, yo había sido su salvavidas. Con solo trece años, había tenido que presenciar todas las discusiones entre ella y mi padre, e incluso había tenido que declarar en el juicio diciendo que había estado al tanto de las aventuras amorosas de mi padre a lo largo de los años. Casi mato a mi madre con aquellas declaraciones, pero no pensaba dejar que el muy cabrón se fuera de rositas. Gracias a esa declaración nos habíamos podido quedar con la casa, aunque de poco había servido. Mi madre había renunciado a vivir junto a los Hamilton, era superior a ella y también se había negado a alquilarla. Habíamos llegado a estar bastante ahogados con el dinero, pagando nuestro alquiler en Brooklyn más lo que costaba mantener una casa como esa. Me había peleado muchas veces por ese tema, pero mi madre nunca cedió: la casa se quedaba cerrada y no había nada más que hablar.

Pero habíamos tenido que volver... por mí.

Con los años habíamos aprendido a superarlo, cada uno a su manera. Yo me había encargado de que mi hermano tuviese la mejor infancia que podíamos ofrecerle y el precio había sido perderme a mí en el proceso. Mi infancia terminó de golpe y me vi envuelto en problemas de adultos aún siendo un crío.

La rabia que guardaba dentro hizo que me juntase con la gente equivocada, empecé a sacar malas notas, me expulsaron por meterme en peleas... y todo eso culminó el verano pasado, cuando pillé al cabrón del novio de mi madre dándole patadas y dejándola casi inconsciente en el suelo. Toda la rabia acumulada que tenía guardada en mi interior se canalizó en los golpes que le di a aquel mal nacido. El susodicho había sido ni más ni menos que el jefe de pediatría del hospital de Nueva York, por lo que después de la paliza que le di, usó todos sus contactos para intentar meterme en la cárcel. Por ese mismo motivo estaba con la condicional. Cualquier metedura de pata y acabaría entre rejas. Y eso era algo que no estaba dispuesto a permitir.

Por eso estábamos allí, en Carsville, donde nací y donde viví una infancia feliz hasta que todo se derrumbó... Pero, a pesar de todo, ese era el único sitio en que estaban dispuestos a darme una oportunidad para librarme de la cárcel. Una parte de mí había esperado que la familia Hamilton ya no estuviese viviendo allí, pero ya había comprobado que todo seguía igual, solo que ahora todos éramos mucho más altos y estábamos de mierda hasta el cuello. Por lo menos en mi caso.

Mi hermano Taylor ya se había marchado al instituto. Los de la mudanza ya habían dejado las cajas de cualquier manera en la entrada y en parte del salón de nuestra casa.

Yo había tenido que dejar a mi madre sola, arreglándolo todo, puesto que debía estar allí a segunda hora, donde empezaría mi trabajo no remunerado como ayudante del entrenador de baloncesto. También echaría una mano en secretaría y debía quedarme por las tardes con los alumnos que estuviesen castigados... Fantástico, lo sé.

Dejé a mi madre, que no empezaba como enfermera del hospital de Carsville hasta la mañana siguiente, a cargo de la mudanza, y me subí a mi moto para ir al instituto al que solo había acudido el primer año. Regresar al instituto es la pesadilla de cualquier chico de veinte años, y más para mí, que no hacía mucho que me había graduado.

Al llegar, el aparcamiento estaba lleno de coches, pero sin ningún alumno a la vista, todos estaban en clase. Dejé mi moto aparcada en un lugar seguro y con el casco en un brazo y las gafas de sol puestas me encaminé hacia recepción.

Al entrar, una mujer no mucho más mayor que yo me recibió con una sonrisa reluciente y cansada. El primer día de instituto era agotador, había que elaborar todos los horarios de cada alumno, además de las reuniones que hacían los profesores para organizar sus clases.

Al verme, sus ojos me observaron con curiosidad.

—¿Puedo ayudarte en algo? —me preguntó tuteándome. Aunque tuviese veinte años, podría haber sido perfectamente un alumno del último curso.

—Soy Thiago Di Bianco, vengo para...

—Cumplir con las horas a la comunidad, lo sé —dijo con amabilidad y sin juzgarme. Tenía el pelo rubio y los ojos azules. Era muy guapa, seguramente muchos de los alumnos estaban enamorados secretamente de ella. Aunque a mí no me interesaba.

—Pues sí. Si me das los horarios, no tendrás que volver a verme —le dije sentándome frente a su mesa.

Ella parpadeó varias veces cuando me subí las gafas y clavé mi mirada en la suya.

—El director Harrison quiere verte, para dejarte claras las normas y todo eso —dijo ella soltando una risita que no sé si me molestó o me agradó.

—Muy bien —dije cogiendo la hoja que ella me tendía y poniéndome de pie.

—Su despacho es ese de ahí —me dijo señalando una puerta con una placa que rezaba DIRECTOR, en letras negritas—. Por cierto, soy Sarah —añadió tendiéndome su mano. Se la estreché y sentí su apretón suave y cálido a la vez.

—Encantado, Sarah —le dije un tanto seco girándome hacia el despacho del director. Era muy extraño estar en ese ambiente y no sentirme como un crío de diecisiete años.

El director Harrison era el mismo director que yo había conocido durante el único año que había estado allí. Me pidió que me sentara y yo lo hice sin decir una palabra. Ambos nos estudiamos con la mirada unos instantes. Él parecía estar decepcionado con lo que veía, una reacción totalmente diferente a la de la secretaria.

Sonreí divertido.

—Señor Di Bianco, es un placer tenerle de vuelta —me dijo con una sonrisa que no le llegó a los ojos—. Me hubiese gustado que fuese en otras circunstancias, pero no voy a quejarme.

—Gracias, señor. Lo mismo digo —dije sonriendo.

—Iré al grano —dijo entonces el director colocando sus antebrazos en la mesa e inclinándose hacia mí—. Tienes veinte años. Estás aquí porque el estado de Virginia quiere que cumplas con tus horas a la comunidad. Le estoy haciendo un favor a tu madre al no ponerte a limpiar platos en la cafetería, así que quiero dejar bien claro cuáles son tus obligaciones: ayudarás al entrenador Clab con los entrenamientos. Sé que se te da bien el baloncesto y también sé que estabas en el equipo de la universidad. Es una lástima que te echaran, pero tus conocimientos vendrán bien para el equipo del instituto. También estarás disponible siempre que algún profesor caiga enfermo. No es mi intención que des clases a nadie, pero sí que estés disponible para cuando haya que ocupar una baja. Estarás aquí todas las tardes en el aula de estudio para vigilar a los alumnos castigados y también queremos que seas uno de los monitores que vaya al campamento anual con los alumnos del último curso.

Vale, eso no estaba incluido en el acuerdo.

—¿Quiere que vigile a una panda de adolescentes en un campamento? —le pregunté sabiendo que yo era la peor persona para aquel trabajo. Todos sabíamos lo que se hacía en un campamento y yo no pensaba ponerme en plan Gestapo para que los críos no se acostasen los unos con los otros. Menuda gilipollez.

—Exactamente, eso es lo que quiero —dijo mirándome con frialdad—. Por eso quiero que cumplas a rajatabla con las siguientes tres reglas de oro. La primera: no quiero ni drogas ni bebida, ambos sabemos que eso te mandaría derechito a la cárcel. La segunda, señor Di Bianco, es que tampoco tendrá ningún tipo de relación más que la de alumno-profesor con los alumnos, incluido su hermano Taylor. Y tercera: si me entero de que ha participado, ayudado o tenido algo que ver con algún tipo de infracción dentro de estas instalaciones, yo mismo me encargaré de que todas las horas que cumpla en este recinto queden inmediatamente anuladas. ¿Le ha quedado claro?

Lo miré fijamente.

—Clarísimo, señor —le dije levantándome de mi asiento.

—Thiago —me llamó haciéndome girar—, ambos sabemos que tu presencia aquí va a causar mucho revuelo, sobre todo en el sector femenino... —Una sonrisa apareció en mi rostro—. Ten mucho cuidado con lo que haces, dentro de poco cumplirás veintiún años y tú, y solo tú, serás responsable de tus actos, ¿lo has entendido?

—Por supuesto, señor.

Salí por la puerta con la sonrisa borrada de mi rostro. Debía tener muchísimo cuidado si no quería que todo aquello terminase más mal que bien por mi tendencia a saltarme las normas.

La hora de entrenamiento fue mucho más divertida de lo que esperaba. Taylor estaba en el equipo y pronto todos se enteraron de que éramos hermanos. No se pudo evitar que surgiera cierta camaradería entre todos los chicos y yo. Era joven, casi de su misma edad, y al final terminé jugando con ellos un partido rápido. El entrenador Club me felicitó por mi habilidad y estuvimos hablando un rato sobre baloncesto, mientras los demás se duchaban en los vestuarios. Todo iba genial hasta que entré en el pasillo para regresar a la sala de profesores, donde debía esperar hasta la siguiente clase, y me choqué de lleno con la última persona que quería ver allí: Kam.

La sujeté por los hombros para que no se cayera y un cosquilleo recorrió mis manos, que la soltaron casi al instante. Nos miramos durante lo que sentí que fueron horas, aunque estoy seguro de que fueron tan solo unos instantes. Fue como si el tiempo se detuviera y nos dejase asimilar los cambios que habían sufrido nuestros cuerpos. Mis ojos captaron los detalles nuevos de su rostro... Un rostro que, a pesar de haber madurado, seguía manteniendo los rasgos que creía haber conocido de memoria... Con los años habían cambiado hasta convertirse en lo que eran entonces: los rasgos de una chica muy guapa y extremadamente parecida a la persona que más odiaba de mi vida.

Sus pestañas eran largas y oscuras. Sus labios carnosos pintados tenían un brillo que incitaban a hacer locuras... Sus hoyuelos en las mejillas, que a pesar de no estar sonriendo se marcaban ligeramente sobre su piel, unas mejillas ligeramente sonrosadas y no por el maquillaje, a ella no le hacía falta colorete ni mierdas: siempre se había puesto roja en contra de su voluntad... Y su cuerpo... Detuve el recorrido que mis ojos deseaban realizar. Solo una cosa no había cambiado... Yo seguía sacándole casi dos cabezas.

—Thiago —dijo ella sorprendida.

Escuchar mi nombre salir de entre sus labios me afectó más de lo que hubiese esperado.

Su voz tuvo un efecto inmediato en mi entrepierna.

Joder.

Apreté la mandíbula con fuerza, no quería saber nada de ella.

—Disculpa —dije con la intención de rodearla, pero ella se apresuró a cogerme del brazo, evitando así que me marchara.

—Dejad de hacer eso —dijo ella y vi que un atisbo de enfado surcaba sus ojos—. Solo quiero hablar —añadió mirándome como lo hacía de pequeña, como una niña perdida, pero con muchas ganas de dar guerra.

Clavé mis ojos en sus dedos, que aún seguían en torno a mi brazo.

—Suéltame —dije entre dientes.

Necesitaba poner distancia entre los dos. Nada bueno podía salir de aquello. Había miles de cosas que deseaba echarle en cara, miles de insultos se me venían a la cabeza. Si dejaba que mi rabia me dominara, iba a perder todo lo que me importaba, y ya había perdido suficiente por esa chica.

Ella pareció asustarse o sorprenderse por mi tono y me soltó como si la hubiese quemado.

Le di la espalda y empecé a alejarme de ella.

—Lo siento, Thiago —me dijo. Supe sin mirarla que estaba llorando.

—Tus disculpas no me sirven de nada —repliqué ignorando a las personas que se nos habían quedado mirando.

Aquello iba a ser un infierno.

3

KAMI

Aquel día no podía ser peor. Nunca pensé que volver a ver a Taylor y Thiago pudiese afectarme tanto, pero lo había hecho. Cuando salí del instituto horas más tarde, todo el mundo hablaba de lo mismo: de lo guapo que era Taylor, de lo sexy que era Thiago y de lo tremendamente excitante que era tener a los hermanos Di Bianco caminando por los pasillos del instituto de nuevo.

Ni siquiera me enteré de lo de Thiago hasta que no choqué con él en el pasillo. Al verlo de cerca me había quedado sin palabras. No me extrañaba que todas las chicas estuviesen como locas..., estaba guapísimo. Los años lo habían bendecido con un cuerpo espectacular y un rostro que muchos matarían por tener; aquel sentimiento que había empezado a surgir cuando aún era pequeña se avivó como un fuego abrasador cuando lo tuve delante.

Su mirada, fría como el hielo, me dejaba claro que no querían verme ni en pintura, ni él ni su hermano, porque, aunque Taylor había coincidido en dos clases conmigo, había pasado olímpicamente de mí. Se había mostrado simpático con todo el mundo e incluso había vuelto a encontrarse con viejos amigos del colegio, que lo acogieron con los brazos abiertos, pero a mí ni siquiera me había sonreído, ni una sola vez. Eso dolía.

Durante la hora del almuerzo tuve que soportar cómo hablaba con todos y con todas y cómo a mí apenas me miraba. Los chicos del equipo de baloncesto eran nuestros amigos, solían sentarse en la mesa que había junto a la nuestra y, aunque las chicas solíamos ponernos en una esquina y ellos en la otra, aquel día todos hablaban con todos y Taylor era el centro de atención.

—¿Sabéis por qué han decidido volver? —preguntó Kate sin quitarle los ojos de encima a Thiago, que estaba sentado en la mesa de profesores con los cascos puestos y sin intercambiar ni una palabra con nadie. Taylor, por el contrario, seguía siendo el chico divertido y sociable que recordaba. Con todos menos conmigo, claro.

—¿Kami? —me preguntó dándome un codazo—. Eran vecinos tuyos, ¿no?

—Y lo vuelven a ser —contesté apartando la bandeja

que había frente a mí sin ser capaz de pegar ni un solo bocado.

—¡Joder, pues tienes que contárnoslo todo!

—¿Contar el qué? —contesté fastidiosa. Aquel día no me salía ser simpática. Quería irme a casa y no pensar en nada más.

—Pues no sé, sé buena vecina y acércate a su puerta con una tarta de esas que te salen tan ricas.

Por un instante me imaginé haciendo eso mismo. Pasaría la tarde haciendo mezclas, mediciones, creando el color perfecto de glaseado para hacer la mejor tarta que me hubiese salido jamás. Iría a su casa y todo quedaría en el pasado. Comeríamos tarta, ellos me alabarían porque, no es porque la haga yo, pero mi tarta de zanahoria es la mejor del condado, y volveríamos a ser tan amigos como antes de que se marcharan.

Me dio tanta tristeza pensar que eso nunca iba a llegar a pasar que me levanté sin darme cuenta.

—¿Adónde vas? Aún queda media hora antes de ir a clase.

—Tengo que entregar unos papeles en secretaría... Os veo en mates.

Me marché de allí casi corriendo y me quedé el resto del recreo escondida bajo las gradas, dibujando.

Por suerte, Taylor no estaba en matemáticas conmigo, él iba a la clase avanzada con el resto de los cerebritos que querían estudiar carreras como ingeniería o medicina. A mí, por el contrario, me iban más el arte, las películas, la música...

Por suerte, las últimas dos clases pasaron rápido y, como los entrenamientos de animadora no empezaban hasta el día siguiente, podía marcharme temprano a casa. Pero mientras me acercaba a mi coche, recordé que debía pasarme por el club para ayudar a mi madre con no sé qué estupidez. Saqué mi móvil del bolso y vi que me había mandado un mensaje.

«Cambio de planes, quédate en casa y vigila a tu hermano, después hablamos».

Suspiré aliviada y puse el coche en marcha. Cuando iba de vuelta a casa, vi que una moto se acercaba por detrás a toda prisa. Supe de quién se trataba nada más fijar mis ojos en el retrovisor. Thiago hizo una maniobra de vértigo y se coló entre mi coche y el que estaba a mi lado, todo esto sin frenar y provocándome un susto de muerte.

Tuve que pegar un frenazo y el coche que estaba junto a mí empezó a llamarme de todo menos bonita.

Ignoré a aquel idiota y seguí adelante. Justo cuando aparqué el coche en mi plaza de aparcamiento, Thiago entró en su casa como si nada hubiese pasado.

En mi casa solo estábamos mi hermano, la cocinera y yo. Me fijé en que Cameron estaba jugando en el jardín, así que me fui derecha a mi habitación. Solo quería quitarme ese vestido y estar cómoda. Mi madre no llegaría hasta tarde, siempre lo hacía cuando me cancelaba los planes así de repente, por lo que saqué unos pantalones cortos de chándal, me puse una camiseta cómoda y me recogí el cabello en una cola alta. Aquel día había sido agotador.

No me di cuenta de que me había dormido hasta que el sonido del timbre me despertó de un sobresalto. Al abrir los ojos vi que fuera ya había oscurecido. Mierda, Prue se iba a las siete, ¿con quién se había quedado Cameron?

Pegué un salto y bajé los escalones casi a la carrera. No oía nada de jaleo en el piso superior, ni de videojuegos ni tampoco de la televisión, y mi padre también solía llegar muy tarde.

Abrí la puerta sin mirar y me quedé paralizada cuando vi a Thiago de la mano de mi hermano.

—¡Kami, él es nuestro nuevo vecino! —gritó Cameron emocionado—. ¡Y juega al baloncesto!

Me había quedado sin palabras. Thiago me observaba fijamente, pero no como lo había hecho Taylor, sino como si quisiese ver a través de mí. Sus ojos recorrieron todo mi cuerpo de arriba abajo, hasta que se clavaron en los míos.

Me sentí intimidada ante su fija mirada y la desvié hacia mi hermano. De repente me sentía cabreada. Ambos, su hermano y él, habían pasado de mí en el instituto. Me habían mirado mal y habían ignorado mis inútiles intentos de poder hablar con ellos. ¿Y ellos eran las personas que yo tanto había echado de menos? ¿Ellos eran los que habían sido mis únicos amigos de verdad?

—Cameron, ¿qué te he dicho de salir de casa tú solo? —le dije enfadadísima.

Este abrió los ojos con sorpresa.

—Solo quería ver a los nuevos vecin...

—Sube a tu habitación —le dije sabiendo que estaba pagando con el niño lo que en realidad debía pagar con el hombre que estaba a su lado.

Mi hermano pasó corriendo como una bala a mi lado, no sin antes despedirse de su nuevo amigo.

—¡Tenemos que repetirlo, tío! —le dijo y yo lo fulminé con la mirada, con lo que el niño siguió subiendo las escaleras hasta llegar arriba.

La sonrisa que apareció en el rostro de Thiago me molestó aún más.

—¿De qué demonios te ríes? —le dije dando un paso adelante y cerrando la puerta para que mi hermano no pudiese oír lo que iba a decirle.

—De ti —me respondió él centrando todo el poder de esos ojos en los míos—. No sabía que tenías un hermano.

—Hay muchas cosas que no sabes de mí —repuse casi sin dejarle terminar de hablar. Mi madre había tenido a Cameron casi un año después de que ellos se marcharan, no era de extrañar que no supiesen de su existencia.

Me hubiese gustado que nuestra primera conversación después de tantos años no hubiese sido de esa forma. En un mundo paralelo, yo habría sido todo simpatía y él se habría mostrado encantador. Por desgracia, la vida nunca hacía lo que yo le pedía.

—Sé lo suficiente como para no querer volver a tener nada que ver contigo ni con tu familia —me soltó enfadado. Fue mi comentario lo que había causado una reacción en él.

—Entonces ¿qué demonios estáis haciendo aquí?

Thiago desvió su mirada hacia su casa y ambos vimos que Taylor nos observaba desde el porche.

—Estamos aquí porque este es nuestro hogar, y tu familia y tú no nos vais a mantener alejados por más tiempo.

—Hablas como si yo hubiese tenido algo que ver —le solté. Mi espalda chocaba con la puerta y Thiago se mantenía apenas apartado de mí.

Sus ojos se clavaron en los míos echando llamaradas.

—Te dije que mantuvieses la boca cerrada —me dijo entre dientes.

Sentí un pinchazo de culpabilidad en el corazón, pero mi enfado consiguió dejarlo bien escondido en su lugar de origen, el mismo lugar que había creado para ese sentimiento siete años atrás.

—Tenía diez años y mi padre tenía derecho a saberlo —le dije, aunque en el fondo me arrepentí de no haberle hecho caso a Thiago. A lo mejor, si todo hubiese quedado en secreto, nuestras vidas no habrían cambiado tanto, los tres aún seguiríamos siendo amigos y ellos no hubiesen...

Frené el pensamiento en cuanto un dolor profundo me apretó el corazón.

Entonces, el golpe de la mano de Thiago junto a la madera que había junto a mi cabeza me sobresaltó.

—¡Tu estupidez arruinó mi vida y la de mi familia mientras que la tuya sigue siendo un puto cuento de hadas! —me gritó a la cara. Había mucho rencor acumulado en su mirada, un odio que se había ido formando a lo largo de los años, pero ambos sabíamos que se equivocaba.

Tardé unos segundos de más en recuperarme del susto y de la impresión al verlo hablarme de esa forma.

—Lárgate —le dije, sabiendo que me echaría a llorar de un momento a otro.

Ese era el motivo por el que, desde que ellos se fueron, no me había vuelto a entregar totalmente a la amistad. No quería volver a sentirme mal cuando volviese a perder a alguien. No quería otorgar el poder de dañarme a ninguna otra persona. Pero Thiago y Taylor tenían ese poder e iban a utilizarlo. No solo habían vuelto allí para regresar a su hogar, sino que habían vuelto para vengarse, para calmar sus almas heridas, y yo iba a ser la que iba a tener que pagar los platos rotos.

—Déjala en paz, Thiago —dijo una voz diferente, separando a Thiago de mí. Este dio un paso hacia atrás y vi que me observaba un momento aturdido. Volvió a girarse hacia mí.

Taylor había decidido intervenir y lo agradecí. Me recordó a cuando Thiago se metía conmigo de pequeña y él siempre hacía de mediador, solo que aquella pelea no era una simple riña de niños... Allí había heridas abiertas que aún sangraban, recuerdos que aún dolían.

—Mantente alejada de nosotros y nosotros haremos lo mismo —dijo entonces Thiago, lanzándome una última mirada—. Y cuida mejor a tu hermano.

Dicho esto, bajó las escaleras del porche y empezó a dar zancadas hacia su casa.

Taylor me observó unos instantes.

—No hemos venido a hacerte la vida imposible —me dijo mirándome con calidez.

—Díselo a tu hermano —le contesté aún sintiéndome sobrecogida por lo que acababa de ocurrir. Taylor dio un paso hacia atrás.

—Hay cicatrices que nunca desaparecen —dijo levantando el brazo derecho, donde pude ver la misma cicatriz que yo tenía en mi muñeca.

Entendía perfectamente lo que quería decir.

Los demás días de aquella semana transcurrieron sin incidentes. Taylor seguía ignorándome deliberadamente y a Thiago solo lo veía de lejos mientras entrenaba con el equipo de las animadoras. Me dolía aquella situación, pero no había nada que yo pudiese hacer. Aunque todo no estaba dicho, no podía arriesgarme a que todo saliese a la luz.

Mi familia era un ejemplo a seguir en aquel pueblo. Todos tenían puestos los ojos en nosotros y, como se descubriera que Anne Hamilton había engañado a su marido con el padre de los hermanos Di Bianco, no sabía lo que podía llegar a ocurrir. Así como la gente nos admiraba y envidiaba, muchos otros nos odiaban y querían vernos caer. No era raro que alguien me dejara alguna nota en mi taquilla insultándome o metiéndose conmigo, una vez incluso me amenazaron de muerte. Todas esas palabras eran infundadas, la gente simplemente tenía envidia de la vida que llevaba, sin saber que era una vida vacía...

Aquella noche era el primer partido de la temporada y después iríamos todos a una fiesta en la casa del novio de Marissa, Aron Martin. Era como una especie de ritual, lo hacíamos todos los años y era muy divertido. Además, también sería la primera aparición de las animadoras aquel curso y todos lo estaban esperando.

Yo estaba nerviosa porque Dani me había pedido que fuera con él. Aun no habíamos podido quedar a solas y hablar de lo nuestro, siempre me había escaqueado diciéndole que tenía que cuidar a Cam, pero de esta noche no pasaba: íbamos a tener la conversación.

Me puse mi uniforme de animadora que, como todos los años, consistía en una falda ajustada roja y blanca y un top del mismo color. Mi barriga y mis brazos quedaban al descubierto ya que aún estábamos en verano, aunque los uniformes de invierno llegarían pronto. Me peiné con todo el pelo hacia atrás con una diadema del mismo color del uniforme, me pinté con purpurina y dibujé en mi mejilla la L mayúscula de nuestro equipo: los Leones de Carsville.

Había empezado a ser animadora porque mi madre me había obligado desde pequeña. Al principio no me gustaba nada, pero ya me había acostumbrado. De todos modos, aunque quisiera, no habría podido dejarlo: formaba parte de mi papel de chica perfecta, a pesar de que a veces me gustaría quemar los pompones delante de las narices de mi madre. Seguro que le daría un infarto.

Cuando bajé las escaleras ya lista para marcharme y con un pequeño bolso lleno de ropa para cambiarme luego, me topé con mi madre, que hablaba con alguien en la puerta: Dani.

—¿Qué estás haciendo aquí? —le pregunté cuando lo vi. Habíamos quedado en que nos veríamos en el instituto.

—Estás muy guapa —me dijo acercándose y dándome un beso en la mejilla. Me hubiese gustado apartarme, pero no podía hacerlo estando delante mi madre.

—Lo he llamado yo, como habías dicho que ibas sola... —explicó mi madre observándonos como quien mira a Papá Noel en Navidad.

—Exacto, mamá, iba a ir sola —le dije notando el enfado en mi voz.

Los ojos de mi madre se clavaron en los míos de forma escalofriante. Una sonrisa helada apareció en su rostro.

—Pues ahora ya no —dijo advirtiéndome con su mirada. Suspiré conteniendo mis sentimientos. Odiaba que metiera sus narices en absolutamente todo lo que yo hacía, incluyendo mi relación con mi novio.

—¿Nos vamos? —preguntó Dani a mi lado.

Asentí, pero justo antes de que saliera, mi madre me apartó un momento para decirme algo al oído.

—Mantente alejada de los hermanos Di Bianco, ¿me has oído? —me advirtió apretujándome el brazo con fuerza—. Ya ha habido dos personas que me han dicho que te han visto con ellos. ¿Es que te has vuelto loca?

Me solté de un tirón.

—Ya nos hemos dicho todo lo que nos teníamos que decir, mamá. Ahora, si no te importa, me están esperando —le dije dejándola con la palabra en la boca.

Delante de Dani no iba a montar una escena y este me esperaba junto al coche. Odiaba no poder irme con el mío, iba a tener que estar pendiente de él toda la noche si quería llegar a casa sana y salva. Dani no era un chico precisamente *light* teniendo en cuenta que bebía más que comía.

En el camino de ida, Dani intentó mantener una conversación, pero yo no estaba por la labor. El enfrentamiento con mi madre me había puesto de mal humor.

Cuando llegamos colocó su mano en mi muslo y se giró hacia mí.

—Estás muy guapa esta noche —repitió mirándome con admiración. Sabía lo que quería y no pensaba dárselo. No porque no lo quisiera, sino porque era un error.

Dani y yo debíamos seguir como amigos. No quería una relación, no quería un compromiso con nadie. Si apenas podía quererme a mí misma, ¿cómo iba a amar a otra persona? Algo iba mal en mí y no quería arrastrarlo conmigo.

—Desde que te fuiste de vacaciones, no he podido dejar de pensar en ti... En todas las cosas que quiero enseñarte, Kami... —Su boca trepó por mi cuello y cerré los ojos un instante.

Su mano se colocó en mi rodilla y empezó a subir por mi muslo.

Se la retuve ayudándome de mi mano derecha y abrí los ojos para encararlo.

—Lo que pasó en verano fue un error, Dani —dije muy seria.

Él parpadeó confuso unos segundos antes de volver a abrir la boca.

—La primera vez siempre es horrible para las chicas, corazón, pero eso cambia con el tiempo, con la práctica... —me dijo intentando volver a besarme.

—No quiero volver a hacerlo, Dani —dije muy seria—. No estaba preparada entonces y sigo sin estarlo.

Dani se apartó unos centímetros.

—Dentro de poco vas a cumplir dieciocho años...

—La edad no tiene nada que ver...

—Esperé dos años por ti, Kamila —dijo cambiando el tono y dejándose caer contra el asiento del coche—. ¿Sabes lo duro que es eso cuando se es chico?

¿Cuando se es chico? ¿Qué demonios tenía eso que ver con nada? No pensaba pedirle perdón por no querer acostarme con él durante nuestros dos años de relación. Habíamos hecho de todo y, finalmente, había cedido a perder mi virginidad porque ya no soportaba que siguiera pidiéndomelo.

Ahí fue donde cometí el error.

—No queremos lo mismo... Lo siento, Dani, pero creo que prefiero estar sola... Quiero centrarme en estudiar, en el ingreso a la universidad...

—¿Estás dejándome? —dijo echándose hacia atrás y mirándome perplejo.

—Lo siento, yo...

—¿Estás puto rompiendo conmigo?

Metí las manos debajo de los muslos y conté hasta tres antes de contestarle.

—Sí.

Dani me miró sin dar crédito y luego se giró hacia delante.

—Esto tiene que ser una puta broma... —empezó a decir subiendo el tono a medida que hablaba—. Este verano has pasado olímpicamente de mí. Te escribí todas las putas noches para recibir respuestas escuetas por tu parte y ¿me decías que era la puta cobertura cuando en realidad estabas pensando en dejarme?

Joder...

—Yo... me tomé estos meses para pensar...

—¿En romper? —me interrumpió—. Dime que estás quedándote conmigo...

Negué con la cabeza en silencio. No había sido mi intención dejarlo justo en ese momento, pero después de sentir cómo me tocaba no había podido esperar más para dejar una relación que me había traído más dolores de cabeza que buenos momentos. Si el amor era así, entonces no quería estar enamorada.

—¡Tienes idea de la cantidad de tías que he rechazado por ti! —me gritó entonces sobresaltándome.

Cuando se giró para mirarme, parpadeé al ver una parte de él que nunca me había enseñado... o casi nunca.

—Tienes razón... Deberíamos haber acabado con esta relación hace mucho tiempo.

Le pegó un puñetazo al volante del coche y yo simplemente contuve la respiración.

—Eres una maldita mojigata de mierda, ¿lo sabías?

Parpadeé sin dar crédito a lo que acababa de salir de su boca.

—Me has calentado la polla desde que te conocí, con tus estúpidos vestiditos, tus miradas seductoras y tus malditas caricias que nunca terminaban en nada y ¿ahora dices que deberíamos haber cortado hace tiempo?

—No pienso seguir hablando contigo. —Me giré para bajarme del coche, pero me encontré el seguro echado. Aún estábamos lejos de las puertas del instituto y el camino que nos llevaba hasta allí estaba lleno de coches aparcados de cualquier manera. Si quería, Dani podía retenerme allí el tiempo que le diera la gana. Nadie iba a vernos.

—Abre la puerta, Daniel.

Soltó una carcajada sin un ápice de alegría y un miedo irracional pasó a adueñarse de todo mi ser.

«No... No pienses así...».

—Abre la maldita puerta.

Volvió sus ojos hacia los míos y comprendí entonces que las personas tienen muchas facetas, que nos enseñan la que les conviene y se guardan las peores para, en el momento indicado, dejarte sin palabras.

—¿O qué? —dijo más serio que en toda su vida.

Mientras pensaba qué demonios contestar a eso, un

golpe en la ventanilla nos hizo pegar un salto a ambos. Detrás del cristal del Range Rover de Dani estaba Taylor Di Bianco.

Dani forzó una sonrisa falsa en su rostro y bajó la ventanilla.

—¿Listo para patearles el culo? —preguntó Taylor observándome un segundo de más.

¿Era capaz de ver lo tensa que estaba? ¿Podía verlo a pesar de la sonrisa que había forzado a aparecer en mi rostro?

—En unos minutos —dijo Dani con la voz en calma—, antes tenemos que solucionar un temita de pareja, ¿no, Kami?

Sopesé mi respuesta.

—Lo cierto es que tengo que calentar —dije empujando la manija del coche y comprobando que seguía bloqueada. Me giré hacia Dani—. ¿Me abres, por favor?

La mandíbula de mi exnovio se apretó con fuerza, pero hizo lo que le pedí.

Se habían acabado las peleas y los malos ratos. Lo había querido, era cierto, pero no me había querido a mí misma, y eso él lo sabía de sobra.

Me bajé del coche y empecé a caminar hacia el gimnasio. Taylor se quedó charlando con Dani y yo me obligué a borrar cualquier atisbo de expresión en mi rostro.

Me fui directamente hacia donde estaban mis amigas, en un lateral de la puerta de entrada. Estaba tan enfadada que no me hubiese importado golpear a alguien, pero con mis puños, no con aquellos estúpidos pompones.

—¿Qué te pasa? —me dijo Ellie riéndose de mí.

—Nada —le contesté intentando mantener la calma.

El sol ya se estaba poniendo por el horizonte y el ambiente estaba apenas iluminado. Casi todos los estudiantes se encontraban en el aparcamiento reunidos frente a los coches y también había muchos padres que venían a ver el partido, además de los estudiantes del instituto rival que venían a apoyar a su propio equipo. Todas mis amigas que formaban el equipo de animadoras estaban hablando entusiasmadas. Yo intenté integrarme en la conversación hasta que sentí una mirada clavada en mi nuca. Al girarme, vi cómo Thiago se bajaba de su moto y caminaba directo hasta la entrada del gimnasio.

Pasó por mi lado, pero si me vio, hizo como si no existiera.

Intenté no darle importancia y me centré en calentar con mis compañeras. En el momento de salir a bailar procuré con todas mis fuerzas no pensar en nada más, pero los hermanos Di Bianco se habían apoderado de mi mente.

No se me daba nada mal agitar los pompones y moverme con la música, pero aquella noche mi mente estaba en otra parte y me di cuenta tarde de que me había equivocado de paso. Ellie me lanzó una mirada de advertencia y me obligué a centrarme en lo que hacía. Era el momento en el que me levantaban en el aire para hacer una pirueta y caer en los brazos de mis compañeras. Cualquier despiste podía costarme una contusión... o la vida.

Por suerte, años de práctica me sirvieron para vencer a mi mente. El salto salió perfecto y los aplausos y vítores desde las gradas nos dejaron a todas con un buen sabor de boca. A pesar de los dos meses de veraneo sin apenas entrenar, seguíamos siendo buenas.

Cuando terminamos, nos alejamos hacia las gradas para ver empezar el partido. No pude evitar mirar a Thiago cuando tuve que ir justo hacia donde él estaba hablando con el entrenador.

Qué guapo era..., a pesar de que no siempre me lo había parecido. Lo había visto crecer, lo había visto sin paletas, lo había visto vestido con los peores modelitos que os podáis imaginar... Pero siempre me había parecido que tenía algo especial. Los dos, tanto Taylor como Thiago, se habían convertido en unos tíos guapos y atractivos... y ambos habían superado las expectativas con creces.

¿Qué sentiría si Thiago volviese a posar sus labios sobre

los míos...? Borré ese pensamiento de mi cabeza y me centré en la conversación de mis amigas, que charlaban sobre la fiesta de después del partido. Me acerqué hacia la neverita portátil que había junto a los balones para coger una botella de agua y Thiago me lanzó una mirada indescifrable.

Cuando estaba bebiendo, intentando ignorar a Thiago, Victor Di Viani, el base del equipo, se me acercó y cruzó su brazo por mi cintura, atrayéndome hacia él.

—¿Qué haces? —le dije apartándolo y llevándome la botella a la boca otra vez.

Victor me sonrió de lado y me recorrió el cuerpo con lascivia.

—Nada, solo darte la bienvenida al mundo de los adultos.

Entornó los ojos y lo miré sin paciencia.

—¿Te incluyes en el mundo de los adultos? ¿Tú? —le contesté lanzándole una mirada despectiva.

Mi máscara de hielo estaba bien colocada y nadie iba a quitármela esa noche.

—No te enfades, chica... Ya eres toda una mujer, eso hay que celebrarlo.

Un escalofrío me recorrió la espalda dejando un reguero de sudor por mi piel.

—¿Quién...? ¿Qué...? —Me quedé sin palabras.

—Lo cierto es que yo fui de los que apostó a que llegarías a la universidad siendo virgen. Pero oye, enhorabuena, lady Kamila. Ahora que ya todos sabemos que esa entrada está más que abierta... —dijo insinuándose y vi cómo algunos miembros del banquillo empezaron a reír.

Sentí un nudo en el estómago y me entraron ganas de vomitar.

Muchas cosas se me pasaron por la cabeza: unas violentas, otras de niña pequeña. Pero no me dio tiempo a hacer ni a decir nada. Antes de que me diera cuenta, Thiago se había acercado y disimulando le había pasado el brazo por la cabeza a Victor con fuerza y le susurraba al oído algo que solo él y yo pudimos oír:

—Vuelve a decir algo así y le diré al entrenador que te suspenda toda la temporada... Aparte de partirte la cara, ¿me has oído?

Victor asintió en silencio.

—Ahora desaparece de mi vista —añadió dándole dos fuertes palmadas en la espalda y volviéndose hacia el partido.

Muchas de las personas que había a nuestro alrededor habían desviado su atención del partido para centrarse en nosotros. Victor miró a Thiago sorprendido y luego a mí..., pero su miedo hacia mi vecino pudo con todo lo demás. Se apartó y se marchó del gimnasio sin rechistar. Sus amigos cerraron la boca y desviaron la mirada a los jugadores, que por suerte iban ganando.

Thiago me lanzó una mirada de soslayo antes de regresar a su posición de entrenador. ¿Había sido decepción lo que habían visto mis ojos?

4

THIAGO

Aquella semana había sido un maldito infierno. Fuera donde fuera, allí estaba ella. No solo me la había cruzado como mil veces en el instituto, sino que siempre que miraba por la ventana de mi habitación podía verla detrás de la suya. Cuando yo tenía diez años y ella siete, habíamos creado una especie de código morse; era lo único que había compartido con ella y en lo que mi hermano no había podido participar, ya que la ventana de su habitación daba a la otra parte de la casa.

Siempre había sentido una envidia sana al ver la relación que ellos tenían. Era normal, ya que ambos tenían la misma edad y se comprendían mejor, pero vernos desde la ventana y compartir aquel código nos había acercado de una manera que Taylor no podía imaginar. Cuando cumplí trece años, mis sentimientos empezaron a cambiar y mis ojos la vieron de una forma distinta a la que estaban acostumbrados. En esa época ya me había empezado a fijar en chicas y por Kam sentía una necesidad irrefrenable de hacerla rabiar. Ella había sido la primera chica a la que había besado, un beso torpe y rápido, pero que aún permanecía en mis recuerdos.

Dado que ya no era una niña, ese sentimiento que siempre me había hecho sentirme atraído hacia ella había aumentado, solo que el deseo se mezclaba con la rabia. No podía evitar odiarla, pues una parte de mí la culpaba injustamente por lo que había ocurrido, pero la otra solo quería volver a besarla. Pero besarla de verdad. Saborear su boca y sentir su cuerpo pegado al mío.

Durante aquellos días había podido observarla desde la distancia. Era como la abeja reina de aquel instituto: todos hablaban de ella y todos se movían a su alrededor como si fuese el puto sol del universo. Su vida era perfecta. Todos lo decían, todos la envidiaban y eso solo aumentaba mi odio hacia esa familia. ¿Por qué su vida sí podía ser así y la mía había terminado hecha pedazos?

Pero no solo había oído buenos comentarios sobre ella. Muchas personas le tenían mucho odio. Es más, la gente hablaba de ella como si de un objeto se tratara. Algunos incluso la llamaban la «princesa de hielo» y eso sabía que era en referencia a su madre, la reina de hielo. En eso sí que tenían razón: Anne Hamilton era un puto iceberg. Aún seguía sin entender cómo mi padre había podido engañar a mi madre con aquella mujer. Era guapa, sí, pero era un cuerpo sin vida, un bloque vacío... ¿Sería Kam, en el fondo, igual que ella?

Lo que más me había trastocado esos días, lo que realmente me había tocado la fibra, habían sido los comentarios de los jugadores en los vestuarios. La última semana había podido oír de todo, desde lo buena que estaba hasta las cosas que le harían. Los comentarios se enmudecían cuando el capitán del equipo, Dani Walker, estaba presente. El supuesto novio de Kam era un pijo estirado con los humos subidos, hijo del alcalde y capitán del equipo. ¿Era bueno? Sí, lo era, pero también era un gilipollas de cuidado.

Le había dado el beneficio de la duda cuando pude comprobar que de él no salía ni una palabra en referencia a Kam, al revés. Si alguien se pasaba de la raya o soltaba algún comentario fuera de lugar, lanzaba miradas intimidatorias y amenazantes que tenían el efecto deseado entre sus compañeros: cerraban la boca, al menos cuando estaba él presente.

Pero algo había cambiado hacía unas horas y lo que

había llegado a mis oídos me había afectado a niveles que nunca creí posibles. Solo imaginarme al imbécil de Dani dentro de ella...

Las palabras de Victor Di Viani a Kam me habían enfurecido, pero no podía permitirme una pelea delante de todo el gimnasio. Me centré en el partido, pero en el segundo tiempo tuve que volver a presenciar cómo las animadoras, entre ellas Kam, bailaban delante de todos mostrándonos los cuerpos esculturales de piernas largas y barrigas planas. Kam estaba increíble. Era la estrella de ese equipo y, cada vez que la lanzaban al aire y se abría de piernas, medio estadio se empalmaba, estaba seguro.

Sus malditos vestidos y la ropa con la que venía a clase habían sido una tortura para mí y para cualquier ser vivo masculino que estuviese en los pasillos de aquel instituto. Ya había pillado en más de una vez al entrenador Clab mirándola de reojo y babeando como todos los demás, y es que los modelitos con los que iba a clase eran más dignos de una pasarela de moda que de un instituto de Virginia.

Sin embargo, lo que más sentía cuando la miraba era rencor hacia ella y su familia. No importaba que Kam hubiese formado parte de mi infancia ni que hubiese sido la primera chica de la que me había enamorado... Nada de eso importaba, porque al final del día los Hamilton habían destrozado mi infancia y la vida de mi madre y nunca sería capaz de perdonarlos. Y mucho menos a esa arpía que Kam tenía por madre.

Al finalizar el partido dejé todos mis sentimientos a un lado y disfruté de la victoria con mi hermano y sus nuevos compañeros de equipo. Estaba contento por él. Taylor se estaba integrando de una forma increíble en la que había sido nuestra antigua vida, aunque él siempre había sido capaz de verle el lado bueno a todas las cosas, no como yo.

Sus amigos me respetaban, pero también me trataban como a uno de los suyos. Era imposible pretender que aquellos chavales de diecisiete años me viesen como a un viejo profesor más y la verdad era que lo agradecía. En aquel pueblo no es que me sobrasen los amigos y me agradaba el trato amistoso que había surgido con el equipo de baloncesto. Por suerte, el entrenador Club hacía oídos sordos cuando los chicos se dirigían a mí más como a su compañero o colega que como a su entrenador.

Por ese mismo motivo no me sorprendió cuando mi hermano Taylor se acercó junto a Harry Lionel, el pívot del equipo, que medía más de dos metros. Me invitaron a asistir a la fiesta que tendría lugar después en la casa de Aron Martín, el mejor ala-pívot que el equipo había tenido en mucho tiempo.

Me reí al mismo tiempo que me llevaba la botella de agua a la boca.

—Paso de fiestas de críos —les dije para picarlos. Mi hermano puso los ojos en blanco y Harry se puso serio.

—Venga, hombre. Eres nuestro entrenador, pero todos quieren que vengas, tío —dijo quitándome la botella y echándose lo que quedaba de agua sobre la cabeza.

—Ya veré si me paso —dije pensándomelo mejor. Lo cierto es que no tenía nada mejor que hacer. Además, mi madre estaría de guardia toda la noche, por lo que no tenía que preocuparme por que estuviese sola.

Mi hermano se marchó a los vestuarios con su nuevo amigo y yo me quedé recogiendo los balones, las botellas de agua y todo lo que habían dejado los jugadores. Eso era la peor parte del trabajo, aunque no pensaba quejarme si con eso cumplía algunas de las horas del servicio a la comunidad.

Media hora después, la mayoría de la gente se había marchado del gimnasio y aproveché para tirar algunas canastas. Ese deporte me fascinaba, me encantaba. Echaba de menos jugar en el equipo de la universidad, pero echando la vista atrás, no me arrepentía de haberle partido la cara a ese desgraciado, aun habiéndome costado la expulsión y con ella el fin de mi carrera.

Los vestuarios de los chicos estaban fuera del gimnasio y por ese mismo motivo no me di cuenta de que me había quedado completamente solo hasta que escuché el ruido de la puerta al abrirse. Me giré justo en el instante que marcaba un tiro triple. La pelota se coló por la red y salió disparada hacia el otro extremo del gimnasio. Al seguirla con la mirada, me fijé en que unas manos demasiado pequeñas la cogían del suelo. Allí estaba ella: Kam.

Se había cambiado. Ya no llevaba el uniforme de animadora, aunque seguía estando demasiado atractiva para mi salud mental. Se había puesto una falda, un top blanco que dejaba parte de su piel bronceada de su estómago al descubierto y unas botas militares que la hacían parecer más alta de lo que era.

—Pensaba que ya no habría nadie —dijo como excusándose. Me fijé en que su cuerpo se había puesto tenso. Había notado que mi presencia la afectaba, aunque no sabía por qué.

—¿Me devuelves la pelota? —le dije intentando ignorar todos los sentimientos que me recorrían cada vez que la veía.

Clavando sus ojos en los míos y con una mirada fría, me lanzó el balón con fuerza y decisión. Lo cogí sin problemas y me giré para marcar otro punto, aunque con el rabillo del ojo seguí observando qué es lo que hacía. Se había acercado al banco donde habían estado colocadas las botellas de agua y los bolsos de las animadoras. Entonces supe por qué había regresado al gimnasio.

Me metí la mano en el bolsillo y saqué el aparatito.

—¿Buscas esto? —le pregunté, sin poder evitar divertirme con la situación. Le enseñé el teléfono móvil que había encontrado debajo del banco y que pensaba dar a la recepcionista del colegio el lunes por la mañana. El teléfono estaba bloqueado y no había podido hacer nada para averiguar de quién era... hasta entonces.

Kam se giró hacia mí con el alivio reflejado en sus bonitos ojos marrones.

—Pensé que lo había perdido —me dijo acercándose hacía mí, aunque con paso vacilante.

Sin dejar de reírme por dentro, me metí el teléfono en el bolsillo otra vez. Ella observó mi movimiento con la mirada y se detuvo frente a mí.

—¿Qué estás haciendo? —me preguntó con el ceño fruncido.

Me volví otra vez y tiré de nuevo la pelota. Supe que sus ojos habían seguido su trayectoria y me gustó que el tiro hubiese sido impresionante, teniendo en cuenta que estaba al doble de distancia de donde se tira un triple.

—He decidido que no tengo ganas de devolvértelo —le dije sin más, recogiendo la pelota y encarándola de frente.

Se había quedado totalmente sorprendida. Me miraba como si estuviese hablando en chino o como si no se creyese las palabras que salían de mi boca.

—Devuélvemelo —me dijo con aquel tono de voz serio y frío que utilizaba con casi todo el mundo.

—¿O si no qué, princesa? —le dije acercándome a ella.

No sabía qué me ocurría, pero deseaba tanto hacerla rabiar... Me sentía igual que cuando éramos pequeños y le tiraba de las trenzas. Deseaba obtener de ella cualquier tipo de reacción hacia mí, aunque también deseaba oler aquel perfume que desprendía y que hacía que mis sentidos estuviesen completamente alerta.

Ella dio un paso hacia atrás para así mantener la distancia entre nosotros. Esa era otra de las cosas en las que me había fijado. Kam parecía mantener las distancias con todo el mundo, por lo menos en público, y en ese instante deseé fastidiarle aquella pose de chica inalcanzable que parecía desprender por todos los poros de su piel. Me fijé en las pequeñas pecas oscuras que tenía sobre la nariz y que no habían existido cuando éramos pequeños. Repasé la forma en que sus labios sobresalían de su rostro. Sus pestañas inmensamente largas y rizadas ensombrecían sus mejillas repentinamente sonrosadas...

—No sé qué es lo que pretendes, pero devuélveme el teléfono, Thiago —me dijo mirándome fijamente.

Yo me recreé en el sonido de mi nombre saliendo de entre sus labios. Justo cuando iba a hacer una locura, la mayor locura que alguien podría cometer, la puerta del gimnasio volvió a abrirse.

—¿Kami, vienes o no? —dijo la chica de pelo rizado que siempre iba pegada a ella a todas partes.

La chica cuyo nombre no sabía se quedó un momento observándonos a los dos. Estaba claro que no esperaba encontrarse conmigo y menos tan cerca de su amiga. Kam se giró hacia ella y le sonrió de una forma tan falsa que no entendí cómo no se dio cuenta.

—Salgo en un segundo, ahora te alcanzo —le dijo. En cuanto la puerta volvió a cerrarse, se volvió para encararme—. Dámelo —me ordenó dando un paso hacia delante y alargando la mano hacia mi bolsillo. Atajé sus dedos entre los míos sin apenas esfuerzo.

Tiré de ella hacia mí y acerqué mis labios a su oreja al mismo tiempo que le susurraba:

—Lo tendrás cuando a mí me dé la gana, Kamila.

Dicho esto, la rodeé y me marché sin importarme que

hubiese cruzado una línea que me había jurado no cruzar. Porque el móvil iba a tener que devolvérselo y, cuando lo hiciera, iba a volver a tener que estar con ella... Eso era lo único en lo que mi cerebro podía pensar.

5

KAMI

Solo podía pensar en la sensación de sus labios en mi oreja y el calor de su cuerpo mezclándose con el mío. Habían sido unos simples segundos, pero habían trastocado mi mundo. Nunca había sentido con tan poco, aunque supiera que me odiaba, aunque supiera que en el fondo todo lo hacía para provocarme... Desde que Thiago había vuelto, esa parte de mí que tan escondida tenía, que tan difícilmente mantenía bajo control, pugnaba por salir a la luz y destrozar todo cuanto había a su alcance.

Maldito fuera por tener aquel control sobre mí. Siempre lo había tenido. Ya desde niños yo tenía que andarme con cuidado cuando él estaba cerca, me sentía como un animal pequeño e indefenso siendo cazado por uno mucho más grande y más fuerte. Thiago lo eclipsaba todo cuando aparecía y su simple presencia hacía que saltara por los aires la pose perfecta que tanto me había costado construir.

Maldije entre dientes al pensar en mi teléfono. No sabía qué era lo que pretendía, pero no pensaba entrar en su juego. Iba a devolverme el móvil, aunque tuviese que entrar en su casa y quitárselo yo misma.

Salí del gimnasio de muy mal humor.

Ellie me esperaba apoyada contra su coche mientras se terminaba uno de los muchos cigarrillos que se fumaba al día. Yo lo había dejado hacía tiempo, odiaba el olor que el tabaco dejaba en mi ropa, pelo y boca.

—¿Estabas tonteando con el nuevo entrenador de baloncesto? —me preguntó Ellie con cara de querer cometer el mismo pecado que yo.

—Para nada —dije subiéndome al coche y mirándome en el espejo para así poder conseguir dar un poco de autocontrol a mi cuerpo ya exaltado.

—Está buenísimo —dijo Ellie poniendo el coche en marcha y saliendo hacia la casa de Aron—. Pero ahora en serio, ¿qué hacías hablando con Thiago Di Bianco?

—Es mi vecino, quería saber si necesitaba que alguien me llevara a casa —mentí, sabiendo que eso era lo último que Thiago haría por mí.

—Me han dicho las chicas que ya os conocíais desde

pequeños —agregó mientras doblaba en una esquina y se paraba en uno de los muchos semáforos que había en ese pueblo.

—Su hermano, Taylor, era mi compañero de juegos —le dije quitándole hierro al asunto—. Thiago solo era el vecino de al lado.

—¿Sooolo el vecino de al lado? —preguntó mirándome a la cara, desviando la atención de la carretera, cosa que siempre hacía y me ponía muy nerviosa, y alargando la o hasta el infinito. La sonrisita con la que me miraba no albergaba nada bueno.

—Solo el vecino, Ellie. De hecho, siempre nos hemos odiado.

Bueno, eso no era del todo cierto. Thiago había pasado a odiarme debido a lo que había hecho, pero antes éramos muy amigos. Sobre todo el último año, antes de que él se fuera...

—Los que se odian se enamoran —dijo riéndose.

—En realidad es «los que se pelean se desean», pero como tú veas...

—Veo que estás de muy buen humor esta noche —dijo volviendo a girar y entrando en la urbanización de Aron. Era una de las mejores del pueblo, con casas muy grandes y bonitas.

—Lo cierto es que creo que Dani se ha ido de la lengua

con los chicos en el vestuario... —dije recordando otro de los motivos por los cuales notaba las palmas de las manos sudorosas—. Al parecer, les ha contado a sus amigos que ya no soy virgen.

Ellie frenó en seco y me miró con la boca abierta.

—¡Qué dices!

Asentí en silencio. Ya me parecía rastrero que los chicos hablasen de las cosas que hacían con las chicas en las fiestas o en el instituto, pero que Dani, mi novio desde hacía dos años, hubiese contado algo tan íntimo de los dos... Él también había perdido la virginidad conmigo.

—Victor me abordó durante el partido y soltó algo como que yo era ya una mujer y que ahora formaba parte del club o no sé qué chorrada...

—Victor es imbécil —dijo Ellie retomando los mandos del coche—. Estoy segura de que Dani debió contárselo a Aron y a este se le escaparía en los vestuarios. No me creo que Dani hable de vuestras cosas así como así...

—Dani puede ser muy cruel cuando se lo propone —dije recordando nuestras peleas, recordando lo que me había dicho hacía un par de horas en su coche...

—¿Y qué vas a hacer? —me preguntó.

—Dejarlo —dije mirando por la ventana—. Ya lo he hecho.

—¡¿Cómo?! —exclamó atónita mi amiga.

—Lo dejé antes del partido... Debí haber terminado con él antes de irme de vacaciones, pero creí que si pasábamos un tiempo separados... No sé, nos echaríamos de menos y las cosas volverían a ser como antes...

—¿Lo has echado de menos?

Negué con la cabeza lentamente y me giré para mirarla.

—Quiero mucho a Dani... de verdad, pero ya no estoy enamorada de él —admití por primera vez en voz alta.

Ellie asintió y siguió conduciendo.

—Tu soltería será la comidilla del insti, ¿estás preparada?

Lo que el instituto hablase de mí era lo último que me importaba en aquel instante.

—Para lo que estoy preparada es para emborracharme y olvidarme de lo horrible que ha sido esta semana.

Ellie aplaudió soltando el volante y me incliné a cogerlo antes de que chocáramos contra una farola.

—¡Ellie!

—¡Hoy nos emborrachamos! —siguió gritando emocionada a la vez que recuperaba el control del coche.

Solté una carcajada y negué con la cabeza. Mi amiga era incorregible, pero la quería con locura.

La casa de Aron era lo bastante grande como para que todo el último curso del instituto y algunos de cursos inferiores cupieran con sorprendente facilidad. Estaba apartada, por lo que era perfecta si se quería hacer una buena fiesta, así la música no molestaba a nadie y la policía nos dejaba en paz. Eso también significaba que, en esa casa, sin exagerar, había tanta cerveza como para tumbar a un elefante.

Ellie y yo nos bajamos del coche y caminamos juntas hasta llegar a la puerta de la casa.

Allí, fumándose un porro y con un vaso en la otra mano, estaba Dani. Su expresión al verme fue indescifrable. Muchos de los allí presentes me miraron como acusándome de algo. No tenía idea de cómo iban a tomarse nuestra ruptura, pero de una cosa estaba segura: la gente elegiría bandos y no tenía muy claro quién iba a salir ganando y quién iba a salir perdiendo.

Ellie me tiró del brazo para que ignorara los dardos que me llegaban de todas las direcciones y entramos en la casa dejando atrás los malos rollos.

Dentro, la gente estaba bailando, fumando o besuqueándose por las esquinas. Vamos, lo típico de una fiesta como esa. Divisé a Kate unos cinco minutos después. Estaba apoyada contra la encimera de la cocina y junto a ella, aparte de Marissa y su novio Aron, había un chico que yo no conocía. Al vernos aparecer, Kate se acercó para darnos un abrazo.

—Chicas, os presento a mi hermano Julian —nos dijo señalando al chico moreno y bastante alto que estaba de pie junto a ella. Tenía los mismos ojos oscuros que Kate y una sonrisa amable—. Julian, estas son dos de mis mejores amigas, Kamila Hamilton y Ellie Webber —dijo sonriéndonos a los tres.

Le tendí la mano con una mirada amable. Kate ya me había informado de que su hermano iba a mudarse a vivir con ella. En realidad, no eran hermanos hermanos, ya que solo compartían padre, y tampoco es que tuviesen una relación muy estrecha. Julian era un año mayor que Kate y cuando él era pequeño sus padres se habían separado. A su padre no le había costado mucho encontrar a otra mujer y, nueve meses después, allí estaba Kate. Mi amiga me había contado que su padre al principio apenas había tenido relación con Julian. Pero la habían retomado hacía tres años y este verano Julian se había mudado a vivir con ellos porque su madre se había trasladado a vivir a Florida.

La cosa es que Julian había repetido un año y este curso empezaría a estudiar en nuestro instituto. A Kate no es que le hiciese mucha gracia, pero por lo menos iba a tener la oportunidad de conocer mejor a su único hermano.

Julian me sonrió con afectuosidad.

—Solo llevo aquí dos días y ya me han hablado de vosotras más personas de las que puedo contar con los dedos —nos dijo sonriendo.

—No creas todo lo que han podido contarte —dije medio en broma, aunque estaba claro que en realidad lo decía en serio. Kate se marchó a servirse una copa y yo me quedé con Julian. Era muy guapo, aunque no era el tipo de chico por el cual yo podía sentirme atraída. En ese momento, la imagen de Thiago me vino de inmediato a la cabeza y me deshice de ella con rapidez.

La fiesta estaba en su apogeo, y la música y la cerveza comenzaron a ponerme de mejor humor. Julian se había quedado charlando conmigo y Kate parecía supercontenta de que su hermano y yo nos hubiésemos caído tan bien en tan poco tiempo. Cuando me excusé un momento para ir al servicio, me encontré con Taylor, que estaba jugando una partida de billar en una de las habitaciones contiguas. Me apoyé contra la pared y lo observé esperando que no se diera cuenta de mi presencia. Llevaba puestos unos vaqueros desgastados, una camiseta de los Rolling Stones y una gorra de los Knicks hacia atrás para poder ver bien.

Observé cómo se mordía la mejilla izquierda antes de inclinarse concentrado y dar un golpe certero con el taco. Siempre hacía eso cuando estaba concentrado. Fui dándome cuenta poco a poco de que había más chicas por allí de las que solía haber cuando los chicos jugaban al billar. Rara vez nos dejaban a nosotras participar, aunque he de decir que lo hacían por una buena razón: casi todas eran malísimas jugando. Por eso me resultó raro ver a los grupitos de dos y de tres chicas, aunque unos minutos después comprendí que estaban allí para comerse a Taylor con los ojos.

La verdad es que estaba muy guapo... y sexy.

Fue como si me hubiese escuchado. Levantó la cabeza y me miró. Al principio pareció sorprendido de verme allí, como si aún no se acostumbrara del todo a que volviésemos a estar en el mismo pueblo. Pareció dudar un segundo y después me dedicó una sonrisa totalmente sincera... o eso me pareció.

—Eh, Hamilton —me llamó—. Ven aquí y demuéstrales a estos tíos cómo se juega de verdad. —La primera sonrisa auténtica de la semana acudió a mis labios al oír las palabras que salían de la boca de mi antiguo mejor amigo.

Muchos recuerdos acudieron a mi mente y todos tenían que ver con las muchas tardes que pasé jugando al billar con Taylor. Él había sido quien me había enseñado a jugar y había tardado lo suyo, porque cuando era pequeña el taco era casi tan grande como yo.

Tampoco se me escapó el detalle de que parecía llevar

varias cervezas encima. ¿Me hubiese hablado de no haber estado medio borracho?

Aparté de mi mente esos pensamientos negativos y me acerqué a él. Taylor estaba rodeado por tres chicos que acudían a mi clase de matemáticas.

—¿Estás seguro de que quieres jugar conmigo, Taylor? —le pregunté deteniéndome frente a él. Sus ojos me miraron divertidos y sonrientes. Supe que en ese instante estaba teniendo lugar un momento muy importante entre los dos—. Porque ya no soy la niña inexperta de antes... puedo machacarte —le dije quitándole el taco de las manos. A nuestro alrededor la gente empezó a abuchear y Taylor soltó una carcajada al mismo tiempo que se giraba a los espectadores.

—Diez pavos a que te gano con los ojos cerrados —me dijo clavando sus bonitos ojos azules en los míos. Cuando Taylor me miraba, solo sentía calidez y añoranza, nada que ver con los ojos verdes de su hermano cuando me miraban.

—Subo la apuesta —dije divirtiéndome—. Quien gane puede pedirle lo que quiera al otro —dije mirándolo divertida, pero a la vez ansiosa. Yo sabía perfectamente lo que pediría si ganaba y esperaba ganar con todas mis fuerzas.

Taylor me miró con el ceño fruncido mientras las personas que nos rodeaban empezaban a gritar insinuaciones de todo tipo.

—¡Cualquier cosa, Taylor! —gritó un chico, no sé quién, a mis espaldas.

Taylor frunció el ceño un momento, pero luego una gran sonrisa apareció en su rostro al mismo tiempo que me tendía su mano.

—Trato hecho —dijo cuando ambos nos estrechamos la mano.

Me coloqué junto a la mesa mientras Taylor recogía las quince bolas y las colocaba en el triángulo.

—Las damas primero —dijo haciendo un ademán con su mano hacia mí. Cogí la tiza y la pasé varias veces por la punta de mi taco. Me coloqué estratégicamente sobre la mesa y con un golpe fuerte y certero les di a las bolas, que salieron disparadas por toda la mesa.

El primer golpe era decisivo: dos bolas lisas chocaron entre sí y fueron a meterse directamente en las troneras del fondo de la mesa, una a la de la derecha y otra a la de la izquierda; una rayada se metió en la tronera central y las demás se dispersaron de manera desordenada por toda la mesa.

—Elijo las lisas —dije con una sonrisita mientras Taylor examinaba la mesa con el entrecejo fruncido.

Otros chicos de la fiesta se habían acercado. Nadie me había visto jugar antes y, para ser sincera, solo lo había hecho en mi casa y con mi padre. Mi madre siempre había desaprobado que jugara al billar, decía que era un juego estúpido para hombres, y por esa razón nunca me había ofrecido para participar en ninguna de las muchas partidas que se jugaban en las fiestas. Además, como las chicas no sabían jugar, no era plan hacerlo yo sola contra los chicos. Pero con Taylor no me importaba: él había sido quien me había iniciado en este juego y volver a jugar juntos hacía que me sintiera maravillosamente feliz.

Sabía que la falda que llevaba y el top blanco que me había puesto no eran lo más apropiado para reclinarme sobre una mesa, pero intenté no pensar mucho en ello mientras volvía a colocarme en posición para poder meter la bola lisa de color amarillo que estaba muy cerca de la tronera del fondo. Mi golpe fue certero y esta entró haciendo mucho ruido al caer.

—¡Muy bien, Kami! —gritó Ellie, que se había acercado junto a Kate, su hermano y mis amigas para darme apoyo moral. Le sonreí al mismo tiempo que me concentraba en mi siguiente jugada. La cosa ya se complicaba y supe que no iba a ser capaz de meter ninguna más sin perder mi turno. Giré junto a la mesa hasta colocar el taco entre dos bolas rayadas, con cuidado de no rozar ninguna y golpeé la bola blanca, que chocó contra la pared lateral y a su vez golpeó una bola rayada que me estorbaba para poder meter otra en la tronera central.

—Mi turno, guapa —dijo Taylor rodeándome y posicionándose en una jugada que seguramente tenía ya más que ensayada. En efecto, metió dos bolas rayadas de un solo movimiento.

Maldije entre dientes, ya que tenía otra bola literalmente a punto de caerse, solo debía golpear una de las mías para que la suya se metiera en el agujero.

Observé a Taylor mientras este se inclinaba sobre la mesa. Ya no quedaba nada del chico desgarbado y bajito de antaño, se había convertido en un hombre alto y apuesto, con los ojos azules muy relucientes y un pelo marrón muy atractivo. Además, había heredado la misma constitución física que Thiago, aunque este era más alto y un poco más corpulento. Claro que Thiago también era tres años mayor y eso se notaba.

Taylor metió dos bolas más, lo que me dejaba a mí en desventaja, hasta que falló en su cuarta jugada. Estuvimos jugando veinte minutos más hasta que quedamos empatados. Había una larga hilera de chupitos apoyada en un lado de la mesa de billar; algunos eran míos, pero la mayoría eran de Taylor o de nuestros compañeros de clase. El tequila se me había subido un poco a la cabeza, pero estaba completamente segura de que era capaz de ganar la partida. La música seguía sonando y, más allá del salón donde nos hallábamos, la gente seguía bailando y bebiendo, pero yo me encontraba completamente aislada en aquella burbuja que habíamos formado Taylor y yo.

—Vas a perder, Kami. No te esfuerces tanto —me dijo al ver que volvía a cambiar de posición en la mesa. Si conseguía meter la bola negra, ganaba. Fin. Pero el problema era que, para conseguirlo, la bola blanca debía chocar primero con la esquina lateral de la mesa, luego dar en la pared contraría y, si conseguía darle el ángulo que deseaba y con la fuerza necesaria, la bola caería por la tronera.

Ignoré el comentario de Taylor y me decidí en mi posición. Tenía que inclinarme tanto sobre la mesa que casi estaba completamente tumbada sobre ella, pero también sabía que, si mi jugada salía como planeaba, dejaría a todos completamente alucinados, incluido a Taylor.

—Ellie, ven un momento —llamé a mi amiga. Ellie, que estaba achispada pero aún sobria, se me acercó de inmediato—. Colócate detrás de mí, por favor.

—¿Quieres que te ayude? —me preguntó extrañada.

Me hizo reír. Ellie no tenía ni la menor idea sobre cómo se juagaba al billar. No, solo la necesitaba para que nadie pudiese verme las bragas cuando me inclinase sobre la mesa.

—Tú simplemente quédate detrás —le dije cogiendo el taco y colocándome como planeaba.

Sentí cómo Ellie se acercaba tras mi espalda.

—Vale, ya lo he pillado —dijo soltando una risita—. No quieres que nadie vea ese culito tuyo.

Ignoré su comentario y los silbidos que provinieron de los chicos. Taylor me observaba asombrado y muy callado. Sabía lo que estaba haciendo. Al igual que yo, estaba viendo la jugada que me proponía en la cabeza y, justo cuando me incliné y solté la fuerza necesaria para dar el golpe, vi cómo una mueca aparecía en su rostro.

Todos los que estaban allí vieron casi a cámara lenta cómo la jugada que había planeado se llevaba a cabo a la perfección y, con un fuerte crac final, la bola negra se metió en la tronera, repiqueteando con las muchas bolas que había debajo. La gente a mi alrededor gritó y aplaudió emocionada, yo incluida, y no pude disfrutar más al ver la cara de cabreo de Taylor. Ambos sabíamos de dónde había sacado esa jugada: era la misma con la que Thiago le había ganado a él en una apuesta que hicieron cuando éramos pequeños. Aún recuerdo la cara de Taylor cuando perdió y tuvo que darle todos los cromos de fútbol de su colección.

Con una enorme sonrisa en la cara, me acerqué hasta él ignorando su mirada, que me traspasaba.

—Eso ha sido un golpe bajo —dijo, obviamente recordando lo mismo que yo.

—¿Te molesta que la alumna haya superado al maestro?

—Me molesta más esa cara de suficiencia que tienes ahora mismo, sobre todo si se te acaba subiendo a la cabeza —me contestó, cambiando su expresión y mirándome otra vez con diversión.

—Puedo ganarte, cuando quieras y donde quieras, Tay —le contesté fijándome en cómo sus ojos se arrugaban ligeramente al sonreír, igual que lo habían hecho siempre.

Mi relación con Taylor había sido de las que se recuerdan toda la vida, esas amistades que llegan al corazón y se quedan allí para siempre. Él era el amigo con el que siempre había podido contar. Pasara lo que pasase, siempre había estado allí para ayudarme y para perdonarme... y eso era justo lo que necesitaba en ese momento.

—Quiero que me perdones, Taylor —le pedí y vi cómo su expresión cambiaba y me observaba, primero con sorpresa, después con frialdad—. Siento mucho lo que ocurrió hace siete años. Siento que todo terminase como acabó. Pero lo que más siento es haberte perdido a ti en el proceso... Te quiero de vuelta en mi vida, Taylor. Por favor, dime que me perdonas.

Sabía que no estaría diciendo esas cosas de no haberme tomado varios chupitos y varias cervezas. Es más, creo que aquella noche había bebido más que en toda mi vida, pero también sabía que todo lo que estaba diciéndole era cierto. Todas las palabras que salían de mi boca las sentía de verdad y no había nada que me importase más que recuperar mi amistad con él... O al menos eso creí en aquel momento.

Taylor me miró y después se relajó.

—Tú no tienes la culpa, Kami. La tienen nuestros padres... Nunca te he guardado rencor por lo que pasó... —dijo acercándose hacia mí—. Te he echado mucho de menos.

Taylor me atrajo hacia él y me envolvió en un abrazo que me transmitió todas aquellas cosas que había perdido cuando él y su hermano se marcharon: calidez, seguridad, protección, amor... Le devolví el abrazo y no me importó que estuviésemos rodeados de gente. No me importó que aquello pudiese dar pie a numerosos rumores, sobre todo entre mis amigos. No me importó nada ni nadie más... hasta que vi a Thiago al fondo de la habitación.

6

THIAGO

Llevaba un rato observándola. Ni ella ni Taylor se habían percatado aún de mi presencia. Una parte de mí hubiese deseado ser Taylor en ese mismo momento para poder abrazarla, para poder sentir su cuerpo junto al mío. La otra parte, mucho más fuerte y que se llevaba consigo cualquier tipo de pensamiento alentador, solo quería seguir odiándola. Odiándola como llevaba haciendo ya siete largos años.

Entonces ella me vio y supe, por cómo cambiaba su expresión, que no le gustaba la idea de tenerme allí, que se sentía violenta al estar abrazando a mi hermano sabiendo lo mucho que nos había hecho a los dos. ¿Acaso mi hermano había olvidado todo lo que ella y su familia habían causado a la nuestra? ¿Acaso no recordaba aquellos dos largos años en los que nuestra madre apenas podía levantarse de la cama? ¿Acaso había olvidado lo que habíamos perdido?

Volví a sentir aquel odio que llevaba años gestándose en mi interior y tuve que marcharme de aquella habitación para no perder los papeles allí mismo. Me fui directamente a la cocina para buscar algo que me calmase. Para ser chicos de instituto, no se lo habían montado nada mal y agradecí que la cerveza fuera de la buena y no de garrafón. Mientras me bebía una apoyándome contra la encimera de la cocina, vi cómo varias chicas posaban sus ojos en mí. Una de ellas podría haber tenido perfectamente mi edad. Era alta y esbelta, y su pelo era tan rubio que parecía incluso blanco. Creía haberla visto antes. Si no me equivocaba, era una de las animadoras del equipo de baloncesto, lo que a la larga significaba que era amiga de Kam, lo que significaba que no quería tenerla cerca. Aunque no importó mucho lo que yo quisiese, porque se acercó en cuanto mi mirada se posó en su rostro.

—Hola —dijo simplemente cuando la tuve delante. Sí, sin lugar a dudas era una de las animadoras—. Eres Thiago Di Bianco, ¿verdad? —me preguntó al ver que no le contestaba de inmediato.

—El mismo —le dije llevándome la botella de cerveza a la boca y dando un trago. No pareció importarle mi tono cortante, ya que siguió hablando como si nada.

—Soy la hija de Logan Church —me dijo.

Eso sí que captó mi atención, puesto que Logan era nada más y nada menos que el dueño de la constructora donde empezaría a trabajar al día siguiente.

La evalué un momento intentando descifrar sus intenciones.

—Mi padre me ha dicho que empiezas la semana que viene y, bueno... He pensado que, ya que vas a pasar mucho tiempo con él, a lo mejor te interesa que te cuente las cosas que él valora en un trabajador —dijo con una sonrisa amigable. Tenía los dientes blancos, pero uno de sus colmillos estaba ligeramente torcido hacia atrás.

Me hubiese gustado pasar de ella, pero eso no iba a beneficiarme en ningún sentido, así que hice lo que habría hecho con cualquier chica que me tirase los tejos tan abiertamente.

Me acerqué hacia ella y la observé desde mi altura. Eso siempre ponía nerviosas a las chicas y también les gustaba, tal y como pude comprobar al ver que se humedecía los labios descaradamente.

—¿Cómo te llamas? —le pregunté dejando la cerveza en la encimera que había justo detrás de ella.

—Amanda —dijo en un susurro bajo.

Una sonrisa de suficiencia se dibujó en mis labios... La tenía tal y como quería: completamente embobada.

Entonces, justo cuando iba a inclinarme para besarla, una mano se posó en mi hombro echándome hacia atrás. Mis reflejos fueron tan rápidos que un segundo después tenía mi mano en torno al cuello de un chico... Un chico no mucho más bajo que yo y cuyos ojos no tenían nada que ver con los míos: Taylor.

—¿Qué demonios estás haciendo? —me preguntó en un susurro apartándome de su cuello la mano, que ya se había aflojado.

Por un momento me había quedado en blanco... ¿Qué demonios me estaba preguntando mi hermano? ¿Cómo que qué estaba haciendo? ¿Acaso no era obvio?

—No puedes, Thiago —me dijo en voz baja. Sabía que algunas personas nos observaban y, a pesar de que no las oía por el ruido de la música, caí en la cuenta de lo que había estado a punto de hacer—. Es una alumna, si se enteran...

Me separé de mi hermano y me maldije a mí mismo por ser tan estúpido. Amanda estaba observándome, esperando algún tipo de explicación y mirando con reproche a Taylor.

—Ya nos veremos por ahí, Amanda —le dije dándole la espalda con la intensión de largarme de aquella fiesta. Había sido una completa estupidez haber ido. Daba igual que solo tuviese un par de años más que ellos, yo ya no podía codearme con nadie del instituto de Carsville. Era mucho lo que me jugaba, y si alguien decidía informar de mi presencia allí y de mi acercamiento a alguna chica...

Me encaminé hacia la puerta dejando la cerveza en la mesa de la cocina y, sin comerlo ni beberlo, apareció la última persona que quería ver allí.

—Quiero mi teléfono —me dijo y sus ojos refulgieron con gran intensidad y enfado.

La observé unos segundos. Estaba cabreada de verdad y eso me puso enseguida de mejor humor.

—Cómprate uno —le dije apoyando mi hombro contra el marco de la puerta y disfrutando del espectáculo. De repente, ya no quería marcharme.

—Thiago, no seas capullo. Devuélvemelo —me dijo, ignorando que mis ojos la recorrían de arriba abajo. Daba igual lo mucho que la odiara, esa chica le alegraba la vista a cualquiera.

—Doña Perfecta diciendo palabrotas. Ten cuidado no vayan a oírte —le dije para picarla.

Ella soltó todo el aire que estaba conteniendo y dio un paso hacia adelante.

—Estoy cansada de tus insultos, Thiago, y estoy cansada de que me trates como si fuese la peste. Dame mi teléfono y tengamos la fiesta en paz —me dijo bajando la voz para que solo yo pudiese oírla.

¿Como si fuese la peste? Kamila Hamilton era lo opuesto a la peste. Incluso con todas las personas que había allí, el ruido de la música y el olor a cerveza y sudor de la gente que nos rodeaba, pude sentir la dulce fragancia que salía de su cabello y de su piel.

Al ver que no le contestaba, decidió actuar por su cuenta. Su mano se movió tan deprisa que solo me percaté de lo que hacía cuando noté sus dedos en el bolsillo de mis vaqueros. Sentí un escalofrío en todo mi cuerpo y atajé sus dedos entre los míos tan rápido como actuaron mis reflejos. Sus dedos finos, largos y pequeños se perdieron entre mi mano callosa y exageradamente grande en comparación con la suya.

Tiré de ella cuando intentó soltarse y quedamos a medio palmo de distancia.

—No te recomiendo que me toques, Kamila —le dije bajando el tono de voz.

Sus ojos marrones subieron hasta los míos y me miraron ofendidos.

—¿Desde cuándo me llamas así? —me preguntó. Parecía que le había fastidiado más que la llamase por su nombre completo que el hecho de que le hubiese robado el teléfono.

—¿Por tu nombre? —le dije tomándole el pelo otra vez, aunque curioso por su reacción.

Ella miró hacia otro lado un momento y, cuando sus ojos volvieron a mi rostro, esa máscara que siempre llevaba y que de vez en cuando dejaba caer había vuelto a su lugar.

—Si no me das el teléfono, no voy a poder llamar a mi padre para que venga a recogerme —me confesó mirándome desafiante.

Fruncí el ceño ante lo que acababa de decir.

—¿No tienes un chófer que te lleve, princesa? —le dije observando su reacción.

—Pues no —me contestó simplemente.

—¿Y tu coche?

Ella soltó un resoplido, exasperada.

—¡Thiago, suéltame! —me dijo.

Entonces caí en que mi mano aún estaba apretando la suya. Aflojé los dedos y me aparté para pensar con claridad. Kam me afectaba. Cuando la tenía cerca solo quería tenerla aún más cerca y me cabreaba sentirme así puesto que en realidad solo quería mantenerla alejada de mí.

Entonces apareció una tercera persona.

—¿Estás bien, Kami? —preguntó un chico moreno que no creía haber visto en el instituto, pero que sí me sonaba de algo.

—Está perfectamente —le contesté dando un paso adelante y sin ni siquiera saber lo que estaba haciendo, tapándola con mi cuerpo.

«¿Reacción exagerada? Totalmente. ¿Qué demonios te pasa, Thiago?», me pregunté a mí mismo.

—No te lo estaba preguntando a ti —me dijo el chico y vi por el rabillo del ojo que Kam se movía hacia un lado para poder contestarle.

—Estoy bien, Julian, gracias —dijo ella con una sonrisa amistosa—. Thiago se acababa de ofrecer para llevarme a casa —agregó dejándome confuso y aún más irritado.

Julian nos observó unos segundos, primero a ella y después a mí con el ceño fruncido.

«Julian, Julian... me suena ese nombre», pensé.

—Yo puedo llevarte si no tienes cómo volver —se ofreció y vi cómo la miraba. Sabía qué le estaba pasando por ese cerebro, porque era justamente lo mismo que pasaba por el mío cada vez que posaba mis ojos en Kam. Me sorprendió lo mucho que me molestó.

Kam dio un paso hacia él.

—Si no te impo...

—Yo te llevo —dije tajante, tirando de Kam hacia atrás. Los ojos de Julian siguieron mi movimiento y vi que algo cruzaba su mirada, algo que no me gustó.

Julian clavó sus ojos en los míos.

—¿Nos hemos visto antes? —le pregunté mirándolo fijamente.

Él me observó con el ceño fruncido.

—No —dijo simplemente.

—Julian empieza este lunes en el instituto —dijo la voz de Kam a mi lado.

Giré mi vista hacia ella y vi que, por algún motivo inexplicable, ya no parecía estar enfadada ni cabreada.

—Me alegro —dije—. Ahora vámonos.

Kam no opuso resistencia cuando tiré de ella hacia la puerta. No sabía por qué, pero quería apartarla de ese tipo.

Salimos de la casa y, en cuanto estuvimos fuera de la vista de la gente, le solté el brazo.

—Ahora dame mi teléfono —me dijo ella mirándome con recelo.

—Que te lleve a casa, que te dé tu teléfono... ¿Desde cuándo crees que puedes pedirme algo? —le dije de mal humor.

—Desde que te comportas como un crío —contestó esperando a que se lo diera—. Ya no tenemos diez y trece años, Thiago... Ya no puedes hacerme rabiar como antes. He madurado —dijo muy segura de sí misma.

—¿Ah, sí? —contesté sin poder evitar divertirme a su costa—. Joder, podrías habérmelo dicho antes. Si hubiese sabido que siete años después habías madurado, no te habría quitado el teléfono móvil.

—Idiota —me respondió volviéndose a acercar y estirando el brazo para coger el teléfono que había puesto muy lejos de su alcance.

Se acercó demasiado y por un instante conseguí olvidarme de todo el odio que sentía por ella... Su olor llenó mis sentidos y sentí calidez allí donde solo había escarcha.

—¡Dámelo, joder!

Alguien apareció por detrás de mí y, al segundo, el teléfono había desaparecido de mi mano. Ambos nos giramos hacia el que acababa de llegar para fastidiarme la diversión.

—Déjala ya, Thiago —dijo Taylor tendiéndole el teléfono.

Kam le sonrió con ganas y por un instante volví a sentir que sobraba. Igual que cuando éramos críos.

—Mira, princesa, ya ha llegado tu caballero andante para salvarte —dije con calma sacando un cigarrillo del bolsillo trasero de mis vaqueros y encendiéndolo con tranquilidad.

—¿Desde cuándo fumas? —preguntó Kam con curiosidad.

—Hay muchas cosas que no sabes de mí —contesté repitiendo las mismas palabras que ella me había dicho hacía unos días.

—Dame uno —dijo entonces Taylor cogiendo uno de mi paquete.

—¿Tú también? —preguntó mirando a mi hermano decepcionada. A mí me había lanzado una mirada de «tampoco me sorprende». Pero claro, Taylor siempre hacía todo bien.

—¿Podemos intentar volver a llevarnos todos bien? —preguntó Taylor mirándome directamente a mí.

La rabia que parecía haber desaparecido durante la última media hora resurgió en cuanto mi hermano soltó aquella simple frase, como si lo que había ocurrido entre nosotros hubiese sido una simple riña de niños que nunca había llegado a solucionarse por la distancia.

—¿Cómo puede una persona llevarse bien con alguien a quien odia, eh, hermanito? —Le lancé una mirada desafiante que obtuvo la respuesta deseada.

Mi hermano miró hacia el suelo durante un momento y después se giró hacia Kam.

—¿Quieres que te lleve a casa? —le preguntó.

Kam nos miró a uno y a otro y la culpabilidad por mis palabras intentó hacer borrar siete largos años de dolor.

Pero no fue suficiente.

—Sé que tuve parte de culpa —dijo entonces, mirándome con un sentimiento demasiado complejo como para poder definirse en una palabra—, pero me cargas con una responsabilidad que no merezco. Tenía diez años.

Tiré el cigarrillo al suelo y lo pisé con la suela con fuerza.

—La responsabilidad la tuvo toda tu familia. Y por eso cada uno de vosotros tendrá siempre mi más sincero odio —dije con fingida calma—. Buenas noches.

Me marché de allí sin ni siquiera mirar a mi hermano.

Se acabó el fastidiar a Kam. Se acabó el ceder ante mis ganas de tenerla cerca.

No pensaba traicionar a la persona que más quería en este mundo. Ella se merecía mucho más.

7

KAMI

Aunque una parte de mí sabía que llevaba razón, la otra no podía evitar querer hacerle cambiar de opinión. ¿Para qué? Pues porque lo quería... Los quería a los dos y deseaba con tantas fuerzas poder volver a tener esa camaradería que había sido tan característica nuestra...

—Vamos, Kami —me dijo Taylor señalando dónde estaba su coche.

No iba a hacer ningún comentario sobre lo que su hermano acababa de decir ni sobre lo que acababa de insinuar...

Sabía que se debía a que una parte de Taylor también pensaba como él.

Cuando me subí a su coche, solo me bastó inspirar hondo para saber que ambos hermanos lo compartían. Se podía aspirar la dulce fragancia masculina mezclada con el humo del tabaco. No había sabido que fumaban... A Thiago le pegaba tanto que verlo con un cigarrillo había sido como ver un miembro adherido a su mano, pero Taylor...

Mi mano reposaba sobre mi regazo y la cicatriz en forma de triángulo me trajo aquel recuerdo que atesoraba en un lugar muy especial. Los tres mosqueteros nos habíamos llamado desde pequeños, siempre listos para cualquier aventura...

Aún recordaba el día en que Thiago había llegado a nosotros con aquella idea demencial.

—¡Tenemos que hacerlo! —había dicho tan seguro de sí mismo que ni Taylor ni yo habíamos podido hacerle cambiar de opinión—. Lo vi en una película y significa verdadera amistad. Tú eres nuestra mejor amiga ¿no, Kam?

Yo había asentido muerta de miedo.

—Pues entonces ya está... —dijo cogiendo el triangulito de hierro que él mismo había fabricado y lo acercó con cuidado al pequeño fuego que habíamos encendido junto al lago.

—Pero va a doler... —dije con miedo.

—Tú tranquila, Kami... Si no quieres hacerlo, no pasa nada...

—¡Deja de decirle eso, Taylor! —había exclamado Thiago enfadado—. Si no lo hace, entonces es que no es nuestra verdadera amiga.

—¡Soy amiga vuestra! —había exclamado yo, indignada.

—Pues entonces demuéstralo... —dijo Thiago sacando el triangulito del fuego y pidiéndome la mano—. Te prometo que si haces esto nunca nada nos podrá separar.

Y yo lo creí...

Mi dedo gordo acarició la cicatriz que ocho años más tarde apenas era una marca blanca sobre mi piel bronceada... Un «tatuaje de amistad» lo habíamos llamado y los tres lo llevábamos en la piel de por vida.

—No te preocupes por Thiago... Entrará en razón, solo hay que darle tiempo. Regresar a casa después de tanto tiempo no ha sido fácil para ninguno...

—No hace falta que lo excuses, Tay —dije, fijándome en su manera de conducir y observando detenidamente su perfil. Al igual que Thiago, Taylor tenía esa magnitud y esa chispa que atraía de manera irremediable a cualquiera que posara sus ojos en ellos. Sus manos, grandes, se movían con destreza manipulando las marchas del coche; su pelo, un poco más largo que el de su hermano —que lo tenía corto y peinado de cualquier manera—, le caía sobre la frente consiguiendo que el contraste de su color castaño resaltase aún más sus ojos azules.

Qué guapo estaba... y qué feliz me hacía que volviera a hablarme.

—¿Por qué me miras así? —dijo sonriendo y girándose un segundo hacia mí.

Me encogí de hombros.

—Estás guapo —dije simplemente.

—Tú sí que estás guapa —contestó casi de forma automática—. Nunca creí que vería curvas en ese cuerpo larguirucho y flaco que tenías de pequeña y mírate ahora...

Le pegué un puñetazo en el hombro y él se rio.

—Esto que ves aquí se consigue simplemente con un buen sujetador —dije sabiendo de sobra que mis curvas eran muy discretas, sobre todo mis pechos.

—Ojalá te vieras como te vemos los demás... Dejarías de decir tantas sandeces —dijo con calma.

—Lo que tú digas —dije mirando hacia delante con una sonrisa.

Cuando entramos en nuestra urbanización, le pedí que no aparcara directamente en mi casa.

—¿No quieres que te vean conmigo? —me preguntó enarcando las cejas.

¿Le molestaba o entendía perfectamente el porqué?

—Aparte de que no quiero tener que dar explicaciones innecesarias a mi madre, me gustaría charlar un poco contigo... Quiero saber cosas de ti... ¿Qué tal la vida en Nueva York?

Taylor sonrió. Detuvo el coche en la esquina que había antes de girar para nuestras casas y apagó el motor.

—La vida en Nueva York es bastante frenética... Echaba de menos la tranquilidad de Carsville.

—Pero si es un pueblo superaburrido...

—Por favor... No insultes la memoria de nuestro querido pueblo. Qué haríamos sin su día de la tarta de fresa o el día del bingo o las fogatas...

—O el día de la comida internacional... —agregué con una risita.

—¡Ese es nuevo! —exclamó riéndose también—. ¿Comida internacional en un pueblo donde el noventa y nueve por ciento de los habitantes hemos nacido en el estado de Virginia?

Me encogí de hombros riéndome.

—Quieren que el pueblo parezca más cosmopolita.

Taylor negó con la cabeza riéndose y se giró hacia mí para verme mejor.

—Aunque todos estén medio locos y sigan teniendo pensamientos del siglo pasado, sienta bien volver a casa.

Asentí. Quería decirle tantas cosas...

—Será mejor que entres ya —dijo entonces cortando mis pensamientos, pero haciéndolo de una manera amable.

—Tienes razón —dije deseando en realidad quedarme más tiempo con él. Quería saber tantas cosas...—. Gracias por traerme.

Taylor me sonrió y esperó a que entrara en casa. Me fijé en que no aparcaba delante de la suya, sino que giraba para ¿volver a la fiesta?

Subí a mi habitación sin hacer ruido. Todos dormían y, antes de meterme en mi cuarto, me asomé para poder ver a mi hermano. Cameron estaba acurrucado bajo su colcha azul con animales. La lamparita con forma de dragón estaba encendida y mi hermanito dormía plácidamente. Me fui a mi habitación, que estaba junto a la suya, separada gracias a Dios de la de nuestros padres, y cerré la puerta para poder apoyarme contra ella un segundo después.

Respiré hondo varias veces y una sonrisa apareció en mis labios. Había hecho las paces con Taylor, mi amigo de toda la vida ya no me odiaba o, por lo menos, ya no evitaba hablarme o mirarme y, aunque eso era sin lugar a dudas lo que debería haberme tenido tan contenta, mi cerebro solo podía rememorar cada una de las palabras que había intercambiado con Thiago. Daba igual que no hubiese sido amable conmigo, o que prácticamente nos hubiésemos estado peleando todo el rato, no me importaba. En realidad, estaba acostumbrada... Mi relación con él siempre había sido así, exceptuando los momentos que yo atesoraba en el fondo de mi alma.

Uno de esos momentos había sido justo antes de que todo se desmoronara y había tenido lugar después de que él me besara en la casa del viejo señor Robin. Después de dos días sin vernos, porque los tres habíamos caído enfermos de todas las chuches que nos habíamos metido en el cuerpo, por fin me habían dejado salir a jugar. Taylor aún se encontraba mal, por lo que fue Thiago quien salió conmigo aquella tarde. Era la primera vez que estábamos los dos completamente solos y aún recuerdo lo nerviosa que me había puesto.

—Vamos, quiero enseñarte algo —me había dicho cogiéndome de la mano y tirando de mí.

Yo lo seguí sin dudarlo. Recorrimos la parte trasera de nuestras casas, que era una gran extensión de césped, hasta meternos en el bosquecillo que había detrás. Allí siempre jugábamos a escalar los árboles o al escondite. Thiago siguió andando, atravesando los árboles que, a medida que avanzábamos, se volvían más grandes y espesos. Entonces, cuando ya pensaba que si seguíamos íbamos a perdernos, se detuvo frente a un árbol que era mucho más grande que los demás. Tenía muchísimas ramas para poder escalarlo y estas eran tan grandes que era imposible que se pudiesen romper si te sentabas en ellas. Thiago se había quedado justo frente a una parte del tronco donde estaban grabados, con bastante torpeza, nuestros nombres, incluido el de Taylor.

—Lo encontré hace un mes —me dijo emocionado—. Mira hacia arriba.

Lo hice y mis ojos se agrandaron por la sorpresa y la emoción. Allí arriba había una plataforma de madera colocada con torpeza, pero que se parecía a lo que habíamos querido tener desde hacía muchísimo tiempo.

—¡Una casa en el árbol! —grité emocionada, dando saltitos.

Thiago me miró con una sonrisa radiante.

—Aún no está terminada, solo está el suelo, pero creo que juntos podremos acabar de construirla. Será divertido y aquí podremos guardar todas nuestras cosas y vuestros juguetes.

No se me escapó el detalle de que había dicho «vuestros juguetes» y no «nuestros juguetes». Thiago decía que ya no jugaba porque era mayor, pero yo sabía que estaba tan emocionado por aquella casa en el árbol como yo, o incluso más.

—¿Quieres subir? —me preguntó y vi que se me quedaba mirando con un poco de nerviosismo.

Creo que aquella era la primera vez que hablábamos tanto sin pelearnos. A lo mejor lo único que necesitaba

Thiago para controlar su genio era que él y yo nos besáramos de vez en cuando. Con una sonrisa me acerqué a él y lo besé en la mejilla. Él me miró sorprendido un momento y después se hinchó con orgullo.

—Vamos, princesa —dijo, aunque aquella vez no lo dijo metiéndose conmigo—. Déjeme que le muestre su castillo.

Me reí y juntos subimos hasta llegar a la plataforma. Había grandes huecos en medio de las tablas y estaban colocadas de forma desigual, pero para mí era la mejor fortaleza del mundo.

Después de estar un rato jugando y subiendo por aquellas enormes ramas, ambos nos sentamos con las piernas colgando y observamos cómo las ardillas saltaban de un árbol a otro.

—¿Sabes, Kam? —me dijo él después de habernos comido una manzana que habíamos cogido del árbol contiguo—. Aunque nos peleemos y yo me meta contigo..., eres mi chica preferida.

Sonreí contenta cuando me dijo aquello.

—¿No decías que era una repipi y una niña pequeña? —le pregunté balanceando los pies, divertida por la situación.

Él frunció el ceño.

—Bueno, eres un poco repipi —dijo y yo lo miré enfadada—. Pero no eres tan remilgada como creía y eres valiente... —agregó sin poder disimular su sonrisa—. Ninguna chica de mi clase se habría atrevido a subir aquí, por ejemplo. Además, estuviste increíble cuando nos metimos en casa del señor Robin... Yo pensaba que ibas a ponerte a llorar, la verdad.

—Pues ya lo sabes, a partir de ahora tienes que dejar de meterte conmigo —le dije mirándolo fijamente.

—Lo haré si haces una cosa —me propuso con una sonrisa divertida.

Puse cara de pocos amigos.

—No pienso volver a besarte, Thiago Di Bianco, así que ya puedes olvidarlo.

Él refunfuñó y se recostó hacia atrás mirando el cielo.

—Y todo esto para nada —dijo decepcionado.

Oculté la sonrisa que apareció en mis labios.

A la mañana siguiente, después de vestirme con la ropa de deporte y bajar a desayunar, vi que mi padre estaba enfrascado en una conversación telefónica y que mi hermano jugaba más que comía con los cereales de su cuenco. Mi madre no estaba por ninguna parte y lo agradecí. No tenía ganas de aguantar su constante interrogatorio sobre cómo me había ido, a qué hora había llegado, quién había estado en la fiesta... A veces sentía que volvía a su adolescencia a través de mí.

—¿A qué hora llegaste anoche, Kamila? —me preguntó entonces apareciendo por mi espalda.

No pude evitar poner los ojos en blanco.

—A las doce o así, no estoy segura —le respondí mientras cogía fresas y leche de la nevera.

—Le he dicho que eso es imposible. La compra de ese edificio se hizo hace ya más de tres meses, puede comprobarlo con mi secretaria en cualquier momento —estaba diciendo mi padre en aquel instante. Su expresión, normalmente tranquila, estaba alterada y su mano apretaba el móvil con fuerza contra su oreja—. ¡Pues claro que lo haré! —gritó entonces haciendo que los tres, mi madre, mi hermano y yo, nos sobresaltásemos.

Mi madre puso mala cara y volvió a fijar su mirada en mí.

—¿Quién te trajo de vuelta? —preguntó.

Aproveché que mi madre estaba cogiendo la batidora de debajo del fregadero para hacer tiempo e intentar pensar en algo convincente que decir. No podía decirle que me había traído Taylor, me mataría si lo supiese.

—El hermano de Ellie se ofreció a traerme —le mentí,

aunque no era del todo una mentira ya que había sido cierto que Julian se había ofrecido a traerme a casa.

Mi hermano encendió entonces el televisor que había en una esquina y el ruido de los dibujos animados se apoderó de la habitación.

—¿Quién es el hermano de Ellie? No será ese chico del que su padre ha renegado todos estos años, ¿verdad? —dijo mi madre acercándome la batidora con un ruido seco y mirándome de malas maneras.

—Es su hermano, mamá, y va a estudiar este año conmigo, así que ve acostumbrándote a que pase tiempo con él. No conoce a nadie aquí. —Para no tener que escucharla, le di al botón de la batidora que ya tenía las fresas y la leche dentro. Dejé que el ruido de la fruta machacándose se comiera las advertencias de mi madre.

Antes de que mi madre pudiese decir nada más, mi padre regresó a la cocina. Se había marchado mientras le gritaba al que estuviese al otro lado de la línea.

—Tendré que irme este fin de semana, hay un problema en la empresa —anunció y su mirada se clavó en mí por algún motivo inexplicable.

—¿Va todo bien, papá? —le pregunté mientras me servía mi batido en un vaso de cristal.

Una sonrisa un tanto falsa apareció en su rostro.

—Todo bien. No te preocupes, Kami —dijo acercándose a mi hermano—. Eh, Cameron, dejamos para otro día lo de ir al parque, ¿de acuerdo?

Mi hermano, que ya estaba acostumbrado a que nuestro padre cancelara los planes de improviso, asintió con el rostro serio y siguió comiendo los cereales, esta vez sin jugar con ellos.

—Dile a Prudence que me prepare la maleta, dos trajes y dos camisas bastarán... Que meta también mi ropa de golf. La recogeré dentro de un rato si consigo escaparme de la oficina —le dijo a mi madre, que asintió de manera despreocupada.

—Adiós, papá —le dije dándole un abrazo. Mi madre se acercó a él y le dio un beso en la mejilla.

—Tened cuidado. Volveré el martes por la tarde. —Entonces salió de la cocina y se marchó.

—¿Qué ocurre en la empresa, mamá? —le pregunté girándome hacia ella.

—Sabes que no me gusta inmiscuirme en el trabajo de tu padre, y menos si hay algún tipo de problema... Me da dolor de cabeza —contestó sacando un espejo de su bolso y una barra de labios de color carmín.

—¿Vas a alguna parte? —le pregunté molesta. Cameron no podía quedarse solo y yo tenía planes. Después de correr, había quedado con Ellie para ir al centro comercial, necesitábamos comprar cuadernos y material escolar.

—He quedado para ir al nuevo spa que han abierto, está más o menos a una hora de aquí, así que llegaré por la noche —dijo y antes de que pudiera replicar, añadió—: Por cierto, Cameron se queda contigo.

Mi hermano levantó la cabeza y me miró.

—¿Podemos ir al parque, Kami? —me dijo emocionado.

No iba a depreciar a mi hermano delante de mi madre y menos después de que mi padre lo hubiese dejado tirado. El día que se comportara como una madre de verdad sería un milagro.

—Claro, pero ahora voy a ir a correr —le dije a Cameron—. ¿A qué hora va a venir Prue?

—Prudence no vendrá hasta por la tarde, Kamila —me dijo mi madre soltando un resoplido.

—Entonces hablaré con Ellie para quedar con ella por la tarde.

Salí de la cocina antes de que mi madre pudiese alcanzarme. En el porche, me coloqué mis cascos y saqué mi iPod del bolsillo. Mientras estiraba las piernas y giraba las caderas, mis ojos se desviaron sin permiso hacia la casa de los hermanos Di Bianco. Thiago estaba cortando el césped y..., madre mía, iba sin camisa. A Taylor no se le veía por ninguna parte, pero me quedé sin respiración cuando vi a la señora Di Bianco salir por la puerta.

Katia Di Bianco era la madre de Thiago y Taylor. Siempre había sido increíblemente guapa, pero al ser morena y de ojos verdosos, no destacaba tanto al lado de una mujer como mi madre, por ejemplo. Al pensar en eso, automáticamente me giré hacia mi casa. Si mi madre y Katia se encontraban, no quería estar delante. Sería tan bochornoso e incómodo como peligroso.

Para evitar ese momento, dejé de calentar y empecé a correr. Aunque debía pasar frente a su puerta, mantuve la mirada fija al frente. Sabía que Thiago tenía los ojos clavados en mi nuca, pero seguí corriendo, sin saludar y sin decir ni una palabra. Mi madre estaría orgullosa, siempre y cuando fuese una maleducada con esos vecinos en particular, claro.

Correr me sirvió para descargar la tensión de aquellos días y todas mis frustraciones. Aunque cuando llegué a casa, después de haber corrido una hora, lo último que me esperaba era encontrar a mi hermano otra vez en casa de los vecinos. Cameron estaba con su iguana en un brazo y hablaba animado con Thiago y Taylor. Estaban los dos y no se veía a su madre por ninguna parte. Me fijé, al mirar hacia mi casa, que el coche de mi madre ya no estaba y que la muy irresponsable había dejado a mi hermano solo sin importar que yo aún no hubiese llegado.

Mi hermano me vio entonces y no tuve más remedio que acercarme. Me quité los cascos y, aunque sabía que estaba toda sudada y hecha un desastre, intenté parecer amigable. Habría preferido que solo hubiese estado Taylor, porque la mirada de Thiago volvió a hacer que se me acelerase el pulso. Agradecí que se hubiese puesto una camiseta, ya que de lo contrario mi capacidad para articular palabra habría sido nula.

—¡Kami, ven! ¡Voy a presentarte a los vecinos! —dijo mi hermano con una gran sonrisa. No le habían dicho que nos conocíamos. Madre mía, si mi madre se enteraba de que Cameron estaba cogiendo por costumbre meterse en la casa de los Di Bianco, ardería Troya...

Me coloqué detrás de Cam y miré a ambos hermanos con la duda reflejada en mi semblante. Taylor estaba, sin duda, encantado de que me hubiese acercado y Thiago... Bueno, Thiago no tanto.

—¿Poniéndote en forma, vecina? —me preguntó Tay con su sonrisa característica e ignorando a Thiago, que se había quedado mirándome con frialdad.

—Sí, bueno... —respondí dudosa, girándome hacia

Cameron—. ¿Qué haces aquí, Cam? —le pregunté intentando no pensar que aquella situación era muy incómoda.

—Me han dicho que puedo ayudarlos con el jardín. En casa nunca puedo hacer nada porque mamá dice que solo pueden tocarlo los jardineros. Pero Thiago, que es él, por cierto —dijo señalando a quien lo miraba con seriedad—, me ha dicho que puedo ayudarlo con la sierra. ¡Con la sierra! Imagínate, Kami, voy a poder cortar cosas. ¡Mis amigos van a FLIPAR!

Flipar, que en ese momento era la palabra preferida de mi hermano, no me pareció una definición precisa de aquella situación.

—¿Queréis venir conmigo al súper de aquí al lado? —nos preguntó Taylor de muy buen humor—. Tenemos que quitar todas las malas hierbas de la parte de atrás y voy a necesitar un montón de cosas de jardinería.

—¡IREMOS! —gritó mi hermano emocionado y casi se le cae la iguana cuando empezó a dar saltos.

—No, Cameron, otro día. Tengo que darme una ducha y hacerte la comida... —Vi la decepción en la cara de Taylor.

—¡No, Kami! Venga, vamos. ¡Estoy muy aburrido! —empezó mi hermano y me miró con esos ojos azules que te dejaban sin aliento.

Vi que Thiago se apartaba y se agachaba para recoger lo que había estado cortando con las tijeras de podar. Nos dio la espalda y siguió trabajando en el jardín.

—No me importa llevarlo conmigo si tú no puedes —dijo Taylor mirando a mi hermano, que no dejaba de insistirme—. Está aquí al lado y no tardaremos mucho.

Sabía que Cameron iba a estar en buenas manos, pero no quería cargar a Taylor con el marrón de cuidarlo, ese era mi trabajo.

—No te preocupes, otro día vamos los tres —le dije y mi hermano empezó a despotricar.

Una sonrisa apareció en el rostro de Taylor.

—No me importa, Kami —insistió y supe que lo decía en serio.

No podía dejar que fuera. Si mi madre se enteraba, me mataría.

—Lo siento, pero prefiero que se quede aquí conmigo. —Hasta yo supe lo borde que había sonado.

Mi hermano se puso hecho una fiera.

—¡Eres una aburrida, Kamila! —me gritó y se fue corriendo hacia casa. Cuando me llamaba por mi nombre completo era mala señal, sobre todo porque se lo oía decir a mi madre cuando ella se enfadaba conmigo.

Estaba avergonzada, pero no podía dejar que mi hermano tuviese relación con ellos. Simplemente no era apropiado ni tampoco algo que pudiese dejarle hacer. Lo teníamos terminantemente prohibido. Mi hermano jamás lo entendería, pero yo sí.

—Ya nos veremos —me despedí.

8

THIAGO

Kam era un calco de su madre. No solo físicamente, sino que también se sentía superior a mi hermano y a mí. Odiaba que una parte de mí hubiese esperado que siguiese siendo la misma de antes, pero esa Kamila ya no existía. La hermosa chica no era nada más que eso, una hermosa chica, al igual que su madre. Un bonito rostro sin nada dentro. Sentía lástima por ese niño que debía vivir en aquella casa rodeado de gente superficial y fría. Kam era la princesa de hielo, tal y como todos decían, y yo no pensaba intentar buscar algo que demostrase lo contrario.

Dejé de escucharla en cuanto dijo que no podía ir con mi hermano al súper. No pensaba desperdiciar mi tiempo con ella, tenía cosas mucho más importantes que hacer y la primera era organizar los entrenamientos para el próximo partido de baloncesto.

Después de terminar con el jardín, me metí en la cocina y saqué todos los quesos que había en la nevera. Esa era otra de las cosas que había tenido que aprender muy joven, a cocinar. Desde que mi madre había empezado a hacer turnos extra en el hospital, fui yo el que me encargué de preparar la cena y acostar a mi hermano por las noches. Hoy mi madre tenía turno de noche, por lo que empecé a cocinar algo mientras ella se duchaba para ir al hospital.

Taylor se había pasado el día metido en su habitación. No es que me importase mucho lo que hacía, pero entre los dos se había creado cierta aura de tensión desde que habíamos llegado. Verlo jugar al billar con Kam y ese buen rollo que se traían me cabreaba sobremanera. No estaba de acuerdo en que esos dos volviesen a ser amigos. No estaba bien. Mi hermano me debía al menos eso. No podía perdonarla sin más, eso no funcionaba así.

—Eso huele de maravilla, cariño —dijo mi madre entrando en la cocina con la chaqueta ya puesta.

Estaba preparando mi receta de macarrones con queso, la primera receta que había aprendido a hacer. Mientras esperaba que el parmesano, el queso azul y el cheddar se derritiesen en la sartén, observé cómo mi madre iba de un lugar a otro buscando Dios sabe qué.

—¿Qué haces, mamá? —le dije mientras me llevaba un pedazo de queso a la boca.

—Estoy buscando la cartilla de vacunación de Taylor.

La observé con el ceño fruncido. En ese instante mi hermano hizo acto de presencia y se sentó en la mesa, observando a nuestra madre igual que estaba haciendo yo. Mi madre tenía el pelo marrón claro y los ojos verdosos como los míos. Nos parecíamos mucho, aunque ella era muy bajita en comparación con mi hermano y conmigo, y obviamente mucho más guapa. No comprendía por qué no había sido capaz de rehacer su vida con un hombre que valiese la pena, pero no podía juzgarla, había dejado de confiar en los hombres y era comprensible que prefiriese estar sola.

—Taylor, levanta y ayúdame —le dijo frustrada a mi hermano mientras abría y cerraba los cajones. Les di la espalda mientras seguía cocinando. Mi hermano se puso de pie y empezó a rebuscar por los cajones con desgana.

—¿Para qué demonios os piden ahora la cartilla de vacunación? —preguntó mi madre, apartándose un mechón de pelo de la cara y abriendo el último cajón de la cocina.

«Menudo lugar para guardar la cartilla», pensé, aunque no lo dije en voz alta.

—Les van a hacer a todos un reconocimiento médico —contesté removiendo los macarrones y llevándome el botellín de cerveza a los labios—. Al parecer ahora es obligatorio hacérselo a todos los deportistas que compiten.

—¡Aquí esta! —dijo mi madre con los ojos iluminados de alivio, y quitándole el polvo a una cartilla que seguramente llevaba allí metida desde antes de que nos fuéramos siete años atrás—. Procura no perderla —le advirtió a mi hermano dándole un beso en la mejilla. Luego se acercó a mí—. Volveré de madrugada. No os paséis con las cervezas y, por favor, no os quedéis hasta las tantas con la Xbox, que mañana tenéis clase —añadió mirando a Taylor y apuntándolo con un dedo.

—¿No cenas aquí? —le pregunté frunciendo el ceño.

—No me da tiempo, cielo. Llego tarde.

—¡Espera! —La detuve mientras cogía un táper del cajón y le echaba casi la mitad de los macarrones que había en la sartén—. Llévate esto.

Mi madre sonrió y aceptó la comida que le tendía.

—Gracias, ¡os quiero! —dijo.

Me dio un beso en la mejilla y la observé salir apresuradamente de la cocina. Mi hermano encendió el televisor que teníamos en una esquina y sacó otra cerveza de la nevera. En teoría, él no podía beber alcohol, pero nuestra madre no era estúpida y sabía que bebíamos alcohol desde los catorce años. En vez de prohibir algo que sabía que haríamos igualmente, nos hizo prometer que si bebíamos lo haríamos con moderación y que jamás de los jamases cogeríamos el coche o la moto borrachos.

Y eso era algo que cumplíamos a rajatabla.

—¿Sabes lo que me ha dicho Harry? —preguntó mi hermano desde la mesa.

Lo miré como única respuesta mientras cogía la sartén y repartía lo que quedaba de macarrones con queso para ambos.

—Dice que el entrenador Club no tiene intención de seguir hasta final de curso. Me ha dicho que si tú haces bien el trabajo, te lo terminarán dando a ti, ya que él planea jubilarse antes de Navidad.

Eso era algo que había oído de boca del mismo entrenador Club, pero no quería hacerme muchas ilusiones.

—Sinceramente, dudo que el entrenador vaya a dejarlo... Ama demasiado su trabajo y, si tuviera que cederle el puesto a alguien, yo sería la última persona...

—Thiago, no me vengas ahora con esa actitud humilde de mierda. Sabes que le darías mil vueltas como entrenador. ¡El último partido lo planificaste prácticamente entero!

—Eso no es cierto...

—El entrenador es bueno..., pero tú lo eres más. Te van a coger a ti —dijo echándose hacia atrás en la silla cuando le coloqué el plato delante—. Joder, qué bien huele esto —agregó cogiendo el tenedor y olvidándose totalmente de lo que estábamos hablando.

Empecé a comer igual que él, sin poder evitar pensar lo mucho que me gustaría que me eligieran como entrenador oficial del equipo de Carsville. Sería lo más cercano a hacer algo profesional con el baloncesto que podría llegar a tener jamás.

Cenamos viendo el canal de deportes y luego recogimos la mesa entre los dos, aunque en teoría debería haberlo hecho él solo, puesto que yo acababa de cocinar. Fui a poner los platos en el fregadero mientras Taylor terminaba de recoger el mantel y abría la nevera para sacarnos otras dos cervezas, cuando me dio por mirar a través de la ventana que daba a la casa de Kam.

Nuestras cocinas, al igual que nuestras habitaciones, estaban enfrentadas y, al igual que nosotros, ella también acababa de cenar. Mis ojos se fijaron desde la distancia en cómo se reía con ganas a la vez que sostenía a su hermano por la cintura y lo obligaba a lavar los platos. El enano llevaba unos guantes de goma que le llegaban hasta los codos y tenía espuma por toda la cara y el pelo. Kam se apartó justo cuando él la salpicó con el agua jabonosa y, a pesar de que intentó parecer enfadada, la carcajada que soltó a continuación la delató. Su hermano se contagió de la risa y salpicó todo por todas partes.

—¿Por qué sonríes? —escuché la voz de mi hermano a mis espaldas.

Fue como si me hubiesen pellizcado. Di un respingo y bajé la mirada a los platos y al agua. Empecé a fregar ignorando su pregunta, pero notando cómo se detenía para fijar los ojos donde los había tenido yo hacía apenas un segundo.

—Ha cambiado mucho, ¿verdad? —preguntó entonces en un tono peculiar—. Siempre supe que sería guapa, pero...

Sus palabras me molestaron. No me preguntéis por qué, pero lo hicieron.

—Un envoltorio bonito, nada más —dije fregando el plato con demasiada violencia.

Mi hermano apoyó la espalda en la encimera y me miró.

—No puedes seguir culpándola por lo que pasó, Thiago —dijo muy serio—. Ella no fue la culpable de que...

—Ah, ¿no? —lo interrumpí cerrando el grifo de un golpe seco. Cualquier tipo de pensamiento positivo hacia Kam había quedado relegado al olvido—. ¿Y de quién fue la culpa entonces?

—Sabes perfectamente de quién fue la culpa...

—Si Kamila hubiese mantenido la boca cerrada, nuestra madre nunca...

—No puedes culpar a una cría por algo así, Thiago, no puedes.

Lo miré con rabia.

—Me juró que no diría nada —dije recordando el momento en el que me miró a los ojos y me prometió que pasara lo que pasase no contaría lo que acabábamos de ver—. Le supliqué que mantuviera la boca cerrada y las consecuencias de no haber mantenido esa promesa acabaron...

—Ya es hora de que lo superes, joder —me interrumpió Taylor con frialdad—. No has dejado de buscar culpables, de mirar hacia afuera... ¡Nuestro padre fue quien la cagó, Thiago! No fue nuestra madre, ni Kami, ni su padre ni nosotros, por mucho que también nos culpes...

—Yo nunca...

—¿Crees que no te oía por las noches? —Sus palabras me sorprendieron—. ¿Crees que no oía cómo llorabas diciendo su nombre? ¿Cómo gritabas en sueños que ojalá hubieses sido tú, o yo, quien...?

—Nunca he dicho tal cosa... Eres mi hermano y te quiero. Nunca...

—Sé que me quieres..., pero no tanto como a ella.

—Estás diciendo tonterías.

—Digo lo que pienso. Lo que creo. Lo que sé.

—¡Pues te equivocas! —le grité queriendo acabar con aquella conversación—. No vamos a hablar más de este tema. La culpable de lo que ocurrió está justo ahí delante y ni tú ni nadie va a hacer que cambie de opinión al respecto.

No esperé a que me respondiera. Salí de la cocina dando un portazo y me encerré en mi habitación.

No fue de ayuda asomarme por la ventana y ver que ella había estado mirando hacia nuestra casa. Nuestros ojos se encontraron por un ínfimo segundo antes de que Kam corriera la cortina de un movimiento y se ocultara tras ella.

¿Habría oído los gritos?

Mejor.

Así se daba por enterada de una puñetera vez.

9

KAMI

«La culpable de lo que ocurrió está justo ahí delante y ni tú ni nadie va a hacer que cambie de opinión al respecto».

Sus palabras habían entrado por la ventana de mi habitación sin ningún tipo de filtro. Nuestras casas estaban lo suficientemente cerca como para haber podido oírlo con facilidad gracias a las ventanas abiertas por el calor del fin del verano. Mi madre siempre insistía en que cerráramos las ventanas si empezábamos a pelearnos, ya fuera yo con ella, ella con mi padre o incluso Cam conmigo. Nadie podía saber que dentro de aquellas paredes la familia Hamilton no era tan perfecta como todos esperaban. Cualquier cosa que escuchasen los vecinos sería la comidilla del pueblo durante semanas. Por esa razón había aprendido a no elevar el tono de voz si me cabreaba o me enfadaba. Una técnica que ya os puedo decir que no era nada sencilla.

Saber a ciencia cierta que Thiago me culpaba por lo que había ocurrido ocho años atrás, que me culpaba por el sufrimiento que habían pasado, me tenía con el corazón en un puño. Siempre me había sentido culpable, siempre supe que de no haber abierto la boca nada de lo que había sucedido a continuación habría ocurrido y crecer con ese sentimiento de culpa me había marcado de manera terrible.

Durante años me costó conciliar el sueño. Mi padre quiso mandarme al psicólogo, pero mi madre insistió en que lo único que quería era llamar la atención. ¿Yo llamar la atención? Desde que tenía uso de razón había intentado permanecer en la sombra. No me gustaba ser el centro de atención de nada, pero mi madre siempre había querido presumir de mí ante todo el mundo. Fui su muñeca, a la que vestía a su antojo durante años. Los únicos que me habían ayudado a descubrir quién era en realidad habían sido los hermanos Di Bianco, con ellos había podido explorar mi lado salvaje, mi mente curiosa, mis ganas de estirar la cuerda al máximo...

De esa Kamila apenas quedaba ya nada.

Me acosté en la cama y cogí el bloc de dibujo que tenía siempre debajo de mi almohada. Estaba lleno de dibujos de todo tipo. Me encantaba dibujar, era lo único que aún mantenía de esa niña que fui, y lo defendía con garras y dientes. A mis padres no les disgustaba que lo hiciera. Era de las pocas cosas que mi madre aceptaba de mí, de hecho, le gustaba hasta presumir de mis dibujos ante la gente. Yo me moría de vergüenza. Rara vez dejaba que Ellie mirase lo que pintaba en aquellas páginas, para mí era como una especie de diario... Mis pensamientos, todas las emociones que no dejaba que nadie viese, se plasmaban en lo que dibujaba con un lápiz H2 y marcaba con un 2B.

Miré con disgusto los ojos del retrato que llevaba toda la semana intentando perfeccionar. Thiago me devolvía la mirada, sí, pero no se parecía en nada a la realidad. Había conseguido captar los rasgos duros de su mentón y también su nariz aguileña, pero sus ojos... No había manera de captar su mirada, la intensidad con la que me observaba... Hacía apenas unos minutos nuestras miradas se habían vuelto a encontrar en la distancia que separaba nuestras casas y el dolor por haber escuchado sus palabras, lo que pensaba de mí... Aún sentía mi corazón latir acelerado en el pecho.

Al menos, las cosas con Taylor parecían ir mejor. Pero a pesar de que se había mostrado de lo más amable conmigo aquella mañana, yo había sido una estúpida.

Cerré el bloc de dibujo y lo coloqué debajo de la almohada. Tras apagar la luz me prometí que al día siguiente intentaría progresar en mi relación con el que una vez había sido mi mejor amigo.

Con Thiago las cosas estaban perdidas para siempre y, aunque fuera triste, ya era hora de aceptarlo.

Me centraría en el hermano que aún parecía tenerme algo de cariño.

—¡Dame una L! —gritábamos todas con entusiasmo en el entrenamiento de animadoras antes de almorzar.—. ¡Dame una E! ¡CARSVILLE!

Sentí cómo me impulsaban en el aire. Giré el cuerpo como se suponía que tenía que hacerlo girar y, tras dar una voltereta en el aire, caí en los brazos de mis compañeras. Me recogieron y me impulsaron para que saliera despedida hacia delante, diera una voltereta más y terminase delante de la pirámide que el resto ya habían formado.

No teníamos público, pero los chicos del equipo estaban calentando y a más de uno se le habían ido los ojos para observarnos hacer nuestro numerito.

—¡Así se hace, monada! —me gritó Victor Di Viani.

Como respuesta simplemente me giré dándole la espalda y me acerqué a mis amigas. No lo soportaba después de lo que me había dicho en el último partido. De hecho, estar allí, moviendo los pompones y contoneándome delante de ellos, era lo último que me apetecía hacer. Habían sido mis amigos y, desde que Dani y yo lo habíamos dejado, todos o me miraban mal o parecían felices de poder decir y hacer por fin lo que siempre habían querido pero que por respeto a Dani se habían guardado para ellos.

¿Desde cuándo ser chica daba permiso al sexo opuesto a soltarte piropos en cualquier momento y de cualquier manera? No estaba en contra de los cumplidos, pero joder, siempre y cuando se hicieran en el momento oportuno y siempre que fuera alguien que tuviera la confianza para hacérmelos.

Ese imbécil se creía con derecho a gritarme desde la otra punta del gimnasio como si yo fuese un puñetero perrito que acabara de hacer algún truco divertido.

—¡Que todo el mundo se acerque al centro del gimnasio, por favor! —escuché entonces la voz de Thiago, que gritaba desde la puerta opuesta a donde estábamos nosotras. Me giré hacia él y vi que venía acompañado por dos hombres y una mujer vestidos con batas blancas y carpetas en las manos—. ¡Las animadoras también! —agregó y vi que se fijaba en mí durante un segundo efímero.

Todas nos miramos con curiosidad y nos acercamos al centro del gimnasio.

—Como sabéis, hoy se harán las pruebas médicas a los deportistas de élite del colegio. Todos los que estáis aquí competís en la liga juvenil, por lo que es necesario que os hagáis la prueba antidrogas correspondiente y una revisión rutinaria. Os sacarán sangre detrás de aquellos biombos de allí y luego pasaréis por aquí para que pueda haceros unas preguntas y completar el formulario que exige el consejo escolar, ¿de acuerdo? —dijo Thiago mirando la carpeta que tenía delante—. ¿Alguna pregunta?

Miré hacia ambos lados, nerviosa.

Levanté la mano y Thiago me miró por encima del papel que sostenía.

—¿Hamilton? —dijo con voz cansina, como si incluso antes de preguntarle algo ya lo hubiese aburrido.

—¿No deberían avisar de estas cosas...? —pregunté nerviosa mirando a los enfermeros—. A las animadoras nunca se les ha hecho este tipo de examen...

—Las normas han cambiado —fue su única respuesta.

Sentí cómo un sudor frío empezaba a caerme por la espalda al imaginar que alguien me pinchaba y sacaba sangre de mi cuerpo. Normalmente necesitaba una semana de preparación mental cada vez que tenía que sacarme sangre por algún asunto médico y, aunque pareciese una niña pequeña, siempre iba con mi padre, el único capaz de tranquilizarme cuando me cogía la mano. Odiaba a los médicos en general, un trauma que cogí de pequeña cuando casi muero de un derrame pleural a los cinco años. Era ver una bata blanca y mi mundo parecía ponerse boca abajo.

Sentí que me mareaba.

—Oye, ¿estás bien? —me preguntó Ellie mirándome preocupada cuando nos colocaron en fila una detrás de otra para poder ir pasando detrás del biombo.

Vi cómo la enfermera salía de detrás cargando con la prueba de Marissa y cómo la colocaba, con su respectiva etiqueta, en una especie de soporte y luego llamaba a la siguiente para que pasara.

Me empezaron a pitar los oídos.

—Creo que necesito aire fresco. —Le di la espalda a Ellie y crucé todo el gimnasio hasta salir fuera.

Respiré hondo dejando que el aire entrara en mis pulmones y me sentí un poco mejor.

—¡Eh, Kami! —escuché una voz a mis espaldas—. ¿Estás bien?

Era Taylor.

—Sí, sí, no te preocupes. —Me acerqué a las gradas de atletismo y me dejé caer sobre el cemento. Cerré los ojos un instante.

—Te has puesto blanca —escuché que decía, aunque su voz me sonaba bastante lejana.

—Solo necesito unos minutos... —dije agradeciendo el frescor de las gradas en mi mejilla enfebrecida.

—Voy a llamar al médico —dijo y abrí los ojos asustada.

—¡No! —grité cogiéndolo justo del brazo para evitar que se moviera del sitio.

—¡Te vas a desmayar! —me contestó, aunque en vez de ir directo al médico se inclinó para que su cabeza quedase a la misma altura que la mía—. No puedo creer que aún sigas teniéndoles miedo... —dijo apartándome un mechón de pelo de la cara.

Sentí una agradable sensación de calor en el estómago cuando sus dedos me acariciaron de aquella forma tan dulce y la compañía del que fue mi mejor amigo hizo que la ansiedad fuese reduciéndose.

—¿Qué coño estáis haciendo? —escuchamos una voz que nos interrumpió de malas maneras.

Taylor suspiró y se puso de pie.

—No se encuentra bien —dijo mirando a su hermano—. Deberías dejar que se saltara la prueba.

Me senté como pude para no parecer débil delante de la persona que más ansias parecía tener por acabar conmigo.

—La prueba es obligatoria —dijo mirándome fijamente. Sus ojos me recorrieron de la cabeza a los pies, parecía como si me estuviese haciendo una radiografía con los ojos. Se dirigió a su hermano—: Entra, que ya han dicho tu nombre. Yo me quedo con ella.

Los dos, Taylor y yo, lo miramos con incredulidad.

—Prefiero que me pinchen los médicos, gracias —dije haciendo el amago de levantarme, pero entonces me mareé.

Antes de que me cayera redonda al suelo, unos brazos fuertes me sujetaron contra un pecho demasiado trabajado para mi propia salud mental. La fragancia de un olor que recordaba de hacía años me inundó los sentidos. Era una fragancia que había cambiado, que había madurado y que, joder..., desprendía testosterona por todas partes.

—Siéntate —me dijo colocándome sobre las gradas.

Taylor miró a su hermano de malas maneras.

—Yo me quedo con ella —le dijo mirándome aún más preocupado que antes.

Thiago se giró en redondo y dio dos pasos hacia su hermano.

—Que te largues —insistió cabreado—. Si no te hacen las pruebas, no vas a poder jugar en el partido del viernes.

Taylor miró a su hermano y luego a mí.

—Estoy bien, de verdad —dije volviendo a hacer el

amago de levantarme, pero una mano se colocó en mi hombro y me forzó a quedarme donde estaba.

—No te muevas —me ordenó sin quitar la mano, que estaba demasiado cerca de mi cuello para hacerme ningún bien—. Y tú, ve antes de que pierdas tu turno.

—Les diré que sean rápidos —contestó Taylor guiñándome un ojo. Le sonreí agradecida por su preocupación y por poder comprobar que volvía a ser el mismo chico que siempre me protegía.

Se metió en el gimnasio y entonces fui consciente de con quién acababa de quedarme a solas.

—¿Qué clase de tara mental tienes para tenerle miedo a un médico?

Toda la calidez del gesto de Taylor se esfumó en cuanto escuché a Thiago decirme aquello.

Le aparté la mano de un manotazo y lo fulminé con la mirada.

—Me sorprende que no sepas de qué se trata, teniendo en cuenta que el que más taras mentales tiene de aquí eres tú —contesté intentando levantarme otra vez, pero él volvió a impedírmelo.

—¿Puedes quedarte quieta? —me dijo exasperado—. No pienso cargar contigo si te desmayas...

—¡No voy a desmayarme! —dije revolviéndome contra

su brazo, pero pasó a sujetarme ambos hombros con sus manazas, apretando hacia abajo para impedir que me levantara de las gradas. Lo tenía justo delante de mí, tan alto y fuerte, y mis ojos llegaban justo a la altura de su vientre plano.

Por un instante me imaginé levantándole la camiseta y pasando mi lengua por los abdominales que sabía que tenía.

Borré esos pensamientos nada más cruzarse por mi cerebro.

—¡Suéltame! —Lo empujé sin conseguir que se moviera ni un centímetro.

Levanté la mirada hacia su cara y lo vi sonriendo con superioridad.

—Prueba física: suspenso —dijo cachondeándose de mí—. Te suelto si te quedas ahí sentada sin moverte y sin rechistar.

Apreté la mandíbula con fuerza y él interpretó ese gesto como que aceptaba.

Dio un paso hacia atrás cuando vio que me quedaba sentada y luego miró su reloj de pulsera.

—¿Voy a tener que llamar a tu padre? —me preguntó mirándome serio.

—¿Para qué? —contesté mirándolo con incredulidad.

—¿No tiene que cogerte de la mano para que no te pongas a llorar? —dijo riéndose de mí.

—¡Eres imbécil! —Me levanté y lo esquivé cuando fue a cogerme por el brazo. Él sabía lo de mi padre porque se lo había contado cuando éramos pequeños. Se rio entonces y volvió a hacerlo sin importarle una mierda herir mis sentimientos.

—Venga, va, lo siento —dijo aún con la sonrisa en la cara.

—Me voy a casa —dije caminando hacia el gimnasio.

—Si no te haces la prueba, no vas a poder seguir deslumbrándonos a todos con tus aptitudes para dar volteretas en el aire.

Vamos, que me había estado mirando durante el entrenamiento.

—Sería como matar dos pájaros de un tiro. Me libro de ti y de un deporte que no puede importarme menos —dije encogiéndome de hombros.

Thiago levantó las cejas con escepticismo.

—Número uno: lo que hacéis no es un deporte. Número dos: ¿por qué cojones lo haces si no te gusta?

Me detuve de camino al gimnasio y me giré hacia él.

—Número uno: si tirar una pelotita por un aro es un deporte, saltar y girar por los aires hasta caer totalmente de forma vertical, también lo es. Número dos: no he dicho que no me guste, he dicho que no me importa.

Volví a girarme para continuar andando, pero me cogió por el brazo para seguir hablando conmigo y así poder mirarme a los ojos.

—Si no recuerdo mal, tú siempre quisiste dibujar...

—Me sorprende la de cosas mías que recuerdas... —dije mirándolo fijamente.

Sus ojos verdes parecían ocultar muchas cosas, pero a la vez parecían querer decirme muchas más...

—A mí también me sorprende la de mierda que puede retener el cerebro...

Fue como si me hubiese dado una bofetada.

—Está claro que estás hasta arriba de mierda...

Algo brilló en sus ojos verdes, algo oscuro mezclado con otra cosa. Vi cómo su cuerpo hacía el amago de acercarse a mí, pero fue solo un instante porque justo entonces la puerta del gimnasio se abrió. Taylor apareció a la vez que se sujetaba el algodón del brazo izquierdo con la otra mano.

—¿Ya te encuentras mejor? —me preguntó para después detenerse y mirarnos a ambos alternativamente—. ¿Y ahora qué pasa?

—Tu hermano estaba deleitándome con su personalidad arrolladora —dije aún sin ser capaz de soltarle la mirada.

Fue él quien me liberó de ella al girarse hacia Taylor.

—Encárgate tú de ella, tengo que seguir trabajando.

Se metió en el gimnasio sin esperar a que ninguno de los dos dijera nada.

—No le hagas caso a nada de lo que te diga, Kami... —me dijo con el ceño fruncido.

—No te preocupes por mí —dije notando que el pinchazo en el pecho en vez de desaparecer se había hecho más grande.

—Eh —me dijo colocando su mano en mi mejilla—, hablaré con él —dijo envolviéndome con su mirada dulce.

—No lo hagas, de verdad —dije forzando una sonrisa—. Ha sido una discusión de críos. Tu hermano siempre ha sabido buscarme las cosquillas...

—Sabe buscárselas a todos, créeme. —Me soltó la mejilla y se giró hacia la puerta del gimnasio—. ¿Vas a hacerte la prueba...?

No iba a mentir. Me daba pánico y seguramente después de que me sacaran sangre iba a encontrarme mal durante el resto del día, pero no podía abandonar a las animadoras. Mis amigas me matarían. Yo era la que saltaba, la que iba en lo alto de la pirámide...

—¿Me cogerás de la mano? —le respondí con una sonrisa sincera.

Me la devolvió con entusiasmo.

—Cogeré lo que tú me digas que coja —contestó. Le di una cachetada en el brazo. Soltó una carcajada y entramos en el gimnasio—. Ahora en serio. Me quedaré contigo, no te preocupes.

—Gracias, Tay. —No pude evitar darle un abrazo. Noté cómo sus manos me apretaban la cintura y cómo su mejilla se apoyaba levemente en mi cabeza—. Me hace muy feliz saber que volvemos a ser amigos. —Lo miré sonriendo y le di un beso en la mejilla.

—A mí también, Kami —me contestó con un brillo especial en esos ojos azules que tanto se parecían a los de su padre—. ¿Estás lista?

—Qué remedio.

10

TAYLOR

Apenas quedaban alumnos dentro, las animadoras habían sido las primeras en hacerse las pruebas y luego, los miembros del equipo. Cuando entramos al gimnasio, quedaban dos chicos del equipo, los médicos y mi hermano, que, apoyado contra la pared, tachaba nombres y rellenaba formularios de los alumnos correspondientes.

Se estaba comportando como un auténtico capullo con Kami. La noche anterior había podido ver en sus ojos el odio que le profesaba y era injusto. No quería volver a ver en Kami la expresión de miedo y tristeza que vi cuando Thiago le gritó en la puerta de su casa. Por mucho que él insistiera en querer culparla, Kami no había sido la culpable de nada.

Volver a verla, hablar con ella, incluso sentirla entre mis brazos, me había traído recuerdos infantiles que había mantenido guardados desde hacía años. Guardados porque me hacían daño, porque la había echado muchísimo de menos. Kami había sido amiga mía desde la guardería. Nuestras madres se hicieron amigas cuando lo hicimos nosotros con apenas cinco años. Por eso la traición de aquella mujer con nuestra madre había sido incluso peor... Nuestras familias habían sido amigas. ¿Cómo se le podía hacer algo así a alguien que prácticamente consideras parte de tu familia?

Mi hermano levantó la mirada de los formularios y nos indicó que pasáramos cuando el resto ya se había marchado por la puerta.

Los tres médicos miraron a Kami con ganas de acabar ya y sentí cómo la pobre empezaba a temblar. Le pasé un brazo por los hombros y la atraje hacia mi cuerpo.

—Venga, valiente, que no es nada —le dije para animarla.

Se sentó en la camilla y cerró los ojos con fuerza.

—Solo será un momento —le dijo la enfermera—. Dame tu brazo izquierdo.

Kami entonces abrió los ojos y miró hacia el lado contrario a la vez que le tendía el brazo para que le pincharan. Le cogí la otra mano con fuerza para que estuviese tranquila. Sus ojos seguían mirando por encima de mi hombro hacia el lado contrario del pinchazo.

—Muy bien... —dijo la enfermera—. Unos segunditos más y ya terminamos...

Cuando le quitó la aguja y vi que todo estaba bien, que no le habían hecho daño ni nada parecido, me permití mirarla a la cara.

Seguí el trayecto de su mirada y vi que sus ojos estaban clavados en mi hermano, que le devolvía la mirada con tranquilidad. Conocía muy bien esa expresión... Era la misma que había mantenido miles de veces cuando habíamos tenido que ingresar a nuestra madre por algún ataque de ansiedad. Él la miraba de aquella forma y ella se tranquilizaba. Yo siempre había sido un manojo de nervios, me ponía muy nervioso cuando ella se ponía tan mal... Thiago siempre era la roca, la seguridad personificada, la persona que nos hacía sentirnos seguros. En ese momento agradecí que lo hubiese hecho por Kami.

Yo deseaba que ellos volvieran a llevarse bien... Nunca habían tenido una relación como la que había compartido ella conmigo, pero sabía que mi hermano le había tenido un cariño especial.

Pero aun así... Sentí algo amargo en la boca del estómago al ver cómo la miraba. En ese momento no le di más importancia, pero no me gustó cómo me hizo sentir.

Cuando mi hermano vio que los observaba, bajó la mirada hacia el formulario y Kami a mi lado giró la cabeza hacia mí.

—¿Todo bien? —le pregunté con una sonrisa.

Ella asintió en silencio. De repente le había cambiado el ánimo, estaba pensativa y en sus ojos podía leer la confusión.

—¿Seguro? —insistí.

En ese momento sonó la campana que nos indicaba que era la hora del almuerzo.

—¡A comer! —dije notando el hambre después del entrenamiento y deseando largarme de aquel gimnasio por un rato.

Kami hizo una mueca en respuesta.

—Creo que me voy a ir a casa... —dijo bajándose de la camilla—. Todo esto me ha revuelto el estómago y no me encuentro muy bien...

—¿Quieres que te lleve? —le pregunté. No se la veía muy allá—. Mi hermano puede darnos un pase para saltarnos las dos últimas horas, ¿verdad, Thiago?

—De eso nada —dijo cogiendo la bolsa de deporte y colgándosela al hombro—. Tú te vas a clase, listillo.

—¡Venga ya! —dije mirándolo con incredulidad—. ¡Está enferma!

—No pasa nada... —dijo Kami bajándose de la camilla—. Me quedaré...

—No he dicho que no vaya a darte el pase a ti —dijo como única respuesta.

Miré a Kami y al menos me sentí más tranquilo de que ella sí pudiera irse a casa.

—No hace falta —le contestó ella con los labios apretados.

—Hace falta si acabas vomitando en los pasillos, cosa que tiene toda la pinta que va a terminar sucediendo si no te marchas a casa y te acuestas.

—Vete a casa, Kami —intenté convencerla.

Kami miró alternativamente a uno y a otro.

—Vale, me iré —dijo colgándose el bolso de marca que llevaba como mochila.

Thiago suspiró y dejó la bolsa de deporte en la camilla. El médico y las dos enfermeras ya se habían ido y solo quedábamos nosotros tres en el gimnasio.

—Vete a comer, Taylor —me dijo entonces mientras rebuscaba en su bolsa de deporte—. Ahora le doy el pase.

Asentí agradecido a mi hermano, que por primera vez no se comportaba como un imbécil delante de nuestra vecina, y me acerqué a ella.

—¿Vas a estar bien? —le pregunté preocupado.

—Sí, de verdad —me dijo ella con una sonrisa.

Mis ojos se detuvieron unos segundos de más en sus

labios hasta que me obligué a levantar la mirada y mirarla a los ojos.

—Nos vemos mañana, entonces.

No me sorprendió que se pusiera de puntillas y me besara en la mejilla. Siempre lo había hecho, pero desde que la había vuelto a ver después de tanto tiempo, aquellas muestras de afecto aún me pillaban desprevenido.

El cosquilleo que sentí en mi piel cuando se apartó me acompañó durante el resto del día...

11

KAMI

Miré de reojo cómo rebuscaba en su mochila hasta que sacó una carpeta, la abrió y rellenó el formulario.

—Motivo... —dijo en voz alta y muy serio—: ser una blandengue. —Escribió y le arranqué el boli de las manos.

—Te crees muy gracioso, ¿verdad? —Ya no podía soportar ninguna tontería más.

—Es gracioso ver lo fácil que te picas —contestó cogiendo otro bolígrafo de la mochila y bajando la mirada al formulario.

—Es curioso ver cómo, a pesar de los años, sigues siendo un puñetero crío —dije aceptando el pase que me tendía y echándole un vistazo rápido. Para mi sorpresa no había puesto nada raro.

—Si vas a decir palabrotas, dilas en condiciones: «puto crío», nada de puñetero —me dijo colgándose la bolsa al hombro—. «Puto crío». Venga repite.

—Olvídame. —Le di la espalda y cogí mi bolso, que me esperaba en las gradas con mi ropa y mis libros.

—Para olvidarme de ti primero tendrías que haber estado en mi mente, cubito de hielo, y eso por suerte no ha pasado ni pasará.

—¿Qué me has llamado? —le pregunté girándome sobre mí misma.

—¿Cubito de hielo? —repitió acercándose a mí con esos andares de chico malo, con ese cuerpo que parecía ocupar una habitación entera—. Dime... ¿Cómo es que te han sacado sangre si en tus venas solo tienes horchata?

Sentí cómo su comentario hería mis sentimientos de una manera desgarradora. Él tenía esa facilidad, una facilidad que casi nadie tenía. Por lo general me daba igual lo que pensaran de mí..., pero él no me daba igual. Estaba acostumbrada a la envidia y al odio, acostumbrada a que me quisieran y luego me criticaran. La gente era muy falsa y yo mantenía muy erguidos los muros que me protegían de todas aquellas cosas. Saber que Thiago tenía el poder de llegar a mi corazón, de hacerme daño..., fue algo que me asustó más que cualquier cosa en mucho tiempo.

Vi en sus ojos que era consciente de que me había hecho daño y, antes de que pudiera hacer nada, antes de ver el placer que eso podía llegar a provocarle, decidí actuar.

No iba a dejar que me hiciera daño.

No iba a permitir que creyese que yo era débil.

Desde que habían llegado, me había mostrado transparente, frágil, como un jarrón de cristal que se rompe con facilidad... y si algo había aprendido de mi madre, era que nunca puedes mostrarte así ante nadie.

Y ante Thiago Di Bianco menos.

—Yo tendré horchata en las venas..., pero al menos no soy una fracasada cuyo futuro depende de enseñar a unos críos a tirar una pelotita dentro de un aro.

Las palabras me quemaron nada más soltarlas por la boca. En su cuello la vena empezó a latirle amenazadoramente contra su piel bronceada por el sol.

—Desaparece de mi vista —dijo con la voz contenida y sin elevar el tono en ningún momento.

Me dio tanta rabia encontrarme en esa tesitura, yo no era así... Estaba actuando como él esperaba que lo hiciera y no entendía por qué demonios le estaba dando la razón.

—No hará falta que me lo pidas dos veces —contesté sin mirarlo a los ojos y alejándome del gimnasio.

Cuando salí fuera solté todo el aire que había estado conteniendo.

Mierda.

Nada más acercarme al aparcamiento del instituto, mientras rebuscaba en mi bolso para sacar las llaves del coche, alguien salió de detrás de mi descapotable y me sobresaltó, haciéndome llevar la mano al corazón.

—¡Joder! —exclamé al ver que se trataba de Dani—. ¡Me has asustado! —dije respirando hondo e intentando que mi corazón se tranquilizara.

—¿Adónde vas? —preguntó ignorando mis quejas. Entonces pude comprobar que sus ojos estaban rojos e hinchados. Se tambaleó un poco cuando se acercó a mí y pude sentir el hedor a alcohol que desprendía por todos los poros de su cuerpo.

—¿Estás borracho? —pregunté. No me lo podía creer y me di cuenta de que no lo había visto aquella mañana en el entrenamiento.

—Estoy jodido. —Se acercó a mí y, sin previo aviso, me empujó contra mi coche y se colocó delante muy pegado a mí—. ¿Tienes idea de lo que me has hecho? —me preguntó mirándome con odio y cogiéndome la mano con la que intenté empujarlo para que me dejara espacio.

—Suéltame —dije con la voz controlada pero asustada al ver que, así de cerca, sus pupilas estaban más que dilatadas. Ya lo había visto así, aunque muy pocas veces. Dani tenía cuidado con las drogas, nunca arriesgaría el baloncesto, a su equipo, por esas mierdas.

—Me van a echar del equipo por tu puta culpa —dijo apretujándome la muñeca.

—Me haces daño, Daniel —dije intentando quitármelo de encima, pero su cuerpo me apretujó contra el coche y no hubo manera de moverme de allí.

—No he podido hacer ese puto test de drogas y me van a suspender. Mi beca se va a ir a la mierda y todo porque me has jodido la cabeza, Kami. Me la has jodido tanto que ahora ni siquiera puedo concentrarme en otra cosa que no seas tú y tus malditas promesas de amor eterno y tus «te quiero» de mierda...

—Y te quiero, Dani, pero ya no estoy enamorada de ti... —Estaba totalmente perdido. A pesar de que me estaba haciendo daño, sentí lástima por él... ¿Estaba mal sentirme así? Pero es que habíamos compartido demasiado..., demasiadas cosas juntos como para hacer como si nada, como para hacer como si no me importara que jodiera su futuro por mí...

Sus caderas me apretaron con fuerza inmovilizando mi cuerpo y me agobié al notar que apenas podía moverme.

—Yo haré que vuelvas a estar enamorada de mí... No puedes tirar por la borda tantos años de relación... No vas a dejarme, Kami, no vas a hacerlo...

Fue a besarme, a obligarme a hacerlo, y aparté la cara.

No lo reconocía...

No quedaba nada del Dani que yo había querido..., no quedaba nada...

—¡Eh! —gritó entonces alguien desde la otra punta del aparcamiento, justo en la parte que daba al patio del instituto.

Era Taylor, que vino corriendo hacia mí acompañado de Julian, el hermanastro de Kate.

—¡¿Qué coño haces?! —gritó Taylor agarrando a Dani de la camisa y arrancándolo de mi lado.

Taylor tardó menos de un segundo en darse cuenta de lo que había pasado. Al ver que me llevaba la muñeca al pecho con dolor y mis ojos llenos de lágrimas, sus ojos se oscurecieron con rabia.

Fue el primero en darle un puñetazo en la cara. Dani no tardó más de un segundo en arremeter contra él. Los dos cayeron al suelo y se empezaron a pelear.

—¡Para, Taylor! ¡No os peleéis!

Miré a Julian para ver si los detenía, pero él no tardó en meterse también. Dos contra uno, teniendo en cuenta además que Dani estaba hecho un desastre... Os podéis imaginar cómo terminó la cosa.

—¡Parad! —grité desesperada.

—¡¿Qué coño hacéis?! —escuché entonces que gritaba otra persona, que venía corriendo hacia nosotros.

Thiago llegó primero y luego el entrenador Clab.

En menos de un segundo teníamos a medio instituto rodeando la escena y a Thiago separando a su hermano de Dani, mientras que el entrenador sujetaba con fuerza a Julian.

Dani estaba en el suelo, le sangraba la boca y se sujetaba el costado con dolor.

—¡Para, joder! —le gritó Thiago a su hermano a la vez que Dani se incorporaba como podía y se alejaba sin escuchar a nadie.

—¡Walker, vuelva aquí inmediatamente! —gritó el entrenador sin recibir respuesta ante su orden.

Dani se subió a su Land Rover y salió pitando de allí.

Claro, no podían verlo en el estado en que estaba.

Me pregunté cómo demonios lograría evitar la expulsión después de lo ocurrido y supe que, teniendo unos padres tan ricos como los míos, no le costaría lo más mínimo. El equipo de baloncesto en cambio... ya era otra cosa.

—¿Qué demonios ha pasado aquí? —escuché entonces

que decía el director apareciendo por la esquina. El director nos miró a todos con un cabreo monumental—. ¡Hamilton, Di Bianco, Murphy, a mi despacho inmediatamente!

Lo miré con mala cara, ¡yo no había hecho nada! Pero hice lo que me pedían.

Taylor se me acercó después de que Thiago le dijera algo al oído.

—¿Qué cojones te ha hecho, Kami? —me preguntó, preocupado.

—Nada, estoy bien. De verdad —contesté cabreada por todo y deseando largarme a mi casa. Ese día no parecía acabar jamás.

Los tres entramos en el despacho del director, no sin antes recibir miradas de todos los estudiantes que estaban en los pasillos y a los cuales ya les había llegado el rumor de que había habido una pelea en el aparcamiento por mi culpa. Fulminé con la mirada a cualquiera que osara mirarme mal dos veces y sopesé las opciones que tenía. Thiago y el entrenador vinieron detrás y nos colocamos delante de la mesa del director.

—Ya podéis empezar a contarme qué ha pasado —dijo este mirándome fijamente a mí.

Nadie dijo nada.

—Muy bien —continuó el director levantándose y sirviéndose una taza de café con una calma fingida—. Ya tenéis una semana de castigo por delante. Si no empezáis a hablar ahora mismo, serán dos.

Di un paso hacia delante. Los chicos no merecían ser castigados por esto. Y fue ahí cuando tomé la decisión de proteger a Dani, de protegerlos a todos y culparme a mí por lo ocurrido.

—Director..., ha habido un malentendido —mentí de la mejor manera que sabía hacer—. Mi exnovio y yo estábamos teniendo una pelea y los chicos creyeron que Dani se estaba pasando conmigo... Les agradezco que intervinieran, pero no hacía falta... Ha sido una simple pelea de novios, nada más.

—¡Ese imbécil la estaba forzando! —dijo Taylor dando un paso hacia delante.

Oculté instintivamente mi muñeca detrás de la espalda y empecé a negar con la cabeza.

Entonces alguien me sujetó el brazo y tiró de él hacia delante, dejando las marcas rojas de la mano de Dani en mi piel al descubierto.

—Le ha hecho daño, señor —dijo Thiago sin mirarme, pero apretando los labios con fuerza.

El director observó mi brazo y luego me miró a los ojos.

—Señorita Hamilton, ¿es eso cierto? —me preguntó el director mirándome fijamente.

Los dedos de Thiago me dieron un pequeño apretón en el brazo animándome a hablar, pero negué con la cabeza.

—Esas marcas me las hizo ayer mi hermano pequeño jugando en casa. Dani Walker nunca me ha puesto una mano encima, señor.

—¡Pero qué cojones...! —exclamó Taylor furioso.

Thiago me soltó y se cruzó de brazos.

—Entonces ¿por qué el señor Di Bianco decidió intervenir en vuestra conversación? —inquirió el director.

—Estábamos peleando..., pero no me agredió en ningún momento, señor. De verdad —volví a mentir con confianza.

¿Por qué lo encubría? Porque sabía que, si lo expulsaban por mi culpa, me haría la vida imposible...

El director no parecía convencido en absoluto, pero no iba a culpar al capitán del equipo de agresión si no tenía ninguna confesión por parte de la víctima, en este caso yo misma.

—En este instituto tenemos tolerancia cero con cualquier tipo de acto violento. Tanto si la señorita Hamilton estuviese sufriendo algún peligro o no, lo creyesen ustedes o no, llegar a las manos no es nunca la mejor opción. Los tres estaréis castigados durante dos semanas después de clase. Como el castigo coincidirá con los entrenamientos, os quedaréis después de estos hasta las ocho todos los días sin ninguna excepción.

Los tres abrimos los ojos con sorpresa.

¡Sería una paliza! Pasar todo el día en el instituto, desde las ocho hasta por la noche...

—Señor, disculpe que interrumpa —dijo Thiago cabreado por alguna razón que no entraba en mi entendimiento—. El horario de castigos es hasta las cinco de la tarde...

—Su tarea, señor Di Bianco, es vigilar a los alumnos castigados sea en el horario que sea —lo interrumpió el director bajándose las gafas y mirándolo por encima de ellas—. ¿Tengo también que recordarle la razón por la que está usted ejerciendo esa tarea, las razones por las que el instituto ha decidido cederle a usted el gran honor de trabajar en esta institución...?

Me fijé en que la mandíbula de Thiago se apretaba con fuerza. Entonces entendí su cabreo: era él quien se encargaba del aula de castigados. Era gracioso que el niño que siempre estaba metido en líos fuera quien tuviese que vigilar a los que se saltaban las normas... Él nunca había llevado bien eso de respetar a la autoridad, o al menos de pequeño nunca lo había hecho. Algo me decía que tener que asentir con la cabeza y cerrar la boca ante el director del instituto lo cabreaba más de lo que me imaginaba y eso, eso me produjo un placer por alguna razón que no puedo explicar.

No pudimos decir mucho más, el director nos echó a todos con un gesto de la mano y nos fuimos del despacho.

—¿Por qué has mentido? —me reprochó Taylor nada más salir de allí.

Miré a Thiago, que me fulminó con la mirada y se largó pasillo abajo sin decir nada más. Julian se miró los puños lastimados con una expresión peculiar, era como si la sangre de sus nudillos le causara curiosidad.

—¿Te importa dejarnos a solas un momento? —le dijo Taylor, al ver la mirada que le lanzaba.

Julian me miró y luego negó con la cabeza.

—Nos vemos mañana, colegas —dijo con intención de marcharse por el pasillo igual que había hecho Thiago.

—Un momento. —Lo detuve reteniéndolo por el brazo—. Gracias por defenderme, Julian... No tenías por qué hacerlo y siento lo del castigo...

—Ha merecido la pena —dijo y sonreí tímidamente en respuesta.

Taylor ocupó el lugar que Julian había mantenido a mi lado y me miró directamente a los ojos.

—Respóndeme, Kami —dijo cabreado. Vi que el ojo izquierdo empezaba a ponérsele de un color tirando a azul clarito, sus manos estaban incluso en peor estado que las de Julian y me sentí el doble de culpable. De todos los que había allí en ese instituto, Taylor era la última persona a la que querría que hicieran daño—. No soy gilipollas. El día del partido me di cuenta de que algo no iba bien cuando te vi sentada a su lado en su estúpido coche. No es la primera vez que te hace esto, ¿verdad?

Noté un pinchazo en el corazón al recordar aquella vez... Aquella vez que juré no volver a rememorar, que juré enterrar en lo más profundo de mi ser.

—Tenemos problemas, Taylor... Hemos roto y no lo está llevando bien. Me quiere, ¿vale? Y yo a él, y no quiero causarle problemas...

—¿Que no quieres causarle problemas? —me interrumpió sin dar crédito—. ¡Tengo dos semanas de castigo por delante porque ese gilipollas estaba haciéndote daño! ¡¿Y tú vas y me dices que no quieres causarle problemas?! ¿Tú a él? ¿Qué demonios te pasa?

—Siento mucho lo del castigo, de verdad. Si quieres, puedo volver a hablar con el director. Lo último que quiero...

Taylor me cogió por el brazo y me apartó hacia una columna.

Sentí un escalofrío cuando sus fríos dedos tocaron mi piel.

—Me importa una mierda el castigo, lo que me importa eres tú —dijo bajando el brazo hasta llegar a mi muñeca. Los dos bajamos la mirada y vimos las marcas en mi piel—. Si lo vuelvo a ver cerca de ti, lo mato.

Nunca había visto a Taylor tan enfadado... Ver que se ponía así... por mí... me hizo sentir como cuando éramos pequeños: protegida.

—No va a volver a pasar —dije levantando la mirada.

Se hizo el silencio entre nosotros y sentí el impulso de rozar con mis dedos su ojo lastimado, sentí el impulso de querer curarlo, de hacer que esa herida desapareciera... Vi que la duda aparecía en su mirada y que sus labios se abrían como para decir algo, pero entonces el timbre sonó con fuerza y nos sobresaltó. No me había dado cuenta de lo cerca que estábamos hasta que no vi que nos separábamos por el sobresalto. En menos de tres segundos, los pasillos se llenaron de gente.

Taylor miró hacia la derecha y se recolocó la mochila en la espalda.

—Deberías irte a casa...

Me había olvidado de que antes de todo eso iba camino a mi casa... Aunque el análisis de sangre era el menor de mis problemas.

—Ya se me ha pasado. Además, no puedo saltarme el castigo...

Taylor asintió en silencio.

—Nos vemos después del entrenamiento, entonces —se despidió y pude notar el tono seco a la hora de dirigirse a mí.

Lo vi marcharse pasillo abajo y una sensación de impotencia me inundó por dentro. Mis ojos se humedecieron y respiré hondo intentando que se me pasaran las ganas de llorar. Cogí el móvil y me fijé en que tenía un mensaje de texto de Dani.

«Gracias por joderlo todo».

Me metí en el cuarto de baño y me encerré en uno de los cubículos. ¿Cómo se había desmadrado tanto todo entre nosotros? No quería que me odiara. No quería que se sintiera así por mi culpa. Limpié las lágrimas que, sin poder hacer nada por evitarlo, cayeron por mi cara y, cuando creí estar presentable, salí del baño.

Cuando entré en la cafetería, prácticamente todas las miradas se centraron en mí. Odiaba ser el centro de atención, lo odiaba. No quería seguir siendo la comidilla del instituto, ya fuera para bien o para mal. No quería que la gente hablara de mí. Mis ojos se desviaron hacia la mesa de los profesores y vi cómo Thiago me lanzaba una mirada seca para después volver a centrarse en su plato de comida.

Taylor estaba con los del equipo y todos ellos me miraban con rabia. No solo había provocado que su capitán hubiera corrido el peligro de ser expulsado, sino que también había provocado que dos de sus compañeros estuviesen fuera de juego todas las tardes durante dos semanas.

Busqué con la mirada a mis amigas y vi que estaban todas en la misma mesa de siempre. Caminé hacia allí con decisión, de esa forma autómata que había adquirido con los años, y me dejé caer junto a Kate.

—Así que has provocado una pelea... —dijo nada más sentarme.

—Yo no he provocado nada... —dije sacando de mi bolso el bocadillo que me había preparado aquella mañana junto con mi botella de agua.

—¿Te das cuenta de que en la peleíta del aparcamiento participaron tres de los tíos más buenorros del instituto...? Eso sin contar al profe más buenorro del instituto, claro —dijo Lisa llevándose el trozo de manzana que tenía entre los dedos a la boca.

—Thiago no participó en ninguna pelea... —dije maldiciéndome a mí misma por haberme quedado en el instituto. Debería haberme ido a casa y vuelto para el castigo.

—Mira qué bien sabe de qué profe buenorro estamos hablando... —dijo Kate divirtiéndose a mi costa, como siempre.

Sentí cómo me ruborizaba sin poder hacer nada por evitarlo. Era cierto, Thiago no era el único profe buenorro del insti. De hecho, antes de que él llegara, la mitad de las chicas estábamos medio enamoradas del profe de mates, que tenía algo así como cuarenta años, pero en realidad aparentaba veinticinco.

—¿Lady Kamila se ruboriza?

Sentí la rabia crecer dentro de mí cuando me llamó por ese maldito apodo que odiaba con todas mis fuerzas. Me levanté de la silla y cogí mi bolso.

—Os he dicho miles de veces que no me llaméis así.

Sin ni siquiera dejar que se disculpara, y arrepintiéndome en realidad de mi arrebato casi al instante, salí de la cafetería y me fui directa a las pistas de atletismo. Allí había una gran explanada de césped donde muchos de los alumnos nos tumbábamos en los recreos a dejar que el sol nos bañara con su calor. Quedaba poco para que el frío llegara al pueblo y quería aprovechar hasta el último rayo de sol todo lo posible.

No me di cuenta de que me seguían hasta que me senté y una sombra tapó el sol que deseaba que me entibiara tanto por dentro como por fuera.

—¿Huyendo de las preocupaciones? —preguntó Julian, tirando hacia arriba una naranja y volviéndola a coger con destreza. Mis ojos siguieron la trayectoria de esta de forma distraída.

—Más bien de la gente —admití a la vez que asentí con la cabeza cuando con un ademán de su mano me preguntó si podía acompañarme.

Se tumbó a mi lado y siguió tirando la naranja hacia el cielo. Cada vez la tiraba más alto y admiré su manera de cogerla sin problemas. Me imaginé qué pasaría si la naranja caía sobre su cara y me hizo gracia.

Sonreí y desvié los ojos hacia los chicos que en ese momento jugaban al fútbol en la pista de atletismo. Aún quedaban veinte minutos antes de volver a clase y todos aprovechaban hasta el último segundo para divertirse antes de volver a enfrentarse a las tediosas responsabilidades.

—Tienes una sonrisa espectacular —me dijo entonces Julian, obligándome a bajar los ojos hacia él.

—Si apenas estoy sonriendo... —dije notando cómo me ruborizaba un poquito. Me fijé en él, en su pelo oscuro y sus rasgos asiáticos. Tanto él como Kate compartían los mismos genes que su padre, que había nacido en Hawái. Siempre había admirado esos rasgos tan distintivos, esos ojos ligeramente achinados, esa piel color café con leche... Era muy guapo.

—Me gustan las sonrisas que dejan ver algo detrás... La tuya me dice que no estabas pensando en nada bueno, en realidad...

No pude evitar reírme.

—Me estaba imaginando que la naranja te caía directa en la cara —dije y soltó una carcajada a la vez que se incorporaba y me daba un puñetazo amistoso en la rodilla.

—¡Qué macabra!

Nos reímos y después nos quedamos mirándonos durante unos segundos.

—Deberíamos ser amigos —dijo entonces, empezando a quitarle la piel a la naranja y liberándome de su mirada intensa.

—Recurres al método de parvulitos, ¿no? Donde ser amigos simplemente se conseguía con preguntarlo —dije volviendo a reír.

Julian me sonrió con toda la cara.

—Me gusta ser directo —admitió tendiéndome un gajo de su naranja.

Lo acepté.

—¿Te apetece ir al cine conmigo algún día o a tomar algo por ahí?

No quería decir que no y sonar antipática, pero tampoco quería empezar a salir con nadie y la forma en la que Julian me miraba... No sé...

—No termino de encajar muy bien aquí..., ¿sabes? La gente... me da que es muy cerrada y yo, bueno...

Lo miré intentando entender lo que quería decirme.

—No sé... Los tíos, sobre todo... Creo que no encajarían bien mi homosexualidad.

Abrí los ojos con sorpresa.

—¿Eres gay?

Julian me tendió otro gajo de naranja y asintió en silencio.

—Casi nadie lo sabe...

Me di de cabezazos contra una pared imaginaria al ser tan egocéntrica. ¿De verdad había creído que Julian quería algo conmigo? ¿Simplemente porque me invitaba al cine o a tomar algo?

—¿Por qué has querido contármelo a mí? —Me metí el gajo de naranja en la boca y disfruté de su sabor—. Apenas me conoces.

—¿Sinceramente? —preguntó.

Asentí en silencio.

—Porque he visto que estabas a punto de rechazar mi compañía al creer que quería algo más contigo.

Joder. Me puse roja como un tomate.

—Oye, ¡que es comprensible! Si fuese hetero, te follaba hasta dejarte seca, pero no tienes que preocuparte por eso. Solo busco a alguien con quien pasar un buen rato y tú me caes sorprendentemente bien.

—Lo siento si...

—No pasa nada, de verdad. De hecho, creo que ya tienes bastante con los hermanos Di Bianco como para añadir a alguien más a tu lista de conquistas.

Parpadeé confusa.

—¿Los hermanos Di Bianco?

Julian asintió.

—Los que están coladitos por ti, sí.

Noté cómo el corazón se me aceleraba sin remedio.

—Pero ¿qué dices? ¡Thiago me odia! Y Taylor... Bueno, Taylor era mi mejor amigo, como un hermano, jamás...

Julian me devolvió la mirada como queriéndome decir que era estúpida.

—Taylor está enamoradito de ti, Kami, aunque todavía no lo sepa, y Thiago... Thiago me da que tiene una lucha interna y se debate entre empotrarte contra esa pared de allí o mandarte a la mierda casi con la misma pasión que haría lo primero...

Joder con Julian.

—Te equivocas —dije de forma tajante.

—No me equivoco... Entiendo a los hombres y tú eres para ellos como...

—¡Te equivocas! —contesté con más efusividad de la debida—. Tú... tú no sabes nada, no sabes lo que pasó, no tienes ni idea...

De repente, las emociones empezaron a erupcionar en mi interior.

—Me odian, ¿vale? —le solté tajante—. Y tienen todo el derecho a hacerlo.

No dejé que me dijera nada más. Me levanté del césped, cogí mi bolso y me fui directa a la siguiente clase.

12

THIAGO

Fueron llegando de uno en uno. Normalmente los castigos no pasaban de las seis de la tarde y, como era yo el que los supervisaba, si me daba la gana podía despacharlos y mandarlos a casa antes de que el horario se cumpliese del todo. Nadie iba a decirme nada. A esas horas solo quedaban algunos profesores que preferían terminar el trabajo allí e irse libres a sus casas y el equipo de limpieza del instituto.

Los lunes, miércoles y viernes trabajaba en la constructora de Logan Church, era la única manera de ganar algo de dinero. En el instituto no me pagaban absolutamente nada, siendo horas de servicio a la comunidad, y dado que tenía experiencia en albañilería, el señor Logan no había puesto impedimentos en contratarme. Había sido muy considerado con los horarios y, aunque me hubiese gustado que me contratara más días, tampoco podía quejarme.

La mayoría de los trabajadores del pueblo me miraban como si fuese la peste. Carsville era un pueblo anticuado. Los habitantes eran casi todos extremadamente religiosos, y saber que un macarra había vuelto al pueblo y encima tenía que cumplir horas de servicios a la comunidad en el instituto... El director Harrison me había hecho un favor, sí, pero yo sabía que estaba buscando la mínima oportunidad para mandarme a la mierda. Me había hecho el favor por mi madre, pero odiaba tenerme por esos pasillos.

Mientras esperaba que todos los castigados llegasen, seguí trabajando en una nueva jugada. Llevaba más de cuarenta minutos planificándola y esperaba poder ponerla en práctica en el partido de la semana siguiente contra el equipo del instituto de Falls Church. Esos cabrones llevaban haciéndonos la competencia desde antes de que yo me fuera del pueblo y odiaba saber que el año pasado nos habían eliminado de las semifinales estatales. El partido de la semana siguiente se jugaba fuera de casa y sabía que eso iba a añadirle presión a los jugadores. Teníamos que ir extremadamente preparados porque, joder, no pensaba dejar que nos quitaran la victoria. Si algo me motivaba de mi trabajo en el instituto, era llevar al equipo al número uno y lo íbamos a ser, estaba seguro.

Levanté la mirada casi por instinto y la vi entrar por la

puerta. Su mirada se cruzó con la mía y la desvió con prisas. La vi atravesar las mesas hasta colocarse al final de la clase, a la derecha. Iba vestida con la ropa de deporte que se ponía para entrenar con las animadoras. Una parte de mí hubiese pagado por que siempre fueran en pantalón de chándal en vez de con esas puñeteras falditas, aunque no me recreé mucho en ese pensamiento. Las piernas desnudas de Kam ya me habían traído demasiados quebraderos de cabeza... Sobre todo cuando soñaba con ellas rodeándome la cintura mientras le metía la polla hasta...

Basta.

—Llegas tarde —le ladré sin poder contenerme. Cómo odiaba que mi cuerpo traicionara a mi cabeza de esa manera.

Kam levantó la mirada del cuaderno que acababa de sacar y me miró un segundo a mí para después fijarse en el reloj que había sobre mi cabeza.

—Son las cinco y un minuto —me contestó mirándome con incredulidad.

—Si vuelves a llegar tarde, hablaré con el director.

Sabía que estaba siendo un cabrón, pero me daba igual. Mi mirada se cruzó con Julian, que al igual que Kam, parecía no creerse lo que estaba pasando. Kam apretó los labios con fuerza, pero no dijo nada más.

Mejor así.

Al cabo de un rato, el imbécil de mi hermano apareció en la sala de castigados. Entró sin mirar a nadie, dejó caer la bolsa de deporte a su lado y sacó el móvil sin ni siquiera dirigirme una mirada.

Vi que Kam se cruzaba de brazos y se echaba hacia atrás esperando que le dijera algo.

—Taylor, llegas tarde —dije dando toquecitos con el boli en el papel que tenía delante.

Mi hermano miró el reloj, exactamente como había hecho Kam diez minutos atrás.

—Solo diez minutos.

—Llega puntual la próxima vez —dije volviendo a mi tarea, sin darle más importancia.

Casi pude sentir las malas vibraciones que me llegaban desde el otro extremo de la clase.

—¿Qué pasa? ¿Que a él no le dices lo mismo que a mí? ¿No vas a hablar con el director si llega tarde otra vez?

Mi hermano se giró para mirarla.

—¿Quieres que hable con el director porque he llegado diez minutos tarde? —le preguntó mi hermano molesto y me pregunté si por fin había llegado a la misma conclusión que yo: que a Kam mejor tenerla lejos.

—Lo que quiero es que haya igualdad para todos. Si yo

llego un minuto tarde y se me echa la bronca, espero que contigo...

—Es mi hermano —dije interrumpiéndola.

—¡¿Y eso que más da?! —exclamó. Casi vi cómo las orejitas esas que tenía se enrojecían de rabia.

—Que si me sale de los cojones le doy un trato especial.

—¡Eso no es...!

—¿Justo? —la interrumpí—. Baja de la nube, bonita. La vida no es justa. Ahora deja de hablar si no quieres que te sume días al castigo.

—Oye, no creo que...

Julian, en vez de enfadarse como Kam, sonrió y me mantuvo la mirada. Me hubiese gustado borrarle la sonrisa de un puñetazo, pero me contuve.

—Se acabó la cháchara. Si volvéis a abrir la boca, nos quedaremos aquí hasta las nueve, y os aseguro que eso es tanto un castigo para vosotros como para mí, pero lo haré si es necesario.

Evité mirar hacia mi hermano y volví a lo que estaba haciendo. Por suerte se mantuvieron callados el resto del tiempo que duró el castigo y, cuando dieron las ocho, les dije que podían marcharse. Taylor esperó hasta que terminé de recoger mis cosas y juntos salimos hacia el aparcamiento del instituto.

Delante de nosotros, Kam hablaba con Julian.

—Ese tío no me da buena espina —dijo Tay a mi lado y me alegró saber que no era el único que lo pensaba.

—Yo creo que lo he visto antes, pero no recuerdo dónde —dije sacando un cigarrillo del bolsillo y encendiéndolo mientras caminábamos hacia el coche. La moto había empezado a hacer ruidos raros y la había dejado en el garaje. Esta noche me pondría con ella a ver qué demonios le pasaba. Estaba hasta los cojones de tener que arreglarla día sí día también.

—¿Que lo has visto? —me preguntó Taylor mirando con el ceño fruncido hacia nuestra vecina.

—No estoy seguro...

Pasamos por delante de ellos dos y Kam se tensó irremediablemente. Observé el cruce de miradas que se produjo entre ella y mi hermano y me pregunté qué podría haber pasado, aparte de lo de aquella mañana, para que estuvieran tan tensos el uno con el otro. No es que me importara, de hecho me alegraba que lo estuvieran. Que mi hermano se llevara bien con ella me cabreaba más de lo que podía explicar con palabras.

Nos subimos al coche y me entretuve un poco más de la cuenta haciendo como que leía algo en el móvil para en realidad observar qué hacían por el espejo retrovisor. Cuando ya llevaba más de tres minutos cabreándome más y más, me di cuenta de que mi hermano hacía exactamente lo mismo. Solo que él ni siquiera se molestaba en disimular.

—¿Por qué tanta miradita, Tay? —le pregunté. Giré la llave del contacto y salí del aparcamiento del instituto cagando leches.

Tenía que controlar mi temperamento. No podía pagar con mi hermano el rencor que sentía por esa chica.

—Me preocupo por ella, Thiago. —Eso me encendió aún más.

—Pues no deberías, joder. —Hice un giro brusco hacia nuestra urbanización. El sol ya prácticamente se había puesto por el horizonte, pero seguía habiendo en el cielo tonalidades rosáceas, naranjas e incluso moradas. Estaba seguro de que, cuando llegara nuestra madre, estaría sentada en el porche, mirando los colores del cielo.

—Creo que Dani... le ha hecho daño... y creo que no es la primera vez —soltó entonces, cambiando totalmente de tema, o más bien de persona.

«¿Ahora también tengo que estar pendiente del otro capullo?».

Lo miré notando que el pulso se me aceleraba en las venas.

—No veo a Kam dejando que nadie le ponga una mano encima...

—No es la primera vez que presencio algo como lo de hoy... Cuando se lo he dejado caer, he visto en sus ojos...

Llegamos a casa y, en efecto, allí estaba nuestra madre, taza en mano y los ojos puestos en el atardecer de un día de finales de septiembre. Me hubiese gustado sentir paz en mi interior al mirar aquellas nubes, pero solo sentí rabia; rabia, dolor y una angustia que nunca se me iba.

—¿Me estás diciendo que le pega? —le ladré poniéndome de muy mala hostia. No quería sentir lo que estaba sintiendo, no quería creer que alguien le había hecho daño, y mucho menos quería que me importara.

Taylor respiró hondo y se bajó del coche.

—No lo sé, pero la simple sospecha hace que quiera ir a su puta casa a partirle la cara.

Ambos nos giramos cuando el coche de Kam apareció al final de la calle y giró para entrar en su plaza de aparcamiento.

Se bajó del coche y nos miró, primero a nosotros para después desviar la mirada hacia donde estaba nuestra madre.

—¿Por qué no le decís que venga a cenar? —escuché que mi madre nos preguntaba desde atrás.

Kam le devolvió el saludo a mi madre con un ademán de su mano y se me cerraron los puños por instinto. Sus ojos lo detectaron y su expresión martirizada se me quedó grabada en la retina.

—Si esa chica pone un pie en nuestra casa, cojo mis cosas y me largo de aquí.

Los rodeé a ambos y crucé el jardín en cuatro zancadas hasta entrar en casa.

Ya había tenido suficientes cabreos por un día.

13

KAMI

No tenéis ni idea de lo que significó para mí que la señora Di Bianco me saludara desde la distancia. El alivio que sentí en mi corazón solo duró los segundos que tardé en ver a Thiago apretar los puños con rabia. Pero al menos saber que ella era capaz de mirarme a la cara, de sonreírme como si nada hubiese pasado... sirvió para sentir que el peso que soportaba encima desde que tenía diez años se rebajaba, aliviando el sentimiento de culpa, aunque solo fuera un poco. Después vi cómo reaccionaba Thiago a algo que su madre le decía y el alivio se evaporó causándome un dolor muy profundo en mi corazón. Vi que apretaba los puños y se metía en la casa sin mirar atrás.

Aquella tarde se había portado como un gilipollas en el aula de castigados. No podía seguir hablándome así delante de la gente. No quería que mis compañeros se dieran cuenta de que me odiaba. Las preguntas empezarían a circular por todo el instituto y lo último que yo necesitaba es que se desenterrara lo ocurrido años atrás.

Entré en casa y el ruido de la playa a lo lejos me dio la bienvenida. Mi madre se asomó por la puerta de la cocina y me indicó que fuera hacia allí en silencio. Me giré hacia el salón, donde mi hermano jugaba a un videojuego como si no hubiera un mañana, y seguí a mi madre preguntándome qué podría haber hecho yo.

—¿Qué tal el día? ¿Por qué has llegado tan tarde? —me preguntó distraída mientras revolvía con la cuchara uno de los pocos platos que hacía bien: macarrones con queso.

Los lunes Prue no cocinaba en casa y mi madre se encargaba de prepararnos la cena. Era de los únicos momentos en que me gustaba sentarme con ella y disfrutar de su compañía. Era de los pocos momentos donde parecía una madre como la del resto de mis amigos. El olor a queso fundido llenaba la cocina y, en secreto, sin que mi padre se enterase, me dejaba beber una copa de vino tinto con ella. Lo sé, eso no era muy propio de una madre, pero Anne Hamilton era así.

—No te enfades..., pero me han castigado —dije dejándome caer sobre la banqueta que quedaba delante de ella.

Dejó de revolver y me miró con mala cara.

—¿Castigada? ¿Qué demonios has hecho tú también ahora?

—¿También? —contesté extrañada.

—Tu hermano se ha metido en una pelea durante el recreo —me dijo revolviendo los macarrones con más efusividad de la cuenta—. Me han llamado del colegio para que fuera a recogerlo y todo. Tiene la cara hecha un cristo.

—¡Qué dices! Si Cam no se pelea ni con...

—Pues lo ha hecho —me interrumpió—. Lo he castigado sin cenar y sin sacar a Juana de la jaula.

—¡Mamá! —le contesté indignada.

—Ni mamá ni nada —me contestó enfadándose—. ¡A ti debería hacerte lo mismo!

—¿Vas a castigarme sin cenar? ¿En serio?

A veces creo que no es consciente de la edad que tengo.

—Voy a castigarte sin teléfono, que es peor —anunció colocando la palma hacia arriba—. Dámelo.

—¿Ni siquiera vas a preguntarme qué ha pasado?

—No me interesa —sentenció moviendo los dedos para que le diera mi móvil.

—Es peligroso que me dejes sin teléfono, si me pasa algo o...

—No me cuentes historias —me cortó cabreada—.

Mis dos hijos castigados en el instituto, ¡¿qué van a decir en el pueblo?!

—¿Te crees que a alguien le importa que nos hayan castigado?

—¡A mí me importa! —contestó cogiendo el móvil cuando, finalmente y con rencor, se lo tendí—. Ya eres mayorcita para que te castiguen en el instituto, ¿no crees?

—Tienes razón... Voy a hablar con Cam, y por mí, cena eso tú sola. Si él no cena, yo tampoco.

Salí de la cocina enfadada porque ni siquiera se había molestado en preguntarme qué había ocurrido. Estaba segura de que a Cam tampoco le había preguntado nada.

Fui al salón y me senté junto a él en el sofá.

—Hola, enano —dije pasándole el brazo por los hombros como hacía siempre.

Para mi sorpresa se apartó y me miró con mala cara.

—¡No me toques! —me gritó.

—¡Oye! —me quedé flipando al ver cómo tenía el ojo morado—. ¿Qué ha pasado, Cam?

—¡Nada! —me gritó soltando el mando de malas maneras contra la mesa del salón.

No me hizo ninguna gracia ver a mi hermanito de esa guisa. Lo conocía lo suficiente para saber que él no se metería en una pelea porque sí.

—Oye, ¿sabes qué? —le dije en voz bajita—. A mí también me han castigado hoy en el insti.

Mi hermano se giró hacia mí con curiosidad.

—¿De verdad? —me preguntó.

Asentí con la cabeza despacio.

—No se lo digas a mamá, pero tres chicos se pegaron por mi culpa.

Sus ojos se abrieron con sorpresa e hizo un gesto de dolor cuando el ojo izquierdo le tiró de la herida.

—Yo también me metí en una pelea... —soltó entonces con la boca pequeña.

—Eso no está bien... Pelearse no sirve de nada —le dije con voz suave—. ¿Por qué lo hiciste?

Mi hermano me miró durante unos segundos y creí que iba a hablar. Después negó con la cabeza y cogió el mando de la Play.

—Da igual... Ya le he dicho a mamá que no lo volveré a hacer...

Observé su perfil y lo cabizbajo que parecía.

—Oye... ¿qué te parece si esta noche nos ponemos la alarma a las doce y, cuando mamá y papá estén dormidos, bajamos y nos calentamos un plato enorme de macarrones con queso?

A Cam se le iluminaron los ojos. Los macarrones con

queso eran también su plato preferido y sabía que mi madre había sido cruel castigándolo sin cenar.

—¡Vale! —contestó entusiasmado.

Chocamos los cinco, le di un beso en lo alto de la cabeza y subí a mi habitación.

Como hacía siempre, no pude evitar mirar hacia la ventana que había enfrente de la mía. Las luces estaban apagadas, así que miré hacia fuera y lo vi. Estaba arreglando su moto con la puerta del garaje abierta. No llevaba camiseta y el pelo rubio oscuro lo tenía despeinado de cualquier manera.

Sin pensarlo siquiera, saqué mi cuaderno de dibujos, cogí un carboncillo y empecé a dibujar. Mi mente se evadió casi por completo y mi mano realizó los trazos oportunos casi sin yo tener que hacer ningún esfuerzo. Tenía la mente tan distraída, estaba tan concentrada en mi dibujo, que no me di cuenta de que él había dejado de hacer lo que estaba haciendo y miraba hacia mi ventana.

Mi mano se detuvo sobre el papel cuando me vi capturada por una mirada demasiado penetrante como para poder escapar de ella. Cuando me liberó, me permití bajarla hacia el dibujo. Había captado de manera casi perfecta su ceño fruncido, su rabia oculta en esos ojos verdes. ¿Cuánto tiempo había estado mirándome sin que yo me diera cuenta siquiera? ¿Cuánto tiempo estuvo observándome dibujar para permitirme captar su expresión prácticamente a la perfección?

Cerré el cuaderno con un golpe seco y me fui directa a la ducha.

La semana siguió su curso con la tediosa normalidad de siempre. Kate me esperó al día siguiente en el aparcamiento para pedirme perdón por lo de lady Kamila y yo se lo agradecí.

—¡Te estuve llamando durante una hora, pero no me lo cogías! —exclamó abrazándome cuando le dije que no pasaba nada, que el día anterior había tenido un mal día.

—Mi madre me ha castigado sin móvil. —Dejé que me enganchara del brazo y nos dirigimos juntas hacia las puertas del instituto.

—Joder, qué cruel —dijo con cara de horror.

—Dímelo a mí. Además, hoy mi padre me ha echado una bronca del quince. Que están decepcionados, que qué vergüenza que me castiguen con la edad que tengo... Creo que ha sido una de las pocas veces en que los dos se han puesto de acuerdo en algo, lo que significa que hasta el lunes que viene estoy sin teléfono.

—Míralo como si fuese un retiro détox tecnológico.

Puse los ojos en blanco y nos separamos para ir cada una a nuestras respectivas taquillas. Justo cuando empezaba a sacar los libros que necesitaría para las siguientes clases, sentí que se hacía un silencio repentino en el pasillo.

Miré hacia mi derecha y lo vi: Dani salía del despacho del director acompañado por sus padres, que parecían no solo enfadados, sino muy pero que muy decepcionados. Su madre, Lisa, con la que yo siempre había tenido muy buena relación, parecía haber estado llorando. Cuando se dio cuenta de que la estaba observando, me estremecí ante la mirada que me lanzó.

¿De verdad ellos también me culpaban a mí por lo que había hecho su hijo?

Dejé de observarlos y fijé la mirada en el fondo de mi taquilla.

Recé para que Dani pasara de acercarse a mí, pero lo conocía lo suficiente como para saber que vendría a hablarme y que lo haría delante de todo el mundo. Sentí primero su fragancia y luego ya en la espalda el calor que desprendía su cuerpo.

—¿Podemos hablar?

Me giré, disgustada con lo cerca que estaba de mí.

—No tenemos nada de que hablar, Dani.

—Kami, me lo debes...

—No te debo nada. Si te has acercado a mí a pedirme perdón, te escucho... Si no es para eso, agradecería que me dejaras en paz.

—¿Yo pedirte perdón a tí? —dijo subiendo el tono de voz y mirándome furioso—. ¿Sabes que me han suspendido durante toda la temporada de otoño?

Me giré para cerrar la taquilla y abracé con fuerza los libros contra mi pecho.

—Yo te habría echado del equipo.

Lo rodeé y me alejé de él sin dejar que pudiera decirme o hacerme nada más. Que lo hubiesen suspendido durante dos meses solamente demostraba lo injustos que eran en este instituto y que daban trato de favor a quien les convenía. Dani no solo habría dado positivo en el test de drogas que no le iban a hacer —suspenderlo había sido una estrategia casi brillante para no hacerle el test—, sino que había pasado olímpicamente de los profesores que el día anterior lo habían intentado amonestar. Se había presentado borracho y colocado en el instituto y había empezado una pelea...

Sentí la rabia crecer en mi interior al no haber sido capaz de decir la verdad cuando me preguntaron si me había hecho daño. Las marcas en mi muñeca aún eran más que visibles. Conocía a Dani y sabía que, cuando perdía los papeles, se convertía en alguien muy inestable...

Crucé el pasillo hasta llegar al aula de biología y me senté en la última mesa, junto a la ventana. Así al menos les pondría más difícil al resto de los alumnos el poder cuchichear sobre mí.

Dani también estaba en biología conmigo y cuando entró me buscó con la mirada por toda la clase hasta encontrarme. Vi que Taylor entraba detrás de él y supe que aquello no iba a acabar bien. Antes de que Dani pudiese sentarse a mi lado, Taylor lo cogió por el hombro y lo apartó.

—¿Adónde coño crees que vas? —le preguntó enfrentándose a la mirada de toda la clase y arriesgándose a meterse en otro lío por mi culpa.

Dani lo apartó y ambos volvieron a encararse.

—Vuelve a ponerme una mano encima y acabo contigo, Di Bianco.

—Vuelve a ponerle una mano encima a ella y te mato.

—¿Qué está pasando aquí? —escuchamos todos interrumpir a la profesora Denell.

Dani se apartó automáticamente de Taylor y forzó una sonrisa despreocupada. Eso me hizo pensar que la suspensión de otoño no había sido lo único con lo que lo habían amenazado. No iba a ser tan estúpido como para volver a cagarla y arriesgar de verdad su beca de deporte para la universidad.

—Solo estábamos charlando, profesora —dijo alejándose de mí y sentándose en una mesa apartada de la mía.

Taylor tomó asiento a mi lado y, sin decir nada, sacó su libreta y su bolígrafo y se puso a prestarle atención a la profesora.

A veces me preguntaba cómo es que Taylor había sido capaz de perdonarme mientras que su hermano parecía odiarme con todas sus fuerzas. Entendía una parte de esa diferenciación de sentimientos hacia mí, pero Taylor no debería siquiera mirarme a la cara...

La profesora Denell se puso a explicar de manera muy poco atrayente un tema que en otra época hubiese revolucionado la clase, pero que ya con toda la información que teníamos a nuestro alcance en internet, se nos hacía hasta tedioso. Ver la reproducción en el último año de secundaria me parecía innecesario. Quien no supiese a esas alturas cómo se hacían los bebés, mejor que se volviera a meter en la burbuja de la que había salido.

—Este trimestre trabajaréis en parejas —dijo entonces la profesora guardando los dos pósteres de genitales que había colocado sobre la pizarra, los cuales me había hecho pensar que quien los había dibujado no tenía mucha idea de cómo eran estos en realidad. ¿Era necesario dibujarlos como si fuesen dos muñecos? Eso después creaba inseguridades, ¿o es que no se daban cuenta?—. Debéis realizar un trabajo de investigación sobre el tema sexual que queráis, pero eso sí, debéis aplicarlo a la adolescencia. Podéis tratar la homosexualidad y el sexo, la educación sexual en los colegios, las enfermedades de transmisión sexual más comunes en adolescentes... Os dejo libertad para elegir el tema, pero debéis tenerlo claro a finales de semana y hacérmelo saber. Primero os tengo que dar el visto bueno y al final del trimestre deberéis exponerlo en clase. —Se creó un poco de revuelo, muchos se rieron, otros ya empezaron a emparejarse y a señalarse entre amigos—. No quiero que os toméis este trabajo a broma —añadió la profesora levantando el tono de voz—. Va a suponer el cincuenta por ciento de la nota final, y las parejas serán con quien os hayáis sentado hoy.

Muchos empezaron a quejarse y yo miré a Taylor de reojo. Parecía indiferente al hecho de tener que trabajar conmigo el resto del cuatrimestre. Si se alegraba o le disgustaba, no parecía querer hacérmelo saber.

—Este viernes quiero un folio explicando el tema que queréis tratar y por qué —dijo la profesora guardando las cosas en su maletín—. Como sé que muchos os vais este viernes fuera por el partido contra el instituto de Falls Church y que os perderéis la clase conmigo por la tarde, deberéis entregarme el folio explicando la idea el jueves por la tarde. Os estaré esperando en mi despacho, ¿de acuerdo?

Todos asentimos y en ese preciso instante sonó el timbre dando por terminada la clase.

Vi que Dani se levantaba. Su pareja era Susan Tribecky, la chica con la que había salido antes de salir conmigo y me sorprendió ver que no sentía ningún tipo de celos verlo con ella. Susan me lanzó una mirada de satisfacción.

Si supiera lo poco que me importaba...

—Bueno, compañera sexual —se me dirigió entonces Taylor interrumpiendo mis pensamientos. Puse los ojos en blanco mientras me colgaba el bolso—. Se me ocurren tantos temas sexuales que tratar contigo que no sabría por dónde empezar.

Me gustó notar que parecía volver a relajarse conmigo y se me pegó aquella sonrisa contagiosa que siempre llevaba a todas partes... o casi siempre, ya que últimamente lo había visto más enfadado que otra cosa.

—Deberíamos quedar esta tarde y elegir un tema —dije saliendo de la clase con él y dirigiéndonos a las taquillas para cambiar los libros.

—Estamos castigados toda la semana, ¿recuerdas?

—Mierda —dije. Lo había olvidado.

—Si quieres quedamos después del castigo —me dijo apoyándose sobre las taquillas mientras yo cambiaba los libros.

Al cerrar la puerta, me di cuenta de que estábamos mucho más cerca de lo que había imaginado. Admiré sus ojos azules, esos ojos tan dulces y con esa chispa traviesa que estaba segura que volvían locas a todas las chicas que se toparan con ellos.

—La biblioteca cierra a las ocho —dije dándole a entender que no habría ningún lugar al que pudiésemos ir, ya que era obvio que nuestras casas estaban vetadísimas.

—Puedes venir a mi casa, Kami —dijo leyéndome la mente y sorprendiéndome con su propuesta—. Mi madre está deseando verte.

Se produjo entonces un silencio entre los dos seguido de una emoción demasiado intensa como para enfrentarme a ella delante de tanta gente y en medio del instituto.

—Eh —me dijo colocando su mano en mi nuca y mirándome directamente a los ojos—. Ni se te ocurra derramar una sola lágrima, ¿me oyes?

Negué con la cabeza y el escalofrío que sentí por el contacto de su mano en la piel sensible de mi nuca me hizo cerrar los ojos con fuerza.

«Tranquilízate, maldita sea», me dije a mí misma.

—Sabes perfectamente que yo no puedo ir a tu casa... —Me temblaba la voz.

—Vendrás, porque es mi casa y yo te invito —me dijo con firmeza—. Lo que pasó está en el pasado, Kami... Ya es hora de seguir adelante y dejarlo atrás.

Negué con la cabeza y me limpié con rapidez la lágrima que ya caía por mi mejilla.

—Ojalá pudiera hacerte entender lo mucho que...

—No hace falta que me hagas entender nada —me interrumpió—. No podemos controlar el destino. Hay cosas que están escritas y no son culpa de nadie...

—Creo que eres el único que piensa así.

—No soy el único, créeme...

Lo miré a los ojos y recordé a su madre. Esa mujer nos había cuidado desde que éramos pequeños. Nos había hecho pasteles de cumpleaños, nos había llevado al parque, nos había hecho los disfraces de Halloween a los tres. Daba igual lo complicados que parecieran o lo extravagantes que fueran nuestras ideas, ella se quedaba hasta tarde cosiendo y luego nos acompañaba a pedir caramelos. Mis padres nunca me habían querido acompañar, mi madre no era nada fan de Halloween y decía que los caramelos me sobrexcitaban y que luego no había quien me durmiera... Pero Katia Di Bianco no solo nos acompañaba a todas las casas del barrio, sino que además nos subía al coche y nos llevaba a recorrer los vecindarios que colindaban con el nuestro. Cuando llegábamos a casa no había lugar donde meter tantos caramelos. Nos los repartíamos y, los que nos sobraban, los llevábamos al día siguiente al hospital donde ella trabajaba para repartirlos entre los niños que no habían podido salir a pedir caramelos porque estaban enfermos.

—Si te preocupa mi hermano, hoy trabaja por la tarde y después se queda en el bar que hay de camino a Stony Creek. No vas a cruzarte con él, confía en mí.

Respiré hondo y al final asentí con la cabeza.

—Me quedaré una hora. Elegimos la idea, la redactamos y me voy a casa.

Taylor sonrió como solo él podía hacer. Me dio un rápido beso en la frente, se giró y se marchó hacia su taquilla.

Tuve el impulso de tocar la piel donde sus labios me habían rozado, pero me contuve.

Hoy iba a volver a entrar en la casa de los hermanos Di Bianco... Iba a volver a encontrarme con su madre... y no tenía ni la menor idea de cómo iba a salir de esa con el corazón de una pieza.

14

TAYLOR

Seguramente me acababa de meter en un buen lío. Si mi hermano se terminaba enterando de que había invitado a Kami a casa, ardería Troya. Ya lo había dejado bastante claro el día anterior, pero yo no estaba de acuerdo en absoluto con esa postura suya contra Kami. Hasta mi madre había dicho que quería verla y mi hermano no podía seguir culpándola de esa manera por lo que pasó. Si el resto de nosotros lo habíamos superado, o al menos vivíamos con ello día a día, él debería hacer lo mismo.

Sabía que iba a terminar teniendo problemas con él si seguía empecinado en relacionarme con nuestra vecina, pero no me importaba. Haber vuelto a Carsville, haber vuelto a mi vida, verla a ella, me hacía feliz. No voy a mentir diciendo que toda esa situación no me traía también muy malos y tristes recuerdos, pero no se podía hacer nada para cambiar el pasado. Y en mi presente cada vez tenía más claro que Kamila Hamilton me gustaba... Pero no me gustaba como antaño, cuando la veía como mi hermana pequeña. No, ahora me gustaba de verdad, de tener curiosidad por saber qué había debajo de su falda, por ejemplo. Todos esos años separados habían terminado con el amor fraternal que siempre le tuve y, aunque se me hacía un poco raro y hasta incluso a veces me sentía culpable por tener ciertos pensamientos hacia ella, no podía evitar sentir algo especial.

Tener ese pensamiento en mi cabeza me provocó un escalofrío agradable e intenso. Volverla a ver y darme cuenta de que era toda una mujer me había dejado sobre todo bastante impactado. Había tenido mis líos en mi antiguo instituto, de hecho fui de los primeros de la clase en perder la virginidad a los catorce años. Mi hermano me pilló saliendo a hurtadillas del cobertizo que teníamos en mi antigua casa con una chavala que por aquel entonces me traía loco y, en vez de echarme la bronca, me felicitó. Así éramos nosotros... Los hermanos Di Bianco, los golfos del instituto, los que la liaban parda a todas horas.

Mi hermano tenía tres años más que yo, sí, pero siempre habíamos sido uña y carne, inseparables. Era él quien me compraba los condones en la farmacia y me los daba cuando los necesitaba. Era él quien me había defendido de nuestros padres cuando llegábamos a casa con el ojo hecho un cristo y el labio partido. Era él quien se comía las broncas si nos portábamos mal... Siempre me había sobreprotegido.

Desde que habíamos vuelto al pueblo, había notado que nos distanciábamos un poco. La razón era esa chica de pelo largo y ojos marrones que nos tenía locos a los dos, aunque locos en diferentes términos. Yo me despertaba por las mañanas habiendo tenido sueños húmedos con ella y mi hermano la mataba con la mirada cada vez que la tenía cerca. Pero... ¿lo que sentía hacia ella era solo odio o escondía algo más?

Me detuve en mi taquilla para cambiar los libros y dirigirme al aula de matemáticas. Como era la clase avanzada, el resto de mis compañeros no estaban conmigo, excepto Julian. Al entrar me saludó con un gesto de su mano y no pude evitar devolvérselo por instinto, aunque seguía habiendo algo en él que no me convencía. No sé si era por la forma en la que miraba a Kami o la manera en la que había golpeado el otro día a Dani cuando le dimos una paliza entre los dos. Su mirada había sido calculada, fría; le había golpeado sin rabia, pero con fuerza, como si tuviese un dominio excepcional sobre su mente y su cuerpo...

No sé...

A lo mejor solo es que estaba celoso.

Cuando terminó la clase, salimos juntos hacia la cafetería. Julian había sido admitido en el equipo de baloncesto y los demás compañeros lo habían aceptado un poco a regañadientes. No me molestó que me siguiera hacia la mesa donde nos esperaba el resto del equipo, pero sí me molestó ver que, en vez de sentarse con los chicos, se dirigía hacia la punta donde el equipo de animadoras almorzaba charlando animadamente.

Qué listo era el cabrón.

Había puesto los ojos en ella y se la sudaba invadir su espacio para poder estar juntos. Kami le sonrió con esa dulzura innata que tenía y el resto de las chicas aceptaron que se sentase con ellas a almorzar.

Sin dudarlo ni un segundo, lo seguí. No me preguntéis qué cojones se me pasó por la cabeza, pero fui y me senté al otro lado de Kami. Su mejor amiga, Ellie, frunció el ceño al ver que la empujaba ligeramente para hacerme un hueco.

—¿Se te ha perdido algo en nuestra mesa, Taylor? —me preguntó Ellie pegándome un codazo en las costillas.

Sonreí mientras le robaba un fruto seco de su bandeja.

—Este finde es el partido contra Falls Church —dije

inventándome algo sobre la marcha. Me llenó un calor interno cuando vi que Kami me miraba con esos ojitos tiernos llenos de alegría al ver que compartía con ella el almuerzo—. Me preguntaba si estaríais dispuestas a uniros a los chicos en una aventura jamás repetida en la historia de este instituto...

—Lo que quiere es que nos castiguen a todos igual que han hecho con él —soltó Ellie de manera irónica mientras se retocaba el pintalabios rojo.

—Te equivocas, niña —contesté ignorándola olímpicamente—. Hemos decidido hacer una partida de *paintball*. Carsville contra Falls Church. ¿Quién se apunta?

Kami me miró divertida.

—¿No tenéis suficiente con que os den una paliza al baloncesto?

Todas se rieron; al menos Julian se mantuvo de mi lado. Abrí los ojos con incredulidad y le di un toque en las costillas a Kami que la hizo saltar y reírse.

—¿Cómo que si no tengo suficiente con la paliza que me van a dar al baloncesto? Querida vecina, desde que yo he llegado al equipo, la palabra «paliza» solo se va a utilizar para hacer referencia al equipo contrario, ¿de acuerdo?

—No se nos permite hacer otra actividad que no sea la estipulada por el instituto mientras estamos fuera...

—Y ahí es donde se ve quién de aquí tiene ovarios para ir en contra de esta autoridad impuesta por cuatro profes amargados.

—¿Cuándo pretendes escaquearte para ir a jugar al *paintball* si llegamos por la tarde, seguramente entrenaremos y el partido es al día siguiente por la mañana? —me preguntó Kate, la otra amiga de Kami y, si no recordaba mal, la capitana del equipo, arqueando esas cejas negras perfectamente depiladas.

Sonreí y las miré a todas con picardía.

—La partida va a ser nocturna. —Se hizo un silencio momentáneo y aproveché para levantarme—. Quien quiera apuntarse deberá decírmelo mañana por la mañana.

Todas empezaron a hablar animadas y yo aproveché para inclinarme sobre Kami.

—Espero que te apuntes, pequeña cobardica —le dije rozándole la oreja con mis labios y sonriendo como un idiota al ver que se le ponía el vello de punta.

Regresé con mis compañeros con una sonrisa en la cara imposible de borrar.

15

KAMI

Lo observé alejarse hacia el final de la mesa donde se sentó con los chicos. Se lo veía muy cómodo entre ellos. Los demás lo habían aceptado en el grupo como si no hubiese pasado el tiempo. Muchos lo recordaban de cuando éramos pequeños y otros lo habían conocido esas semanas de principio de curso, pero es que Taylor tenía esa aura que atraía a todo el mundo. A diferencia de Thiago, que era más serio e intimidatorio, Taylor llamaba a la diversión, a las risas, a meterse en líos y a pasárselo de lujo.

Sentir sus labios rozarme la oreja me había producido un placer oculto difícil de describir. Últimamente había sentido algunas cosas hacia él cuando estábamos a solas o cuando intercambiábamos miradas... Era un calor diferente a esa energía infantil y fraternal que siempre había sentido hacia él...

No me di cuenta de que seguía observándolo hasta que mis ojos, atraídos por otra cosa, se toparon con los de Dani, que me miraba serio. Me mantuvo la mirada desafiándome a hacerlo y no me vi capaz de ello. Mis ojos instintivamente miraron hacia abajo y sentí una punzada en el pecho.

—¿Estás bien? —me preguntó Julian a mi lado.

Desde que me había confesado que era gay, me sentía mucho más relajada a su lado. Disfrutaba de su compañía y además era alguien con quien se podía hablar. Era una persona que te escuchaba y no por simple compromiso, sino porque de verdad le interesaba lo que tuvieses que decir.

—Sí, no te preocupes —le contesté agradeciendo que Dani hubiese empezado una conversación con uno de sus amigos, puesto que estaba segura de que, si Julian lo veía mirándome más de la cuenta, saltaría igual que haría Taylor.

—¿Cuándo vamos a tomarnos ese café que me habías prometido? —me preguntó llevándose a la boca los macarrones rancios que vendían en la cafetería.

—Pues la semana que viene te la reservo, porque esta semana entre el trabajo de biología, los entrenamientos, los castigos y encima el partido de este fin de semana...

Julian sonrió y asintió con la cabeza.

—No te preocupes... Tienes razón, estamos hasta arriba. ¿Quién diría que estamos en septiembre?

Asentí soltando un resoplido.

—Bienvenido al último curso... —dije dándole un trago a mi botella de agua.

—¿Quién te ha tocado de pareja de biología? —me preguntó distraído removiendo su comida.

—Pues Taylor Di Bianco —contesté y volví a levantar la mirada para poder verlo.

Para mi sorpresa, me estaba observando. Me guiñó un ojo y una sonrisita se dibujó en mi cara sin poder hacer nada por controlarla.

Julian siguió la dirección de mi mirada.

—¿Te gusta? —me preguntó entonces.

Desvié los ojos hacia él y negué con la cabeza.

—Somos amigos desde...

—Desde que sois niños. Sí, lo sé, me lo habías dicho antes —me cortó.

—Lo siento, sé que soy un poco pesada con el tema...

—No, no lo eres, pero cada día que pasa estoy más seguro de que no lo miras como si fuese tu amigo de la infancia...

—¿Te has estado fijando en cómo lo miro? —lo piqué y me sorprendió ver que se ponía serio.

—Soy muy observador y tú captaste mi atención desde el momento en que puse un pie en este instituto —admitió como si nada.

Levanté las cejas con sorpresa.

—¿Me vas a explicar por qué?

Julian sonrió, apoyó el mentón en su puño y se encogió de hombros.

—Tienes esa especie de aura...

—¿Aura? —pregunté confusa.

—Sí... Tienes esa cosa magnética que atrae las miradas. La gente te admira tan solo por cómo eres. De hecho, si nos detuviésemos a analizarte, tampoco encontraríamos mucha diferencia entre tú y las demás chicas. No te lo tomes a mal, ¿eh? Lo digo así de primeras, pero por alguna razón inexplicable tienes un aura especial que hace que todos quieran ser como tú, o al menos estar a tu alrededor.

Me quedé callada unos instantes.

—Yo no tengo ninguna aura, te equivocas.

Julian se rio.

—Normalmente la gente que tiene un aura especial cree que no la tiene y afirma con rotundidad que es común como el resto de los mortales...

—Soy común, como el resto de los mortales —insistí sin que ya me hiciese tanta gracia lo que me estaba diciendo.

—Eres especial, Kamila Hamilton —aseguró poniéndose de pie—. Te guste o no. —Me dio un toquecito en la punta de la nariz y se marchó del comedor.

Lo observé hasta que desapareció por la puerta giratoria.

Yo no tenía nada especial... De hecho, si tenía algo de eso era algo oscuro. Algo oscuro que acababa con todo lo bueno y llevaba a la gente a hacer cosas de las que después se arrepentían el resto de su vida.

Aquella tarde en el gimnasio, los entrenamientos fueron especialmente duros. Ese fin de semana competíamos contra uno de los institutos de mayor nivel del condado. No solo competía el equipo de baloncesto, sino que nosotras, como animadoras, también lo hacíamos.

Kate, que era la capitana del equipo aquel año después de que yo hubiera dejado claro que no me interesaba el puesto de nuevo, estaba bastante estresada con una parte de la coreografía y yo estaba más pendiente del entrenamiento de los chicos que de lo que debería estar haciendo en ese momento.

—¡Vamos a ver, Kamila! ¿Te quieres enterar de una maldita vez?

Su grito resonó por todo el gimnasio, que ya de por sí tenía bastante eco. Todos, absolutamente todos, dejaron de hacer lo que estaban haciendo para girarse y mirarme con curiosidad.

Me puse roja como un tomate y fulminé a mi amiga con la mirada.

—¿Puedes dejar de gritar? —le dije molesta.

Liderar un equipo de animadoras no era fácil, que me lo dijeran a mí que había hecho ese trabajo durante años, pero la primera regla era no perder los nervios. Vale, sí, estaba distraída, pero no era mi culpa que estuviésemos a tres días de la competición y la coreografía aun no estuviese terminada.

—¡Presta atención!

Apreté los labios con fuerza y me mordí la lengua antes de decirle lo que pensaba.

—Estás empecinada en hacer esta pirámide imposible que apenas hemos tenido tiempo de practicar cuando aún no has acabado la coreografía, Kate. Céntrate en lo más importante —dije deseando largarme a casa de una maldita vez. Me puse aún de peor humor sabiendo que todavía me quedaba el castigo y luego hacer el maldito trabajo con Taylor.

—¿Ahora vas a decirme cómo tengo que ser la capitana

del equipo? —me soltó echando humo por las orejas—. ¡Pues hazlo tú, si tanto sabes!

Tiró los pompones al suelo comportándose como una niña enfurruñada y se largó del gimnasio pisando fuerte.

Puse los ojos en blanco. Miré a mis compañeras que, como siempre, parecían esperar a que yo decidiera qué hacer y fui tras ella.

—¡Kate, espera! —la llamé corriendo detrás de ella hasta alcanzarla después de que me cerrara la puerta en la cara.

—¡Sabes lo difícil que me resulta y en vez de ayudarme...!

—Sé que es difícil, Kate, por eso te estaba dando un consejo...

—¡Pues no lo hagas delante de las demás! —me siguió gritando. Menos mal que estábamos fuera del gimnasio—. ¿No ves que así me quitas autoridad?

Me mordí la lengua y asentí.

—Lo siento, ¿vale? No era esa mi intención, pero de verdad, no podemos seguir perdiendo el tiempo con esa pirámide cuando no tenemos ni el baile acabado... Acaba la coreografía y, cuando tengamos eso dominado, probamos la pirámide las veces que haga falta.

Kate pareció reacia a escucharme, pero al final y tras

insistir un poco, asintió en silencio y miró hacia el otro lado, donde los cursos inferiores practicaban atletismo.

—No sé por qué pasaste de ser la capitana, está claro que se te da mejor que a mí.

—No digas tonterías. Lo haces genial, solo tienes que priorizar.

—Ya, ya... priorizar —dijo sonriendo de repente y mirándome con ojitos divertidos—. Como priorizas tú con mi hermano, ¿eh?

Parpadeé confusa y luego, cuando entendí por dónde iba, me reí.

—Eso que acabas de decir no tiene ningún sentido, lo sabías, ¿no?

—Ya me has entendido... ¿Te gusta? —me preguntó con cara de horror.

No sabía si Kate estaba al tanto de la homosexualidad de su hermano y yo no era quién para decírselo, así que opté por decirle la verdad, pero ocultando lo que Julian me había confesado.

—Solo somos amigos, Kate, de verdad —dije enroscando mi brazo con el suyo y encaminándonos de vuelta al gimnasio.

—¡Por favor, si te mira con ojos de enamorado!

Puse los ojos en blanco.

—Te equivocas, pero bueno, piensa lo que quieras —dije un poco incómoda por tener que mentirle o, más bien, ocultarle información.

De todas mis amigas, Kate y Ellie eran a las que les contaba absolutamente todo. Saber que su medio hermano era homosexual y no decírselo me costaba, pero sabía que hacía lo correcto, al fin y al cabo, no era asunto mío.

Seguimos con el entrenamiento hasta que fueron las seis de la tarde. Mientras que el resto de los compañeros se fueron charlando animadamente hacia el aparcamiento para marcharse a su casa, yo cogí el bolso y me encaminé hacia el aula de castigados.

Odiaba quedarme después de las seis en el instituto. Los pasillos estaban desiertos, la luz de la tarde apenas entraba ya por las ventanas, lo que le daba un aire aún más tristón al instituto...

—¡Eh, compañera! —Sentí que me pasaban un brazo por los hombros y la colonia de Taylor me inundó los sentidos—. ¿Lista para jugar una partida al juego de los números? —me preguntó acercándose mucho a mi oreja para que Thiago, que iba por delante de nosotros, no pudiese oírnos.

Recordé ese maldito juego que nunca había llegado a entender del todo y en el que ellos dos eran unas máquinas. No era muy complicado: tenías que inventarte una combinación de cuatro números e intentar adivinar el del contrincante. Había ciertas reglas: los números no se podían repetir y el cero no podía estar delante... Cuando era tu turno decías la combinación que creías que podía llegar a tener el adversario y él te respondía con simples palabras como, «nulo», «bien» o «regular». «Nulo» era que ninguno de los números que habías dicho estaba en su combinación; «bien» indicaba que uno de los cuatro estaba en su combinación y encima en el lugar correcto; y «regular» significaba que el número estaba, pero no en el lugar que él había elegido.

Parecía fácil, pero en realidad no lo era... La cosa es que ellos tenían unos truquitos para ganar que nunca habían querido compartir conmigo.

—Deberíamos aprovechar las horas del castigo para estudiar. —No pude evitar soltar una carcajada al ver la cara que me ponía.

Al oírme, Thiago se giró y nos miró.

Sus ojos se fijaron en cómo Taylor me rodeaba con su brazo y su expresión ya de por sí sombría se convirtió en la expresión de una estatua de hielo.

—Entrad —dijo tajante, parándose en la puerta.

Pasamos por su lado y, nada más cruzar la puerta, vi que Dani estaba sentado al final de la clase.

Madre mía... esos castigos iban a ser mi ruina.

El castigo se me pasó volando, no solo porque me pasé el rato jugando y divirtiéndome con Taylor —después de ganarme cinco veces al maldito juego de los números, cedió ante mi insistencia de jugar al ahorcado, que se me daba de lujo—, sino porque el tiempo con Taylor era así... se evaporaba. Además, había sido divertido jugar a escondidas, con cuidado de que Thiago no se diera cuenta.

Taylor se había sentado frente a mí y entre susurros y golpecitos en la espalda nos las habíamos apañado para jugar durante las dos horas de castigo. Las miraditas que nos lanzaba Dani no me pasaron desapercibidas, pero no pensaba seguir anteponiéndolo más. Era mayorcito, ya era hora de que se hiciese responsable de sus actos. Toda su vida había sido un consentido al que se le había permitido todo. Incluso yo le había permitido cosas que nunca debí aceptar y, si le molestaba ver que yo seguía adelante sin él, pues era lo que tocaba.

Cuando finalizó el castigo y creí que íbamos a salir impunes de nuestra sesión de juegos, Thiago nos llamó para que nos acercáramos a su escritorio.

Julian y Dani nos miraron, pero terminaron saliendo del aula.

Taylor puso los ojos en blanco, me guiñó un ojo y juntos fuimos hacia donde Thiago nos esperaba.

—¿Os estáis riendo en mi cara? —preguntó entonces muy serio.

—Thiago... —empezó a decirle Taylor poniéndose tenso.

—Que sea la última vez que creéis que podéis jugármela, ¿me habéis entendido? Esto es un puto castigo y no un patio de recreo. Como os vea siquiera cruzar una mirada dentro de estas cuatro paredes, haré que os expulsen durante una semana. Me tenéis hasta los cojones. —Dicho esto, cerró la carpeta que tenía abierta de un fuerte golpe y salió del aula.

Miré a Taylor, que seguía con los ojos puestos en la puerta por la que acababa de salir su hermano mayor.

—Estoy cansado de esto... —dijo mirándome—. Estoy cansado de no poder estar a gusto contigo porque a él se le cruzan los cables al verte. ¡Que lo supere de una puñetera vez, joder! —gritó sobresaltándome.

—Taylor...

—Ni Taylor ni hostias. Esta noche hablaré con él, esto no puede seguir así. Odio cómo te mira, odio cómo se dirige a ti...

—No puedes juzgarlo por eso...

—¡Claro que puedo! —dijo cabreado—. Tú no te mereces este trato... He aguantado todo lo que he podido, pero se acabó.

—Se ha puesto así por el castigo...

—Y una mierda —dijo colgándose la mochila al hombro—. Lo conozco. El castigo se la suda. Él era el primero que hacía el imbécil cuando nos castigaban en el colegio. Es por ti.

No supe qué contestar a eso... Que Thiago me odiara no era ninguna novedad.

—Has traído el coche, ¿verdad? —me preguntó entonces, cambiando de tema drásticamente.

Asentí con la cabeza.

—Bien —dijo—. Me voy contigo. Paso de irme con ese idiota.

Salimos del instituto y fuimos hacia mi descapotable. Cuando nos subimos y puse el coche en marcha, me di cuenta de que no iba a poder aparcar en su casa ni tampoco en la mía. Si mi madre se enteraba de que estaba en casa de los Di Bianco, me mataría. Y si llegaba y aparcaba en mi casa, pero no entraba, me pediría explicaciones...

Cuando entré en mi urbanización, encontré un lugar en la calle contigua a la nuestra y aparqué.

Taylor me miró extrañado, pero después pareció entender por qué lo hacía.

—Te prometo que esto no durará mucho —me dijo muy serio.

Negué con la cabeza.

—Taylor, no puedes cambiar lo que pasó...

—Claro que no puedo cambiarlo, por mucho que sea lo que más quiero en este mundo... Pero sí que puedo cambiar lo que va a pasar de ahora en adelante y que tú tengas que aparcar en otra puñetera calle no se volverá a repetir.

No dije nada porque no quería discutir con él ni tampoco meterme en terreno pantanoso. Bastante nerviosa estaba ya sabiendo que iba a entrar en su casa después de tantos años, que iba a ver a su madre...

De repente, mi corazón se aceleró nerviosamente y él debió de notármelo.

—Tranquila, ¿vale? Mi madre sabe que vienes y está deseando verte.

Dudaba que eso fuera cierto.

Fuimos andando juntos hasta la casa de Taylor y desde allí me fijé en que el coche de mi madre estaba ya aparcado frente a casa. Por primera vez desde que me había castigado, me alegré de no tener el móvil encima. Si no podía contactar conmigo, no podía exigirme que fuera derecha a casa.

Taylor sacó las llaves de su bolsillo y no pude evitar

cerciorarme de que el coche de Thiago no estuviese por allí. No sé qué podría pasar si me veía dentro de su casa, pero mejor no averiguarlo.

Cuando Taylor abrió la puerta y me indicó que entrara, sentí un cosquilleo en el estómago. La nostalgia, acompañada de cientos de recuerdos, me provocó una presión en el pecho que me cortó la respiración.

Las escaleras, parecidas a las mías pero de mármol en vez de parqué, seguían igual que antes. Algo que siempre había adorado de esa casa era lo hogareña que parecía. La mía a veces me recordaba a un Airbnb. Si no fuera porque mi hermano dejaba sus juguetes irremediablemente por todas partes, os juro que todo parecería un hotel en vez de una casa familiar. La madre de Taylor y Thiago siempre había llenado la casa de flores naturales, el olor que te recibía nada más entrar siempre era diferente, pero venía acompañado de esa rica fragancia a pasteles recién horneados y café. Una cálida sensación se adueñó de mi corazón al entrar otra vez en ese lugar.

Cerré los ojos un instante. Nos escuché riendo. Nos vi corriendo por las habitaciones. Nos recordé jugando al suelo es lava y saltando de sofá en sofá. Nos rememoré riendo y acampando en el salón por la noche...

Cuando abrí los ojos, la mujer que había dado a luz a

aquellos dos maravillosos hombres me sonrió desde la puerta de la cocina. Llevaba un delantal rosa anudado a la cintura y un moño desaliñado en lo alto de la cabeza. Su sonrisa fue verdadera, aunque el brillo de sus ojos no fue como el que yo recordaba de pequeña.

—No sabes lo feliz que me hace volver a tenerte aquí, Kam. —La madre de Taylor era la única, aparte de Thiago, que me llamaba así.

Sentí un nudo en el estómago y me quedé quieta donde estaba.

—Os he hecho un pastel de chocolate con nueces. Está recién horneado, os gustará más así, calentito —dijo haciendo como si nada, como si yo no me hubiese quedado ahí callada siendo una maleducada—. Supongo que estaréis muy cansados después de estar todo el día en el instituto. ¿Qué tal el castigo?

—Una mierda, aunque hemos encontrado la forma de que se nos pase rápido el tiempo, ¿verdad, Kami? —dijo Taylor acercándose a su madre y dándole un beso en la mejilla.

—Sí, aunque también hemos hecho que Thiago se enfade. —Por fin conseguí que me saliera la voz.

—No me habrán llamado veces del colegio por las travesuras que hacía Thiago cuando era un crío... Que no se le suba la autoridad a la cabeza —dijo entrando en la cocina.

La seguimos y me encantó volver a sentirme arropada por esas paredes amarillas y esa cocina de madera blanca.

—Sentaos y poneos con el trabajo —dijo Katia. Luego cortó la tarta de chocolate y apartó una porción para cada uno de nosotros.

Me senté en la mesa de la cocina y la observé moverse con destreza. Esa mujer se merecía todo y más...

—Aquí tenéis —dijo colocando los platos frente a nosotros para luego servirse una taza de café caliente—. ¿Queréis? —nos preguntó.

—Yo sí, por favor —contesté. Al notar que la voz me salía rara, me obligué a tragar saliva.

—Yo no —contestó Taylor con cara de asco.

—¿No te gusta el café? —le pregunté con una sonrisa.

Taylor fue a decirme algo, pero su madre lo interrumpió.

—¿Taylor? —dijo mirándolo divertida a la vez que me alcanzaba una taza humeante de café—. Por muy mayor que se haga, siempre me seguirá pidiendo su taza de Nesquik con tres...

—Cucharadas de azúcar y un poco de canela —terminé la frase yo por ella—. ¿En serio? ¿Todavía? —lo pinché con diversión.

—Es la mejor combinación que se ha hecho en este país, debería registrarlo —dijo cuadrando los hombros y abriendo el portátil, aunque creí ver que se ponía un poquito colorado.

—Oye, yo creo que la gente pagaría, eh. —Intenté no reírme.

—Fortunas, cariño —dijo su madre acariciándole el pelo y después desapareciendo por la puerta que llevaba al salón.

Me quedé mirando por donde había desaparecido con una sensación agradable en el pecho.

—Te adora y lo sabes —me dijo Taylor cogiéndome la mano.

Lo miré y sentí que los ojos se me humedecían.

—¿Cómo puedes decir eso?

—Porque es la verdad —dijo simplemente—. Vamos a pensar la idea del trabajo porque si no vas a llegar a casa a una hora muy indecente y Dios no quiera que tu madre empiece a llamarte como una loca.

—Sería difícil que lo hiciera... Me ha castigado sin teléfono móvil —dije encogiéndome de hombros.

—¿Los padres todavía castigan a sus hijos? Creía que eso ya había pasado de moda.

—De moda vas a pasar tú, listillo —dijo Katia entrando

en la cocina a buscar un libro que había sobre la mesa—. Más te vale no volver a meterte en ningún lío, si no vas a ver qué divertido es tener dos castigos en vez de uno.

Me reí y Taylor se volvió hacia mí poniendo los ojos en blanco.

—Dice eso porque estás tú aquí y quiere dar ejemplo... —dijo en voz bajita.

Negué con la cabeza y sonriendo saqué el cuaderno de mi bolso.

Estuvimos media hora dándole vueltas a la idea que queríamos hacer. Tratar el tema del sexo con Taylor iba a ser divertido. De hecho, me costó lo mío conseguir que se concentrara y que no se desviara con sus bromas.

—Podríamos poner en práctica las posturas del kamasutra —dijo en un momento dado—. Kamasutra más adolescentes más sexo igual a...

—Suspenso —dije intentando no reírme.

—Igual a orgasmo —me contradijo acercándose y mirándome con esa sonrisa contagiosa—. Apuesto lo que sea a que no sabes lo que es tener un orgasmo de verdad.

Lo miré con condescendencia.

—¿Y por qué no, a ver?

Se encogió de hombros.

—A las chicas os cuesta más.

—Será porque vosotros sois tela de torpes.

Taylor abrió los ojos con falsa sorpresa.

—¿Son quejas sexuales lo que sale ahora mismo de tu boca?

Le di un golpecito en el hombro en broma y negué con la cabeza.

—¿Puedo preguntarte algo? —me dijo entonces mientras yo me dedicaba a hacer ver que leía la pantalla del ordenador.

—Depende de qué —contesté haciéndome la distraída.

—¿Eres...? —preguntó bajando el tono de voz.

Lo miré poniéndome seria.

—Sabes perfectamente la respuesta a esa pregunta.

—Regla número uno: nunca te creas lo que escuchas en los vestuarios de tíos.

—Regla numero dos: no preguntes cosas que no te incumben.

—Oye, que es una información necesaria para nuestro trabajo... No puedo hacer un trabajo sobre la sexualidad si no sé si tienes o no experiencia... Tengo que saber si tengo que ser sutil, de qué cosas puedo hablar o no... No me gustaría asustarte ni crearte un traumita infantil...

—¡Eres idiota! —le dije empujándolo cuando soltó una carcajada que retumbó por toda la cocina.

—El más idiota, pero respóndeme, por favor —insistió bajando el tono de voz.

Me centré en esos ojos azules que tanto me gustaban y, sobre todo, en la confianza que de forma innata siempre me había trasmitido con tan solo sonreír como estaba haciendo en ese instante.

—Salí dos años con Dani, así que sí... lo hicimos.

—¿Y qué tal?

Puse los ojos en blanco.

—No voy a responderte a eso.

—Eso es que fue una mierda... No me extraña.

—Hace dos segundos estabas diciendo que a las chicas nos cuesta más disfrutar con el sexo.

—Y es la verdad.

—No lo es.

—Claro que sí. Mira las estadísticas.

—No me hacen falta las estadísticas. Conozco mi cuerpo, sé perfectamente que soy capaz de...

Me detuve y sentí cómo un calor me subía por el cuello hasta las mejillas cuando comprendí lo que le estaba dando a entender.

Taylor sonrió y su mirada cambió, volviéndose más intensa, más profunda...

«Joder, Taylor, no me mires así, por favor», pensé.

—¿Te has tocado?

—No —contesté automáticamente.

—Sí lo has hecho —dijo mirándome muy serio.

De repente, me entraron ganas de salir corriendo de allí.

—¿Y qué si lo he hecho? —contesté poniéndome a la defensiva—. Es algo natural.

—Y tanto que es algo natural. Yo lo hago prácticamente todos los días...

Me reí negando con la cabeza.

—Y no dudes ni un segundo de que lo haré esta noche simplemente acudiendo a esa imagen mental que acabas de poner en mi cerebro...

Se hizo el silencio cuando lo oí decir aquello. Mi respiración pareció acelerarse cuando vi la manera en la que me miraba.

—No sería correcto que imaginaras a tu amiga...

—¿Tocándose desnuda bajo las sábanas? —me interrumpió acercándose muy sutilmente hacia mí—. No solo voy a imaginar cómo lo haces, sino que voy a imaginarme haciéndotelo yo...

Por un instante esa imagen mental ocupó todo mi cerebro. Yo, en la cama, desnuda con Taylor tocándome, besándome... Haciéndome disfrutar del sexo por primera vez...

Se me aceleró la respiración y sus ojos se centraron en mis labios.

—No tienes ni idea de las cosas que te haría ahora mismo, Kami...

¿Cómo habíamos llegado a esa situación? ¿Cómo habíamos pasado de estar hablando de un trabajo sexual para clase a estar insinuando qué haríamos estando con el otro...? Pensándolo bien, el trabajito preparaba ya bastante el terreno, aunque nunca pensé que fuese a necesitar ningún tipo de terreno con Taylor... Joder, mi amigo Taylor.

Se acercó a mí y, en contra de todos mis pensamientos y racionalismos, en ese instante lo único que deseé fue que me besara. Cerré los ojos, sentí el calor de su respiración acariciarme los labios al mismo tiempo que su mano ocupaba un lugar en mi rodilla y subía lentamente por mi pierna...

—¿Os ha gustado la tarta? —nos interrumpió entonces la madre de Taylor entrando en la cocina y sobresaltándonos de manera automática.

Pegué un salto hacia atrás y abrí los ojos sorprendida.

Katia se nos quedó mirando un momento, pero fingió no haber visto nada. Taylor se echó hacia atrás en su silla con lentitud sin quitarme los ojos de encima a la vez que le contestaba a su madre con calma.

—Muy rica, mamá.

—¿Tenéis ya la idea del trabajo? —nos preguntó dejando su taza de café en el fregadero y mirando la libreta sobre la mesa en la que aún no habíamos escrito nada, aparte de algún que otro garabato mío.

De repente, sentí la necesidad de irme corriendo a casa. Necesitaba asimilar lo que había estado a punto de pasar allí. Taylor era mi amigo... No podía ser nada más... ¿o sí? ¿Él sentía algo por mí?

—Yo creo que sí tenemos una idea clara —dijo entonces Taylor liberándome de esa mirada que me quemaba y tirando de su portátil hacia él.

—¿Cuál? —pregunté sorprendida.

Katia pasaba de nosotros. Empezó a sacar cosas de la nevera, supuse que para preparar la cena.

—Los falsos mitos de la sexualidad femenina. ¿Qué te parece?

Parpadeé sorprendida.

—¿Crees que son falsos?

—Vamos a descubrirlo...

Sonreí en silencio y asentí con la cabeza.

—Me gusta.

—A mí me gustas tú —contestó solo moviendo los labios.

Parpadeé sorprendida. La necesidad de largarme de allí aumentó, aunque no puedo negar que sentí un cosquilleo cálido en el estómago que me generó muchas incógnitas.

—Debería irme, si no, mi madre me va a matar —dije.

En cuanto solté la frase me arrepentí casi al instante. Miré a Katia, que había detenido un segundo su labor de batir huevos y me sonrió de forma desenfadada.

—Claro, cielo —dijo limpiándose las manos en el delantal—. Ya es tarde, pero puedes volver cuando tú quieras.

Asentí en silencio con una sonrisa entre sincera e incómoda y dejé que Taylor me acompañara hasta la puerta.

—Ha sido divertido, ¿verdad? —me preguntó con las manos en los bolsillos y esa sonrisa pícara que lo caracterizaba.

Me detuve ante la puerta abierta y respiré hondo.

—Taylor...

—No digas nada —me cortó colocando un dedo sobre mis labios con suavidad—. Me gusta estar contigo, siempre me ha gustado... Lo demás... es cuestión de tiempo.

No entendí muy bien qué quiso decir con eso, pero tampoco quería quedarme a discutirlo.

Asentí, me puse de puntilla para darle un beso en la mejilla y me sorprendí a mí misma dándoselo justo en la comisura. No preguntéis por qué lo hice, pero me salió así, sin pensar.

Taylor me sujetó del brazo un segundo y creí que me derretía ante su contacto suave. El momento cocina estaba repitiéndose en la puerta y ni siquiera me había dado cuenta de que lo había empezado yo. Me entraron unas ganas terribles de besarlo y ver qué es lo que sentía... Ver si merecía la pena arriesgarlo todo, si merecía la pena estropear nuestra amistad... Hacía días que venía dándole vueltas a aquello que había empezado a notar en mi cuerpo cuando estaba cerca de él: seguridad, calor, atracción...

Si alguien me hubiese dicho entonces dónde empezaba a meterme habría viajado al pasado y me habría puesto con otro compañero en el trabajo de biología... Joder, habría evitado absolutamente todo contacto con Taylor Di Bianco.

Pero nadie controla lo que desencadenan nuestras decisiones, ¿verdad?

Ay, Kamila... la que te espera.

16

THIAGO

Trabajar con Logan Church era una buena oportunidad para mí, pero era un trabajo que me dejaba destrozado. Trabajaba tres veces a la semana unas cuatro horas al día, horas que debía combinar con mi horario en el instituto. No eran muchas, pero sumadas al trabajo en el instituto y a que me las pasaba cargando material de un lado a otro... Joder, acababa destrozado. Me estaba costando adaptarme a todos aquellos cambios, pero lo peor eran los recuerdos. Siempre me había dado miedo volver, pero nunca pensé que fuese a llegar a ser tan duro.

La casa muchas veces se me caía encima, tanto que ya había empezado a ahorrar para poder buscarme un lugar donde vivir. No me importaba que fuese un cuchitril o una habitación en un antro de mala muerte: necesitaba alejarme de esa casa. Lo único que me frenaba por el momento, sin contar que aún no tenía el dinero suficiente, era mi madre. Dejarla sola, cuando habíamos vuelto, no me parecía una buena idea. Aunque ella pusiese buena cara e hiciese como si nada, sabía que le dolía tanto como a nosotros haber vuelto a la que había sido nuestra casa de la infancia. Pero no podía largarme, no cuando técnicamente habíamos vuelto a Carsville por mí.

Aparqué el coche en la entrada ya que mi moto seguía sin arrancar y me bajé encaminándome hacia la entrada de casa. No fui consciente de quién estaba saliendo por la puerta hasta que casi choqué con ella. Aunque Kam se detuvo antes de que eso pasase. Mi cerebro tardó un poco en asimilar que si estaba allí era porque acababa de salir de mi casa y que, por tanto, eso significaba que había estado dentro, con mi hermano, con mi madre...

—¿Qué haces tú aquí? —pregunté notando la rabia burbujear en mi interior. No estaba de humor para algo así. No aquel día. No cuando se acercaba peligrosamente la fecha para volver a destrozarme.

Kam, nerviosa, se acomodó un mechón de pelo detrás de la oreja y abrió la boca para empezar a hablar.

—¿Sabes qué? —la interrumpí antes de que su rostro me distrajera más de lo acostumbrado—. No me interesa. —La rodeé y entré en mi casa dando un sonoro portazo.

Cuando entré me recibió el sonido de mi madre cocinando y la fragancia de la cebolla friéndose con el aceite de oliva en la sartén. Mi hermano subía las escaleras en aquel momento y, cuando se giró para ver quién acababa de entrar, vi un brillo que nunca había visto en él hasta la fecha.

Su decepción me confirmó que Kam había estado allí con él.

—¿A qué coño te crees que estás jugando? —le increpé sin poderme contener. En ese momento achaqué mi rabia a que Kam había entrado donde juré que nunca volvería a dejarla entrar, pero ahora que echo la vista atrás, sé que fue algo más que eso. Fue ver esa expresión en mi hermano, ver ese brillo en los ojos por alguien que en un futuro iba a considerar mío.

Mi hermano se detuvo en mitad de las escaleras y cuadró los hombros.

—Esta también es mi casa —dijo muy serio, mucho más serio de lo que lo había visto en mucho tiempo.

—Será tu puta casa cuando hagas algo que te haga merecértela. Como vuelva a verla aquí, Taylor...

—¿Qué? —me interrumpió, bajando un escalón y encarándose conmigo como nunca lo había hecho—. ¿Qué coño vas a hacer?

Aguanté la respiración porque las ganas que me estaban entrando de partirle la cara eran algo nuevo para mí.

—Kami me gusta y creo que yo también le gusto a ella —dijo entonces sentenciando su posible muerte instantánea en mis manos—. Así que voy a invitarla todas las veces que quiera... Tú eres el único que sigue anclado en el pasado, supéralo de una puta vez para que el resto podamos seguir adelante con nuestras malditas vidas.

Pasó por mi lado y salió fuera copiando mi portazo de antes.

Respiré hondo y apreté el puño con fuerza.

Volví a bajar los cuatro escalones que había subido sin saber muy bien qué iba a hacer a continuación, si seguirlo fuera y meterme en una pelea o decirle cuatro cosas más, pero entonces mis ojos se encontraron con los de mi madre, que me observaban tristes desde la puerta de la cocina.

—No vas a poder evitarlo, Thiago —dijo mirándome con... ¿lástima?—. Desde que sois unos críos siempre supe que esto terminaría pasando. Lo que nunca tuve claro fue con cuál de los dos se quedaría...

Pero ¿qué coño?

—No tengo ni idea de lo que estás hablando —la interrumpí intentando controlar mi genio—, pero no pienso compartir techo con la persona que mató a quien yo más quería en este mundo.

Mi madre se llevó la mano al corazón y, antes de que pudiera verla llorar otra vez, subí y me encerré en mi habitación.

17

KAMI

Llegué a mi casa con los nervios a flor de piel. Haber vuelto a entrar en casa de los Di Bianco, volver a ver a la madre de los que una vez fueron mis mejores amigos, casi besar a Taylor, encontrarme con Thiago y ver el odio en su mirada... Habían sido demasiadas emociones en una tarde.

Cuando cerré la puerta detrás de mí, no me recibió ningún sonido de repiqueteo en la cocina ni tampoco una fragancia agradable de quien está preparando la cena para poder comer todos en familia.

Mis padres discutían. No es que fuese algo raro, aunque siempre solían hacerlo en algún lugar donde nosotros no pudiésemos enterarnos. No creo que lo hiciesen por mí, pero sí por mi hermano. Por eso me extrañó escuchar a mi padre hablarle a mi madre de aquella manera.

—¡¿No te das cuentas de que son estúpidos caprichos?! Si no se puede, no se puede, joder.

—¿Estúpidos caprichos? —contestó mi madre en aquel tono que prometía problemas—. ¡¿Te recuerdo quién me dijo que quería que me operara después de tener a Cameron?!

—Estuviste un puto mes llorando porque se te habían caído los pechos, ¡te di la única solución que conocía!

—¡Oh, por favor! —dijo mi madre riéndose amargamente—. ¡Hasta a mí se me ocurre algo más original!

Me acerqué a las escaleras y me quedé quieta escuchando la discusión.

—Todo lo que intento explicarte lo desvías para convertirme a mí en el malo de la película. Si tengo que dormir fuera es por trabajo. ¡Estoy cansado de que pienses que te engaño, joder! ¿Quién engañó a quién en este matrimonio de mierda?

Abrí los ojos sorprendida. No por el contenido de lo que acababa de decir, eso yo ya lo sabía, sino porque eso era un tema tabú en mi casa. No se tocaba, así de simple. Hacíamos como si nada hubiese pasado.

—¡No puedo creer que saques eso a relucir después de tantos años!

Me escondí en el hueco de la escalera cuando escuché

que mi madre salía de su habitación y empezaba a bajar los escalones mientras se limpiaba las lágrimas.

No me gustó ver a mis padres así, pero menos me gustó encontrarme a mi hermano hecho un ovillo en el hueco de la escalera y mucho menos me gustó encontrármelo con la cara hecha un cristo.

—¡Cameron! ¿Qué te ha pasado? —le pregunté arrodillándome a su lado.

Mi madre me oyó y vino hasta donde estábamos.

—¡Ahí estás! —dijo señalándome con un dedo. Su rímel estaba corrido y parecía furiosa más que triste—. ¿Qué horas son estas de llegar?

Me incorporé.

—Estaba haciendo un trabajo para el instituto.

—¡¿Y por qué no has llamado para avisar?! —me rebatió—. He tenido que irme de la merienda del miércoles con las madres de Carsville para ir a buscar a Cameron al colegio, cuando se suponía que debías ir tú.

—¿Desde cuándo tengo que recogerlo yo?

—¡Desde que yo lo digo!

—No me lo habías dicho.

—Te mandé un mensaje.

—Estoy castigada sin teléfono, ¿recuerdas?

Mi madre se quedó callada unos segundos.

—Y más castigada que vas a estar. ¡Una semana más!

Abrí los ojos con incredulidad.

—¡¿Por qué?!

—¡Porque lo digo yo! —Señaló a Cameron, que se había colocado detrás de mí—. Y tú también, niño. ¡Como vuelva a enterarme de que te has metido en otra pelea, te cambio de colegio y te meto en el privado! ¡Lo juro por Dios!

—¡Yo no quiero un uniforme...! —empezó a despotricar mi hermano Cam, pero mi madre lo calló con una mirada.

—Ni una palabra más.

—¿Ahora la pagas con los críos? —preguntó mi padre desde arriba. Bajó las escaleras para hacerle frente a una madre que, os lo juro, parecía desquiciada.

—¡Son mis hijos y los estoy educando, cosa que tú no haces porque nunca estás!

—¡Oh, por favor! —exclamó mi padre perdiendo la paciencia—. Esto no es porque esté fuera de casa, sino por todo lo contrario. Te acabo de decir que vamos a tener que recortar gastos y te has puesto hecha una furia.

—¡No pienso dejar mis actividades porque a ti te haya entrado la paranoia con no sé qué historia de una crisis...!

—¡Estamos al borde de la quiebra! —le gritó mi padre dejándonos a todos callados. Se hizo un silencio eterno en la habitación. Mi padre respiró hondo antes de volver a hablar—. Todo se solucionará, pero necesito que entiendas que a partir de ahora...

—¡No quiero escuchar nada más! —lo cortó mi madre—. Arregla tus malditos asuntos para que esta familia pueda seguir adelante, ¡es lo único que tienes que hacer!

Dicho eso se marchó escaleras arriba a encerrarse en su habitación.

Miré a mi padre asustada por lo que acababa de decir. No me importaba en absoluto el dinero, al contrario que mi madre, pero sí me importaba mi padre.

—Papá, ¿qué está pasando?

Mi padre se había quedado mirando por donde mi madre había desaparecido con una mirada de decepción tan grande que me juré a mí misma que nunca haría nada que se mereciera esa mirada. No lo soportaría.

—Tranquilos, ¿vale? —dijo y mi hermano salió corriendo a abrazarlo—. ¿Y si salimos a cenar y os explico un poco lo que está pasando? ¿Qué os parece? ¿Cam?

Mi hermano asintió.

—¿Puedo llevar a Juana?

Mi padre me miró un instante y luego asintió.

—Vale, cógela, y también una chaqueta, que está refrescando fuera.

Mi padre nos llevó al McDonald's por insistencia de mi hermano. Mi madre nunca lo llevaba, decía que la comida era basura —dato redundante cuando eso lo sabía el mundo entero y a nadie le impedía disfrutar de ella de vez en cuando—, así que me gustó que mi hermano al menos pareciese feliz por conseguir lo que raramente conseguía.

Mi padre se acercó a nuestra mesa cargando la bandeja con la comida y empezamos a cenar. Al principio hablamos de cosas sin importancia, pero después, cuando ya solo quedaban las bebidas con pajitas y el ruido constante del coche de juguete que le había tocado a Cam en el Happy Meal, mi padre se puso serio.

—Las cosas van a cambiar un poco a partir de la semana que viene, ¿vale? —dijo mirándome sobre todo a mí—. La empresa no va muy bien. Muchos de los inversores se han empezado a echar atrás debido a una serie de errores que no he sabido manejar del todo bien...

—Pero ¿qué es lo que ha pasado? —le pregunté sintiendo miedo al ver a mi padre tan preocupado.

—Delegué en la persona equivocada y ha desaparecido mucho dinero de las cuentas de ahorro de mis clientes.

—¿Han robado?

—Aún no sé lo que ha pasado, pero sí. Todo apunta a una estafa por parte de Carrowell.

Madre mía...

—¿Y no puedes echarlo? ¿O llamar a la policía?

—Ojalá fuera tan sencillo, pero Carrowell firmaba por mí. Mi firma está en casi todos los contratos...

—¡Qué dices, papá! —contesté sintiendo el pánico atenazarme la garganta.

A nuestro lado mi hermano dejó de jugar.

—Ya tengo al mejor abogado, no os preocupéis, ¿vale? —dijo mirando a mi hermano pequeño y sonriéndole con cariño—. Las cosas volverán a ser como antes, pero necesito tiempo y necesito recortar gastos...

Asentí sin dudarlo.

—¿Hay algo que podamos hacer?

Mi padre miró la mesa y luego a mis ojos.

—Odio tener que pedirte esto, cariño, pero...

—No pasa nada, haré lo que sea, de verdad —le aseguré.

—Vamos a tener que vender tu coche.

¡Ostras! Me quedé callada un segundo, pero luego me recompuse.

—De acuerdo —dije notando la punzada en el estómago que venía acompañada de la realidad de saber que a partir de ese momento iba a tener que ir andando a todas partes—. No te preocupes.

—Lo siento mucho, cariño..., pero tener tres coches ahora mismo es una locura y ni siquiera descarto tener que vender el de tu madre. —Abrí los ojos horrorizada y mi padre se calló un instante—. Lo sé, lo sé, pero eso ya lo veremos más adelante. Por ahora no va a ser necesario.

Asentí en silencio sin saber muy bien qué decir a continuación.

—¿Somos pobres? —preguntó mi hermano abrazando a Juana. Esta soltó un lametazo como queriendo darle énfasis a la pregunta de su dueño.

—No, no somos pobres —dijo mi padre con rotundidad—, pero a partir de ahora vamos a tener que cuidar el dinero un poco más.

Mi hermano asintió despacio y yo volví a fijarme en los moratones pequeños que coloreaban su ojo izquierdo.

—¿Vas a explicarnos qué te ha pasado en la cara?

Mi hermano negó con la cabeza y yo miré a mi padre.

—Mamá ya te ha vuelto a castigar, Cam. No quiero volver a oír que nos llaman del colegio, ¿de acuerdo?

—Solo nos divertíamos... jugamos a la lucha libre.

Puse los ojos en blanco.

—¿A la lucha libre? —contesté—. ¿No habrá juegos en el mundo que os tenéis que pegar unos a otros?

Mi hermano se encogió de hombros y no le volvimos a decir nada más. No entendía a los niños de hoy en día. Yo cuando era pequeña... Bueno, yo cuando era pequeña entraba en la casa de señores mayores a robar, así que ¿por qué me hacía la santa?

Mi padre nos compró un helado a cada uno y volvimos a casa. Cuando llegamos, mi madre seguía encerrada en su habitación.

Me gustó ver a mi padre en casa. Era cierto que se pasaba muchas noches fuera y que lo veíamos muy poco. Mi padre acompañó a mi hermano a su cuarto y le dio las buenas noches.

—Buenas noches, princesa —me dijo cuando me vio en el pasillo, ya en pijama y sujetando el vaso de agua que había ido a buscar a la cocina—. Todo se va a arreglar, te lo prometo.

Me besó en lo alto de la cabeza y lo observé marcharse a su habitación. Nunca lo había visto tan cabizbajo... Bueno sí, en una ocasión, pero era muy pequeña para haberlo podido entender del todo.

Sentí entonces una angustia en el pecho que no me gustó nada. Mi padre sufría y mi madre en vez de apoyarlo le complicaba las cosas. Supe entonces que iba a tener que ser fuerte por él, poner buena cara a lo que se nos venía por delante... Aunque nunca hubiese imaginado que a partir de ese instante todo fuese a ir cayendo poco a poco, como un laberinto de fichas de dominó, que cuando cae una ya no hay quien pare a las demás.

Lo que yo no sabía es que la primera ficha había caído ya hacía tiempo.

La mañana siguiente fue dura para todos. Prue, nuestra cocinera, se despidió de nosotros después de que mis padres le dijeran que lamentaban no poder seguir contando con sus servicios. Mi madre lloraba mirando por la ventana mientras nosotros nos despedíamos de ella igual de emocionados. No tenía muy claro si mi madre lloraba porque la iba a echar de menos o porque desde ese momento iba a ser ella la que iba a tener que llevar la casa adelante. Imaginármela limpiando y cocinando algo que no fueran macarrones con queso me hizo bastante gracia.

—Cuídate, niño travieso, ¿de acuerdo? —le dijo Prue a mi hermano, que la abrazaba sin querer soltarla.

—Pero, Prue, ¿ahora quién me va a hacer la comida? —preguntó haciendo pucheros.

—Pues tu madre, cariño —dijo Prue con una sonrisa.

A mi hermano se le abrieron los ojos con horror.

—¡No te vayas, por favor! —dijo casi estrangulándola con su abrazo.

Me reí, agradeciendo que mi madre estuviese concentrada en el cigarrillo que se estaba fumando sin oír a mi hermano.

—Te vamos a echar de menos —dije con una sonrisa lastimosa.

—Cuida de tu hermano, cielo —dijo dándome un abrazo—. Sed buenos y ayudad a vuestra madre. ¡Mantener esta casa en orden no es moco de pavo!

Los dos asentimos y la acompañamos a la puerta.

Cuando salimos al porche de la entrada, mis ojos se desviaron inconscientemente hacia la casa de los hermanos Di Bianco. En ese momento Taylor se subía al coche con Thiago. Los dos me dirigieron una mirada. El primero me sonrió, el segundo apretó la mandíbula con fuerza y pisó el acelerador. Ambos desaparecieron con rapidez calle abajo.

Mi madre apareció detrás de nosotros.

—Como que me llamo Anne Hamilton que esto terminará más pronto que tarde.

Ambos nos giramos hacia ella.

—¿Vas a ponerte a trabajar? —le pregunté gratamente sorprendida.

Mi madre me miró como si hubiese dicho un insulto.

—Lleva a tu hermano al colegio, anda —dijo arrodillándose en el suelo y asegurándose de que Cam estaba bien arreglado y vestido—. Y tú no te metas en más peleas, por favor. —Le dio un beso en la mejilla, me sonrió rápidamente a mí y luego se metió en casa.

—¿Mamá sabe trabajar? —preguntó entonces Cam sin apartar los ojos de ella.

Suspiré.

—Se ve que no.

Dejé a mi hermano frente a la puerta de su edificio después de casi pelearme con él tras su insistencia en hacer «nuvillos». Según él, nos merecíamos una escapada espiritual, como hacía mamá cuando tenía demasiados problemas en la cabeza. A veces me preocupaba la influencia que podía tener nuestra madre en Cameron, sobre todo cuando caía en que ya no era un bebé que no se enteraba de nada, sino todo lo contrario. Mi hermano era muy listo y sabía que dentro de nada iba a empezar a darse cuenta de que las cosas ya no iban a ser como antes.

Crucé el aparcamiento del instituto y la gente me saludó como si nada hubiese pasado. Ahí es cuando me di cuenta de que era completamente cierto eso que se decía de que cada familia es un mundo. Todos los que estábamos allí éramos adolescentes que nos preparábamos para lo mismo: aprobar los exámenes, pasar las pruebas de admisión de la universidad y, con suerte, conseguir una beca. Pero ¿y todo lo demás? Nos solemos fijar en la fachada que hay por fuera, pero no tenemos ni idea de lo que podemos encontrar en el interior. Es como una manzana podrida con gusanos que por fuera tiene buena pinta, pero hasta que no la muerdes no te das cuenta del regalito que escondía tras ese rojo perfecto.

Eso me dio que pensar... ¿Qué pasaría si toda aquella gente veía los gusanos que empezaban a formarse dentro de mi supuesta vida perfecta? ¿Me dejarían de saludar? ¿Dejarían de verme como alguien a quien admirar o imitar?

Probablemente.

Y lo más curioso de todo es que no podía darme más igual.

—Hoy ensayo doble hasta las nueve de la noche, monada. —Kate apareció de la nada y me rodeó los hombros animosamente con su brazo.

Me paré en seco.

—Yo tengo castigo, Kate —le dije sin poderme creer que aún no se hubiese dado por enterada.

—¡Oh, mierda! —dijo deteniéndose en seco—. Pero tenemos que ensayar, Kami. Vamos fatal y la competición es pasado mañana.

—Lo sé..., pero yo solo puedo quedarme hasta las seis. Lo siento.

—A ver si dejas de meterte en tanta peleíta, ¿no?

No me dejó tiempo a que le contestara, ya se había marchado. Joder con la presión del último curso. Entre los deberes que nos mandaban, los trabajos que contaban la mitad de la nota final, los entrenamientos con el equipo de animadoras y el maldito castigo...

Entré en clase de historia con mil cosas en la cabeza. Estaba tan distraída que ni me di cuenta de quién se sentó a mi lado hasta que la clase ya llevaba unos cinco minutos. El profesor estaba diciendo que aquel día veríamos una película sobre la revolución bolchevique y que quería que entregáramos un trabajo la semana siguiente.

«Genial —me dije a mí misma—, otro trabajo más».

—Los temas entre los que elegir van a ser los siguientes: el origen de la revolución y por qué se produce; Lenin y su papel en la Primera Guerra Mundial; y las consecuencias socioeconómicas de la guerra civil rusa.

Suspiré profundamente ante el aburrimiento de los temas y se me ocurrió levantar la mano.

—¿Sí, Kamila? —me dijo el profesor Stow.

—¿Podemos hacer el trabajo de algún otro tema?

—Si tiene que ver con la revolución bolchevique sí, pero necesitáis mi aprobación previa.

Asentí en silencio y el profesor nos puso una película con las luces apagadas.

—Lo vas a hacer de Anastasia, ¿a que sí? —me dijo una voz a mi lado.

Me sobresalté al ver que era Taylor.

No me había dado ni cuenta de que se había sentado junto a mí. Le devolví la mirada, aunque apenas podía verlo con la poca luz que provenía de la pantalla de la televisión colocada al final del pasillo.

—¿Cómo lo sabes? —le pregunté con una sonrisa que sé que no pudo ver con la poca iluminación que había.

—De pequeña estabas obsesionada con ella, ¿te acuerdas? Nos hiciste llamarte Anastasia durante todo el verano.

Era cierto. Y no solo eso, sino que era la película que siempre quería ver una y otra vez. Me llevé un chasco cuando me dijeron que la historia era más bien una leyenda, que Anastasia había muerto el día que asesinaron a toda su familia y que no había sobrevivido al ataque bolchevique.

—Si quieres, puedo ayudarte en tu investigación... —me dijo al oído para que nadie nos escuchase.

—Me da a mí que no me serías de gran ayuda —le dije sonriendo.

—Oye, que yo sé mucho de la historia de Anastasia. ¿Sabías que la mayoría de la servidumbre la odiaba porque decían que era una caprichosa?

—¡Eso es mentira! —contesté indignada en voz baja—. Muchos decían que era extremadamente inteligente y que sus ocurrencias hacían a todos reírse a carcajadas.

—Era una maldita consentida.

—Era diferente.

—¿Eso te decías a ti misma cuando llorabas para que jugásemos a lo que tú querías?

Mis llantos de pequeña habían sido legendarios, era cierto, aunque nunca lo admitiría en voz alta.

—¿Estás diciéndome que soy consentida?

—Estoy diciendo que eres preciosa.

Me sorprendió su contestación y él se dio cuenta. Nos quedamos callados, aguantándonos la mirada en la oscuridad.

Sin que nadie lo viera, ya que estábamos al final de la clase, Taylor cogió el mechón de pelo rubio que caía por mi hombro y lo apartó hacia atrás.

Cuando volvió a hablar, su tono había cambiado: era más intenso, más bajo, más cautivador...

—Desde ayer no he podido dejar de pensar en el beso que casi nos dimos, Kami... —me dijo con sus labios tan cerca de mi cuello que sentí cómo toda mi piel se estremecía—. Te quiero para mí...

Le devolví la mirada sorprendida.

Sus ojos azules destellaron cuando nuestros ojos se encontraron y supe que Taylor sería la clase de chico que nunca me haría daño, que me cuidaría y me haría feliz. Lo sabía, lo sentía en mi corazón. Siempre me había brindado esa sensación de protección, siempre me había sentido a salvo cuando él estaba cerca.

—Taylor... —empecé a decir, aunque no tenía ni puñetera idea de qué pensaba al respecto ni de qué era lo que sentía.

Nunca llegué a saber las palabras que iban a salir en ese instante de mi boca porque me calló con un beso antes de que yo pudiera detenerlo.

Fue como si una pastilla efervescente empezase a hacer efecto en mi estómago. Sus labios presionaron los míos con fuerza, con decisión. Antes de que me diera cuenta, nos estábamos pegando el lote en medio de la clase, allí, con todos nuestros compañeros a nuestro alrededor y el profesor de historia a menos de dos metros de distancia.

No fue un beso rápido, sino un beso que se alargó. Joder que si se alargó...

Su mano se colocó en mi pierna y, cuando sentí que apretaba con sus dedos mi muslo desnudo, mis manos instintivamente lo atrajeron hacia a mí agarrándolo por la camiseta.

Su lengua se enroscó con la mía. Me dejó sin aliento y su fragancia inundó todos mis sentidos.

Joder, estaba besando a Taylor Di Bianco. Miles de cosas se me pasaron por la cabeza; mi madre, su madre, que éramos amigos, mi ex, su hermano...

Sus dedos escalaron hacia arriba sin ningún tipo de freno o consideración. Aunque yo tampoco hice nada para detenerlo...

—Joder... —suspiró contra mi boca acariciando mi muslo despacio.

Fui a pararlo porque la cosa se nos estaba yendo de las manos cuando de repente la luz de la clase se encendió y el profesor abrió la boca.

—Taylor y Kamila, al despacho del director.

«Oh, mierda».

18

TAYLOR

Nos quedamos mirando al director sin tener ni puta idea de qué decir. Si la pelea que habíamos tenido lo había cabreado, que nos hubiésemos metido mano en una clase lo había terminado de sacar de sus casillas.

—¡Esto es inaceptable! —nos volvió a decir por tercera vez.

Miré a Kami de reojo e intenté con todas mis fuerzas no echarme a reír. Estaba roja como un tomate. Asentía con la cabeza y ya no sabía cómo disculparse.

—Lo sentimos mucho. No volverá a pasar, de verdad.

—Debería expulsaros —dijo golpeando con el bolígrafo la esquina de la mesa—. Primero, hablaré con vuestros padres. Después, os alargaré el castigo una semana más y, si fuera por mí y no afectase a los respectivos equipos de animadoras y baloncesto, os prohibía ir este fin de semana a Falls Church. Una metedura de pata más y os expulso. No estoy bromeando... Teniendo en cuenta vuestros expedientes —agregó mirando lo que supuse que eran nuestras notas—, eso acabaría con las posibilidades de que usted, señorita Hamilton, pueda estudiar en Yale, y usted, señor Taylor, pueda ir a Harvard.

Sentí la mirada de sorpresa de Kami, pero no se la devolví. Apreté la mandíbula con fuerza y miré hacia delante. La universidad a la que quisiese ir no tenía por qué incumbirle a nadie. Me cabreó tanto que hubiese desvelado eso de mí sin reparo ninguno que tuve que contener las ganas de decirle cuatro cosas.

—Ahora largaos de mi vista —finalizó sin ni siquiera mirarnos para después seguir redactando el documento en el que estuviese trabajando.

Abrí la puerta del despacho y dejé que Kami pasara primero. No tardó ni medio segundo en preguntarme.

—¿Harvard? —Me detuvo con una mano, buscando mis ojos con su dulce mirada incrédula.

Nunca admitiría en voz alta que me dolió ver tal asombro en sus ojos ante la posibilidad de que yo estudiara en una prestigiosa universidad.

—¿Yale? —contrataqué yo.

Kami se encogió de hombros.

—Quiero estudiar allí desde hace años. Nunca admitiré en voz alta que me entraron ganas después de hacerme fan de *Las Chicas Gilmore*, pero es una muy buena universidad... y mi padre estudió allí.

—¿Y qué quieres estudiar? —le pregunté caminando pasillo abajo hasta salir por la puerta que daba a la cafetería.

—Bellas artes.

Recordé entonces que a ella le gustaba dibujar.

—¿Aún sigues dibujando?

Asintió con timidez y me pregunté por qué parecía que fuese algo que le avergonzaba.

—Oye —le dije cogiéndole la mano y atrayéndola hacia mí antes de que entrásemos en el bullicio de la cafetería—. Siento todo esto... El castigo y haber puesto en riesgo tu futuro...

Kami negó con la cabeza.

—No te preocupes... Además, ha sido culpa de los dos —dijo sonriendo tímidamente.

Joder... De repente, recordé la suavidad de su piel cuando había acariciado su pierna hasta llegar a su muslo y sentí que me empalmaba un poco.

—Lo que pasó antes...

—Ha sido un error, lo sé —dijo tan segura y tan firme que mi cerebro dio dos pasos hacia atrás casi instintivamente.

—¿Lo ha sido?

Kami miró hacia ambos lados y pareció apurada e incómoda.

—Aún no estoy lista para tener nada con nadie... Hace muy poco que lo dejé con Dani y...

—Oye, oye —la corté—. Tranquila, ¿vale? No es como si nos fuésemos a casar ni nada, Kami —dije riéndome y ocultando mi decepción.

Kami pareció incluso más incómoda y me arrepentí al instante de haber dicho eso.

—Vamos a no pensarlo demasiado, ¿vale? —dije colocando un mechón de pelo tras su oreja—. Simplemente vamos a pasárnoslo bien... Sabes que esa es mi especialidad.

Kami asintió despacio y se mordió el labio con la duda reflejada en su mirada.

—Pero, por favor, no te muerdas así el labio —dije tirando de él hacia abajo. Cuando volví a tocarla, noté la necesidad de volver a meterle la lengua en la boca y convencerla de que ir rápido sí que era una buena idea—, porque...

—¡Eh, tú! —escuché que me llamaban desde atrás—. ¿Tú eres tonto o te entrenas?

Eché la cabeza hacia atrás y puse los ojos en blanco.

—Lo que me faltaba...

Kami se puso tensa en cuanto mi hermano entró en escena.

He de decir que le lanzó una mirada a la que pocos sobrevivirían para contarlo.

Cuando llegó a mi lado me soltó una colleja que me hizo ver las estrellas.

—¡Joder, Thiago!

—De joder nada. ¿Te han vuelto a castigar?

Miré a Kami, que había dado dos pasos hacia atrás, alejándose de mí.

—Enrollarse en clase está mal visto, al parecer.

No sé ni por qué lo solté así. Sabía que me traería problemas, y de los gordos..., pero no soportaba ver cómo miraba Thiago a Kami, cómo la juzgaba o cómo cambiaba ella en cuanto aparecía él.

Mi hermano mayor se giró hacia mí y, por un instante, temí por su reacción. Nos miró al uno y al otro alternativamente, y algo en su cerebro pareció hacer clic. Creí ver algo más que incredulidad en su mirada cuando me clavó sus ojos verdes con una frialdad que nunca lo había visto emplear conmigo.

—Cuando creí que no podías caer más bajo...

Vi que a Kami se le cambiaba la expresión y que sus ojos se humedecían casi al instante. Lo vi todo rojo.

—Retíralo —dije dando un paso hacia delante y pegándole un empujón que lo hizo dar un paso hacia atrás.

Me importaba una mierda saber que en una pelea lo más probable es que me diera una paliza. Mi hermano no era de los que dan por dar. Si te pegaba, te reventaba, si no que les preguntaran a los pocos que se habían atrevido a intentar hacerle frente.

—O si no, ¿qué harás? ¿Eh, niñato? Porque eres mi hermano, Taylor... Porque si no...

Respiré hondo para intentar tranquilizarme. No podía volver a meterme en una pelea, no estando en el instituto, al menos.

—¡Por favor, parad! —dijo entonces Kami, subiendo el tono de voz y girándose hacia mi hermano.

—Si te metes en una pelea, el que saldrá peor parado eres tú, Thiago.

—Sí y ¿sabes por qué? —La encaró como un león que sabe que va a comerse a su presa tarde o temprano, pero que quiere matar el tiempo jugando antes de finalmente atacar—. Porque nos jodiste la vida. La mía, la de mi madre, la de mi hermano y ni hablar de...

—¡Basta ya, joder! —lo callé tirando de él y alejándolo de Kami—. ¡Deja de remover el puto pasado, Thiago!

Volvió a mirarme.

—Ahora mismo me da hasta asco mirarte.

Pasó por mi lado golpeando su hombro contra el mío y se alejó pasillo abajo.

Miré a Kami, que tenía la cara descompuesta. Sin dudarlo ni un segundo tiré de ella y la abracé.

Ella al principio no respondió, pero a los pocos segundos sus brazos rodearon mi espalda.

—Hablaré con él... Te prometo que esta va a ser la última vez que te dice algo así.

—Me lo merezco... —dijo y noté que estaba llorando.

—Chis —la acallé acariciándole el pelo—. Por favor, no llores, Kami. Por favor, mi hermano es un imbécil. Tú y yo...

—No —dijo pegada contra mi pecho justo antes de empujarme—. No podemos, Taylor. —Se enjuagó las lágrimas de un manotazo—. ¿No te das cuenta? ¡Os arruiné la vida! No podemos hacer como si lo que pasó no hubiese pasado. Esto nunca funcionaría —agregó señalándonos a ambos—. No puedo seguir enfrentándome a tu hermano. No puedo seguir viviendo con esta culpa...

—Tú no tienes la culpa de nada. —La cogí por las mejillas haciendo énfasis en cada una de las palabras que salían por mi boca.

—¡Sí la tengo! —me gritó—. Deja de hacer como si nada hubiese pasado, como si yo no hubiese...

—Fue un accidente —dije tajante—. Ya es hora de que todos lo dejemos atrás.

—Díselo a tu herman...

—¡Basta, Kamila! —la corté llevándome las manos a la cabeza—. Necesito dejar esta mierda atrás. Estoy cansado de que lo que pasó gobierne mi vida, la de mi madre, la de Thiago. Él tiene que aprender a superarlo...

—No es buena idea que sigamos viéndonos así —me cortó entonces—. Lo siento, pero no puedo seguir enfrentándome a la ira de Thiago, a su mirada decepcionante, a sus ojos llenos de dolor... No puedo... Lo mejor será que mantengamos la distancia...

—Y una mierda, Kami —dije acercándome a ella.

—Lo digo en serio —agregó levantando una mano para que me detuviera—. Por favor... Quitando lo que tengas que hablar conmigo sobre el trabajo...

—No voy a dejar que él nos separe.

—Por favor, Taylor...

—Eres mi mejor amiga... Siempre lo has sido y eso no va a cambiar ahora —repetí tajante—. Ahora, si me disculpas..., tengo clase de física.

La rodeé y me alejé pasillo abajo... No sin antes prometerme que nada ni nadie iba a volver a arrebatarme algo que quería con locura. Ni siquiera mi hermano.

19

THIAGO

Kam no apareció por el aula de castigos después de clase y no fui el único de la habitación en darse cuenta de su ausencia. Allí sentados había tres chicos que no dejaron de mirar hacia la puerta como mínimo cada cinco minutos esperando verla aparecer, y yo... Yo hice exactamente lo mismo y no tengo ni idea de por qué.

Mi hermano, que ni siquiera me dirigía la palabra, no se había molestado ni en sacar un libro para hacer ver que estudiaba. Allí estaba, escribiendo mensajes en el móvil y con los cascos puestos sin hacer nada productivo. Podría habérselo quitado, pero la cuerda estaba ya bastante tensa como para añadir más leña al fuego. También estaba en la clase Daniel, el exnovio de Kam, que cada día tenía peor pinta... Aunque a mí eso no podía importarme menos, no podía evitar preguntarme por qué esperaba a Kam con un interés que hacía que no se concentrase en nada más que no fuera mirar hacia la puerta. Y luego estaba Julian..., que leía inclinado en su silla un libro sin título ni cubierta...

«Qué tío más raro, joder».

Miré hacia la pantalla de mi ordenador y, justo cuando iba a pulsar el play para seguir viendo el capítulo de *Black List*, la vi entrar con el rabillo del ojo.

Respiraba agitada como si hubiese venido corriendo desde su casa. El pelo estaba recogido en lo alto de su cabeza en un moño que parecía el de alguien que acababa de salir de la ducha y tenía las mejillas rojas por el ejercicio.

—Lo siento —dijo mirándome.

Miré hacia el ordenador ignorándola deliberadamente.

—Conmigo no te disculpes... Habla con el director.

—Cuando fui a darle al play, apareció delante de mi mesa.

—Mi madre me ha llamado. He tenido que recoger a mi hermano y llevarlo a casa, por eso he llegado tarde.

—¿Por qué crees que me importa? —dije mirándola e intentando mostrar indiferencia.

¿Indiferencia? Todavía ardía de rabia al haberme enterado de que se había enrollado con mi hermano. Todavía tenía que controlar las ganas de pegarla contra la pared, la mesa, lo que fuera con tal de no partirle la cara a él...

—No me hagas tener que hablar con el director, por favor —dijo bajando el tono y suplicándome con la mirada—. Me expulsarán... Mi futuro está en riesgo, Thiago...

Apoyé los antebrazos en el escritorio y me incliné hacia ella para mirarla de cerca.

Justo en ese instante sonó la campana que anunciaba el fin del castigo.

Nadie se movió y eso me molestó tanto como que Kam estuviese tan cerca de mí.

Miré hacia atrás.

—Fuera de aquí —ladré mirándolos a los tres—. El castigo ha terminado, ¿o queréis que os lo alargue a vosotros también?

Kam me miró con ojos martirizados y yo esperé a que nos quedáramos a solas para poder hablar con ella directamente. Mi hermano se detuvo un segundo en la puerta antes de marcharse y me lanzó una mirada intimidatoria.

¿En qué momento Taylor y yo habíamos empezado a ser enemigos?

—Thiago...

—Aléjate de mi hermano —solté así, de sopetón, sin ni siquiera pensar en lo que decía o lo que implicaban mis palabras.

Kam pestañeó sorprendida.

—¿Qué?

—Aléjate de Taylor si no quieres que tu vida aquí sea un maldito infierno.

—¿Me estás amenazando? —preguntó con incredulidad.

Me puse de pie. No me gustaba tener que mirarla desde abajo.

—Aléjate de mi hermano, aléjate de mi madre, aléjate de mi casa y aléjate de mí. Lo digo muy en serio.

Dio un paso hacia atrás y se miró los pies. Justo cuando creí que iba a decir que lo haría, que se mantendría alejada, levantó la mirada y me desafió como nunca nadie me había desafiado jamás.

—No pienso hacerlo.

Respiré intentando llenar mi sistema de paciencia.

Rodeé la mesa y me acerqué a ella.

—Lo harás —dije intimidándola con mi cuerpo, con mi mirada, con mi presencia, con todo lo que podía utilizar para hacerlo—. Porque, si no lo haces, te pasarás el curso entero castigada. Te pasarás las tardes aquí encerrada conmigo en esta maldita aula y juro por Dios que, si tengo que sacrificar mi tiempo libre para que eso suceda, lo haré.

Mientras hablaba, inconscientemente me había ido

acercando más y más a ella, y Kam había ido retrocediendo hasta chocar contra la pared.

Coloqué una mano contra la pared a la altura de su mejilla y, sin poder evitarlo aspiré el aroma que desprendía su piel.

Se había besado con mi hermano... Mi hermano había saboreado una boca con la que yo soñaba cada noche.

—No puedes hacer eso... No tienes motivos...

—Oh, no te preocupes, los encontraré. Puedo ser muy ingenioso cuando quiero.

—El poder que tienes en este instituto es mínimo.

—Ponme a prueba y verás hasta dónde llega mi poder, Kamila.

—No me llames así —me volvió a desafiar.

—¿Por tu nombre? —No entendía por qué de repente necesitaba con urgencia que me mantuviese la mirada—. Siento comunicarte que te llamaré como a mí me dé la puta gana.

—No puedes hablarme así —dijo muy seria.

—¿Tú vas a decirme lo que puedo y lo que no puedo hacer?

—Lo primero que voy a decirte es que te separes de mí. Me estás agobiando —dijo, y sin necesidad de tener que acercarme más, supe que se le había alterado el pulso... como a mí.

Me recreé en su cara, en sus pómulos, en sus labios carnosos y redondos...

«Joder, joder, joder».

—Thiago...

Escuchar mi nombre en sus labios me produjo una sensación que se alejaba muchísimo de lo que quería sentir en aquel instante.

Sin ni siquiera pensarlo, le coloqué un dedo sobre los labios para que se callara.

—No quiero volver a enterarme de que mi hermano te ha puesto una mano encima... —Quise que sonara de manera opuesta a lo que sonó.

En ese momento sentí que algo se despertaba en mis pantalones.

—¿Estás celoso? ¿Es eso? —dijo con mi dedo aún en sus labios.

La vibración de sus palabras contra mi piel no ayudó con aquello que con todas mis fuerzas quería controlar.

Entonces, de repente, las luces se apagaron. Eso indicaba que Meli, la encargada de cerrar el instituto y asegurarse de que nada quedaba encendido, acababa de irse... Nos había dejado allí solos a los dos... Completamente a oscuras.

Noté cómo se tensaba y cómo buscaba mi mirada, y yo, sin siquiera pensar lo que hacía, dejándome llevar por cualquier cosa que no fuese mi mente, empujé mi dedo contra sus labios... Cuando creí que me pegaría un empujón para alejarme, que me insultaría diciendo que cómo se me ocurría tomarme todas esas libertades..., cuando deseé con todas mis fuerzas que me apartara de un fuerte empujón..., sus ojos por fin se clavaron en los míos y, después de un segundo dubitativo, sus labios se abrieron dejando mi dedo colarse dentro. Vi cómo desaparecía en su boca. Ni siquiera parpadeé. Ella me miraba a mí y yo miraba sus labios... Su lengua chupó tímidamente mi piel... y mi cuerpo empezó a arder como si de repente hubiese llamas a mi alrededor.

Fue como si me metiera en un limbo. Como si mi cerebro dejase de pensar y mi polla tomase el mando. Saqué el dedo despacio y volví a meterlo entre sus labios, por un instante imaginé mi miembro haciendo eso mismo... Follarme la boca de Kam estaba dentro de mis fantasías más eróticas, pero, joder... Ver cómo jugaba..., cómo jugaba con mi dedo en su boca fue incluso más excitante que cualquier otra cosa que pudiese imaginar.

¿Qué coño estábamos haciendo?

En un momento pude centrarme en sus ojos en vez de en mi dedo entrando y saliendo de su boca. Creí ver lo mismo que estaba seguro que ella veía en los míos: pura lujuria, joder... Pero había mucho más... Había rabia acumulada en ambos, odio y rencor, pero lo que más había en nuestras miradas era pura excitación.

Me la hubiese follado allí mismo, sin importarme nada ni nadie si no hubiese sido por el ruido que escuché al otro lado del pasillo.

Metí un segundo dedo entre sus labios al mismo tiempo que mi mano se enredaba en su nuca y la acercaba hacia mí.

—Desaparece, Kamila, si no quieres que nos echen a los dos.

Di un paso hacia atrás y luego otro.

Vi lo excitada que estaba y eso que ni siquiera nos habíamos rozado, a excepción de mis dedos en su boca. En sus ojos brillaba algo maravilloso. Algo que me llamaba a gritos. Algo que me animaba a meter la mano bajo su ropa interior y comprobar lo húmeda que sabía que estaba.

Sin mediar palabra, cogió el bolso que en algún momento había dejado caer junto a sus pies y desapareció por la puerta.

20

KAMI

Los pasillos estaban totalmente a oscuras. Utilicé el móvil para alumbrarme y poder encontrar la salida. Justo cuando la señora que se encargaba de cerrar el instituto le iba a dar la última vuelta a la llave por fuera, llegué para avisarla de que aún había gente dentro.

—¿Qué haces aquí a estas horas?

Mi corazón iba tan acelerado que ni siquiera sé qué le respondí, lo que sí sé es que pasé por su lado casi corriendo. Busqué las llaves en el bolso y me subí al coche. Puse las llaves en el contacto, pisé el acelerador y me largué antes de que Thiago saliera detrás de mí y viera lo afectada que estaba por lo que acababa de pasar. Solo cuando estuve lo suficientemente lejos del instituto y de la calle que llevaba a mi casa, me detuve para empezar casi a hiperventilar.

¿Qué acababa de pasar?

Me llevé las manos a la cara y apoyé esta contra el volante del coche.

Había hecho de todo. Me había liado con tíos. Me había besado bajo las gradas del gimnasio con todo el instituto presente. Me había enrollado en el coche de Dani, tanto en los asientos de atrás como en la parte trasera de su 4 x 4. Me había besado en clase. Me habían metido mano en la piscina, en la playa, en el bosque... Me había acostado con Dani por primera vez en una cama y joder, me había tocado yo solita hasta llegar al orgasmo en demasiadas ocasiones, pero nunca, joder, jamás, había sentido tanto como con los dedos de Thiago entrando y saliendo de mi boca.

Tenía grabado en mi retina su forma de mirarme, de comerme con los ojos. El odio seguía allí, escondido en el fondo de sus ojos verdes, pero el deseo que vi en ellos aún conseguía que me palpitara el corazón.

No me hacía falta tocarme para saber que estaba empapada por lo que acababa de pasar...

Mi cuerpo palpitaba pidiendo más, exigiendo más...

Pero era Thiago.

Thiago me odiaba.

Y con razón.

Y luego estaba Taylor...Taylor... Mi mejor amigo, a

quien quería demasiado como para que siete años sin verlo no hubiesen cambiado nada en absoluto...

Y nos habíamos enrollado. Él y yo... y yo acababa de rogarle a su hermano mayor con los ojos que me bajara la falda y me hiciera todas las locuras que se le pasasen por la cabeza. Estuve a muy poco de verbalizarle esos pensamientos. Cuando se apagó la luz fue como si nos hubiesen llevado a una realidad paralela, una realidad donde nada de lo que había pasado siete años atrás existía... Donde sentir algo por él no estaba prohibido... algo que me causaría problemas inimaginables...

El ruido de un camión enorme al pasar por mi lado me sacó de la fantasía que en mi cabeza acababa de cobrar vida por sí sola. Tenía que ponerles freno a esos pensamientos... Había sido un desliz... Thiago había empujado los dedos sin querer en su intento de hacerme callar y yo, que estoy loca o tengo un puto problema serio en la cabeza, me aproveché y empecé a chupetearle los dedos como si fuesen caramelos...

«¡Madre mía! ¿Qué estará pensando ahora de mí? Obviamente es un tío, si una chica empieza a comerle los dedos como si en vez de dedos fuese...».

«Por Dios, Kamila frena», me dije a mí misma.

Pero no pude frenar... Mi imaginación volaba como los

pájaros cuando tienen que emprender la migración. Me imaginé desabrochándole el pantalón, metiendo la mano... Me imaginé arrodillándome delante de él para después meterme en la boca...

Un bocinazo y el respingo que pegué, que casi consiguió que diera con la cabeza en lo alto del techo del coche, hicieron desaparecer cualquier pensamiento lujurioso de mi mente.

Me obligué a mí misma a respirar varias veces de manera profunda y volví a poner el coche en marcha.

Llegué a mi casa a los cinco minutos y me fijé en que el coche de Thiago no estaba por ninguna parte. Supuse que Taylor se había vuelto andando ya que vi que el coche de Thiago estaba en el aparcamiento del instituto cuando salí casi corriendo de allí.

Lancé una miradita rápida a la casa de mis vecinos y supe que Taylor estaría deseando abordarme para hablar sobre lo que había pasado aquella mañana.

¿En qué mundo paralelo me había enrollado yo con Taylor por la mañana y por la noche le había magreado los dedos a su hermano?

Me metí en casa sin volver a mirar hacia allí y apoyé la espalda en la puerta sintiéndome a salvo, como si los espíritus de mis vecinos me estuviesen persiguiendo sin pausa ni descanso.

La calma duró poco.

Cuando giré hacia la cocina para ir a beber un poco de agua, mi padre levantó la vista del portátil que reposaba sobre la mesa y me lanzó una mirada que me dejó quieta en el lugar.

—Te llamo en cinco minutos. —Colgó y me miró furioso—. ¿Dónde estabas? —exigió saber sin saludarme antes ni nada.

—En el instituto —dije con la boca pequeña.

—De ahí me han llamado esta mañana. —Se puso de pie y cogió una cerveza de la nevera—. ¿Ahora te besuqueas con los chicos en clase? ¿Estás loca o qué te pasa?

Sentí que se me ponía la cara roja como un tomate.

—Papá...

—Nada de papá, Kamila. Creía que te habíamos educado mejor. Es vergonzoso que te hayan echado de clase por eso, que el director me haya tenido que llamar para decirme que últimamente lo único que causas son problemas y que todos esos problemas están relacionados con chicos... ¿Tú no eras la novia de Daniel? ¿O ahora es que te ha dado por ir besuqueándote con cualquiera?

—Dani y yo hemos roto, papá —dije apretando los labios con fuerza.

No me gustaba cómo se estaba dirigiendo a mí, pero tampoco podía decir mucho en mi defensa.

—¿Y a la primera de cambio empiezas a besarte con otros?

Quería decirle que con quien me besara o dejara de besar era asunto mío, pero no quería quemarme con el fuego.

—¿Sabes la imagen que das haciendo eso? ¿Sabes lo que pensarán los otros chicos si creen que eres una chica fácil?

—¡No soy una chica fácil! —Ahí sí que salté. Joder que si salté, no podía creerme que me hubiese llamado fácil.

—¡Lo eres si a los dos días de haberlo dejado con tu novio te besuqueas delante de toda la clase y, lo que es peor, delante del profesor! Siempre he sido muy benevolente contigo, Kamila. Sabes que te adoro, pero no pienso permitir que arruines tu futuro porque tengas las hormonas revolucionadas o lo que sea...

—Papá, pero ¿qué dices? —empecé, pero levantó la mano y me cortó.

—No tengo tiempo para tener que estar pendiente de ti, tengo ya demasiados problemas en la cabeza ahora mismo. Tu madre por suerte no sabe nada de esto, pero como vuelvan a llamarnos del instituto, será ella la que se encargue del castigo, y puedo asegurarte que estarás castigada sin salir hasta final de curso. ¿Me has oído?

Apreté los labios con fuerza y ni siquiera me moví.

—No es año para que pierdas el tiempo con chicos que no volverás a ver nunca más. Tu objetivo es Yale, céntrate en eso y deja todo lo demás para más adelante. Ya tendrás tiempo de perder la cabeza por los chicos, pero tu futuro es más importante que cualquier otra cosa. ¿Me has entendido?

Asentí molesta, pero sabía que tenía parte de razón.

—Tal y como están las cosas, no descartes necesitar una beca, Kamila. Ya no puedo asegurarte que pueda pagarte una universidad tan cara como esa.

Dicho esto, salió de la cocina dejándome ahí, haciéndome sentir como si tuviese diez años y temiendo por primera vez por mi futuro.

Aquella noche ni siquiera cené. Me quedé sentada en mi escritorio, aquel que estaba justo debajo de la ventana que daba a la casa de enfrente. Mientras mi mano dibujaba trazos sin sentido sobre el papel blanco, mi mente esperaba a que Thiago regresara. Quería saber qué pasaría si miraba hacia mi ventana.

Pero Thiago no llegó, al menos no a una hora decente.

Antes de meterme en la cama, bajé los ojos hacia el papel que tenía frente a mí. El dibujo de unos labios besándose me devolvió la mirada.

Siempre me había gustado la anatomía, dibujarla, analizarla, reflejar los rasgos, los movimientos, los sentimientos del cuerpo en el papel, y no se me daba nada mal.

El único problema era que no estaba segura de a quién pertenecían los labios que me devolvían el beso en ese dibujo.

¿Eran los de Taylor... o los de Thiago?

Aquella mañana me levanté antes de tiempo. Esa tarde justo después de clase nos íbamos a Falls Church y tenía que hacer la maleta con las cosas que necesitaría para el fin de semana. Falls Church era un pueblo que quedaba a unas dos horas y media del nuestro, y era el pueblo más cercano que, al igual que Carsville, competía en la liga nacional de baloncesto.

No tenía ni idea de cómo iba a ir ese fin de semana, pero dos días en un hotel, con todos mis amigos, Taylor incluido, y teniendo a Thiago vigilando los pasillos, me sonaba a todo menos a divertido en estos momentos.

Metí la ropa para entrenar, ya que nos pasaríamos todo el día siguiente practicando con el equipo de animadoras. Metí dos conjuntos por si íbamos por ahí a cenar o a tomarnos algo después del partido y, por supuesto, el uniforme y los pompones. Cogí la camiseta de UFC que le había robado a mi padre hacía tiempo —me encantaba para dormir— y luego el neceser con mi maquillaje y mis cremas.

Cuando bajé a desayunar con el bolso colgado al hombro, mi madre nos esperaba con el desayuno sobre la mesa.

—Tenéis diez minutos antes de que os lleve —nos dijo mientras se terminaba su café.

Le había dicho que necesitaba que me llevara, ya que no quería dejar mi coche en el aparcamiento del instituto todo el fin de semana.

Mientras me comía un bol de cereales sin azúcar y sin gracia, mi madre me tendió mi teléfono.

La miré sorprendida.

—Avísame cuando llegues a Falls Church —dijo y yo cogí mi iPhone superilusionada.

—No sonrías tanto —me cortó entonces—. A la vuelta me lo vuelves a dar.

La felicidad momentánea desapareció y seguí desayunando mientras miraba Instagram, Twitter y los mensajes antiguos.

Se me aceleró el pulso al ver los dos últimos mensajes.

El primero era de Taylor:

«No sé qué me has hecho, Kami, pero solo sé que no puedo dejar de pensar en ti. Por favor, dime que este fin de semana vas a dejar que al menos hablemos las cosas. No dejes que mi hermano interfiera entre los dos. Buenas noches, preciosa».

Joder... No iba a poder escaquearme de lo que él pedía. Y en el fondo tampoco quería hacerlo. Quería pasar tiempo con Taylor, me gustaba... Me hacía sentir... bien.

Pero luego estaba Thiago... Me había dicho que, si no me alejaba de su hermano, me haría la vida imposible y sabía que podía hacerlo.

Abrí el mensaje que me había llegado el día anterior a las cuatro de la madrugada. Era de un número que aún no tenía guardado y decía lo siguiente:

«Ni una palabra. Ni a mí ni a nadie. Espero que esta vez sepas mantener la boca cerrada».

Me estremecí solo de pensar a qué se refería con eso de «esta vez».

No tenía ni la menor idea de cómo iba a sobrellevar la situación que se acababa de generar. Por mucho que él me ordenara callarme lo que había pasado, cosa que haría, eso no implicaba que desapareciera de mi cabeza... o de la suya.

¿Cómo iba a mirarlo a la cara después de lo que había pasado? Y peor aún, ¿cómo iba a mirar a Taylor?

Durante el trayecto al instituto, me puse los cascos con la música a todo volumen para no tener que escuchar a mi madre criticar a mi padre. No estaba de humor para eso y menos después de la conversación que había tenido con él la noche anterior.

Me despedí de ella con un beso rápido y entré en el instituto sin pararme a saludar a nadie. Me hice la distraída con los cascos puestos y fui directa a mi taquilla. Cuando ya había cogido los libros que necesitaba para la siguiente clase, vi por el rabillo del ojo que Taylor aparecía al fondo del pasillo acompañado de sus compañeros de equipo. Sé que me vio y sé que intentó acercarse, pero haciéndome la tonta me metí rápidamente en el cuarto de baño y no salí de allí hasta que la primera clase había empezado. Llegué tarde y el profesor de matemáticas me lanzó una mirada envenenada.

Por desgracia, los asientos del fondo estaban ya ocupados, así que tuve que sentarme en primera fila y poner toda mi atención sobre cómo se hacía una matriz. El profesor Gómez parecía haberse enterado de mis últimas meteduras de pata en el instituto, porque no dejó de hacerme preguntas, hasta me pidió que saliera a la pizarra y completara el ejercicio.

Y no os voy a mentir... no tenía ni la menor idea.

Matemáticas no era mi fuerte y, siendo sincera, desde que habían empezado las clases apenas había estudiado. Mi padre tenía razón, estaba descuidando mis notas, mi futuro...

—A ver si te pones las pilas, Kamila —dijo decepcionado al ver que era incapaz de resolver el problema—. Si sigues pretendiendo que te dé una recomendación como el resto de los profesores, ya puedes empezar a demostrar que te lo mereces.

Tuve que aguantar que me dijera eso delante de toda la clase. Algunos se miraron los unos a los otros sorprendidos, otros se rieron, y otros sonrieron y bajaron la mirada.

Ahí estaba la demostración de lo que yo creía. Todos esperaban verme caer.

Y, desde que habían empezado las clases, tenía la sensación de que la caída iba a ser en picado.

—Nena, ¿qué te pasa? —me dijo Ellie nada más salir de clase de historia. Al menos el profesor Stow me había dado el visto bueno sobre mi trabajo sobre la vida de Anastasia.

—Nada, nada... Simplemente estoy distraída —dije acompañándola a su taquilla y esperando a que cambiara de bolígrafo. A la pobre le había estallado uno y se había manchado de azul toda la mano y parte de su camiseta blanca.

—Joder... Qué asco, parece que se me ha meado encima un pitufo —dijo haciéndome reír—. ¿Te has enterado de lo de Dani?

En ese momento estaba mirando el móvil... Aún no le había contestado a Taylor. Tenía que hablar con él por lo del trabajo de biología, pero la pregunta de mi amiga captó mi atención.

—¿Qué ha hecho ahora?

—Él nada... Los veinte mil dólares que han donado sus padres al instituto mucho, te lo aseguro.

—¿Cómo? —pregunté totalmente sorprendida.

—Como lo oyes... Ahora Dani vuelve a estar en el equipo... De hecho, va a jugar en el partido de mañana contra Falls Church.

Apoyé la espalda contra las taquillas y solté un resoplido.

—¡No me lo puedo creer! —dije totalmente indignada.

—Pues créetelo —contestó mi amiga haciéndome señas para que mirase al otro lado del pasillo. Ahí estaba él, con una sonrisa de oreja a oreja y haciendo girar el balón de baloncesto sobre uno de sus dedos.

Era el truquito por excelencia y, sin poder evitarlo, muerta de rabia, me acerqué a él y de un fuerte empujón mandé el balón hasta la otra punta del pasillo.

—¡Eh! —se quejó girándose y, al ver que era yo, me miró sorprendido primero y sonriente después.

—Hola, nena. ¿Te has enterado? —dijo muy orgulloso.

—¿De lo gilipollas que eres? Sí, claro que me he enterado.

Estaba furiosa. Me parecía tan injusto... ¡tan injusto! Dani me había agredido en el aparcamiento del instituto, se había metido en una pelea, había ignorado a los profesores y, joder, ¡hasta se había drogado dentro de las instalaciones del colegio!

¿Y le levantaban el castigo?

—Noto como el rencor sale por todos los poros de tu piel —dijo mirándome con satisfacción nada disimulada.

—Lo que va a salir de los poros de mi piel es la verdad sobre lo que me hiciste ese día en el aparcamiento del instituto —lo corté, borrándole la sonrisa al instante—. Así que no juegues conmigo, Dani —agregué furiosa.

—Tus amenazas no significan nada para mí, Kami —dijo acercándose y pegándose más de la cuenta. Tuvo que inclinar la cabeza para hablarme al oído y que nadie se enterase—. ¿O crees que alguien va a creer a la hija del mayor estafador de Carsville?

Me salió solo pegarle un empujón. Creo que fue por la sorpresa y después por la rabia al oírlo llamar a mi padre estafador. Lo que no esperaba era conseguir que se tambaleara y casi cayera hacia atrás.

—No vuelvas a decir eso de mi padre...

—¿O qué? —me cortó volviendo a acercarse a mí—. ¿Qué harás? Solo es cuestión de tiempo que todo el mundo aquí se entere de lo que ha hecho...

Pero ¿de qué demonios estaba hablando? ¿Cómo se había enterado Dani de los problemas que mi padre estaba teniendo en la empresa...?

Di un paso hacia atrás y mi espalda chocó con algo fuerte y duro.

Unas manos me sujetaron por los antebrazos y me bastó aspirar por la nariz para saber de quién se trataba.

—¿Qué te dije que haría si te volvía a ver cerca de ella? —escuché a Taylor decirle con una voz amenazadoramente controlada.

Los ojos de Dani subieron hasta fijarse en los de Taylor y temí que se volviese a producir una pelea.

Joder, al final todo el mundo iba a tener razón y lo único que hacía yo era provocar problemas en el instituto.

—No vas a conseguir que entre al trapo, Taylor. —Dani dio un paso hacia atrás y levantó las manos como si él no hubiese roto un plato en su vida—. Vuelvo a estar en el equipo, ¿crees que voy a arriesgarme a que me echen otra vez? ¿Por ella, además? —añadió mirándome de manera despectiva.

Noté que Taylor iba a apartarme a un lado para cerrarle

la boca de un puñetazo, pero mi mano agarró la suya con fuerza y apreté para que se detuviera.

Lo hizo.

—Estarás otra vez en el equipo, pero eso no significa que vayas a volver a jugar —dijo este con la voz controlada—. Por desgracia para ti, mi hermano es el que elige quién juega y quién no.

A Dani se le borró la sonrisa y el timbre que anunciaba la siguiente clase nos empujó a todos a movernos.

Cuando Dani se marchó, me giré hacia Taylor.

Joder, estaba guapísimo. Su pelo castaño claro despeinado de cualquier manera, sus ojos azules refulgiendo por la tensión del momento... Llevaba una camiseta de manga corta que se ajustaba ligeramente a los músculos de sus brazos...

—No has contestado a mi mensaje —dijo molesto y sin ninguna intención aparente por dirigirse a la siguiente clase.

Miré al suelo un segundo para recuperarme de tanto despliegue hormonal e intenté sonar despreocupada.

—Mi madre tenía mi móvil, ¿recuerdas? Estoy castigada.

Taylor no pareció convencido.

—¿Vamos a hablar de lo que pasó ayer o vas a seguir evitándome?

Miré hacia ambos lados del ya casi vacío pasillo.

—Hablamos esta noche en el hotel, ¿vale? —dije, aunque sabía que me estaba metiendo en la boca del lobo.

Asintió en silencio y su mirada viajó a mis labios.

—Ayer redacté la idea del trabajo. Puedes echarle un vistazo o, si quieres, me acerco al despacho de la profesora Denell y se lo entrego.

Asentí distraída y agradecida de que se hubiese encargado él. A mí se me había olvidado por completo.

—Confío en ti, puedes entregársela —dije obligándome a mí misma a sonreír—. Gracias por haberte encargado tú.

—No hay problema —me contestó un poco más serio que de costumbre—. Nos vemos luego.

Asentí y lo observé desaparecer pasillo abajo.

Respiré hondo y me dirigí a clase de filosofía.

—Llega tarde, señorita Hamilton —me dijo el profesor molesto.

Me disculpé y volví a sentarme en primera fila.

«Céntrate, Kamila».

21

TAYLOR

La pelea que había tenido con mi hermano la noche anterior había sido de las gordas. Normalmente nunca nos peleábamos por algo que no fuera una tontería o, si no era una tontería, algo relacionado con nuestra madre, pero pelearnos por una chica...

Jamás.

No os voy a mentir diciendo que nunca tuvimos nuestros piques por alguna que otra que nos gustaba a los dos, sobre todo en verano cuando nos íbamos a la playa y conocíamos a alguna chica guapa e interesante que normalmente no estaba segura de cuál de los dos le gustaba más.

Aunque casi siempre ganaba yo.

Mi hermano era muy atractivo. Sabía que entraba por los ojos casi de inmediato, pero después era frío, serio, con un sentido del humor un poco más amargo y unos ojos que muchas veces querían aparentar dureza, pero que en el fondo ocultaban la tristeza que lo consumía.

Yo, en cambio, siempre había sido más relajado, el gracioso de la clase, el payaso que se ganaba a las chicas con bromas y las seducía regalándoles bombones que robaba cuando nadie me veía. No me juzguéis, eso no lo había vuelto a hacer, pero veía la vida de una forma diferente a como lo hacía mi hermano mayor. La amargura era un sentimiento que mi cuerpo no toleraba ni digería bien. Huía del pesimismo y los malos recuerdos porque no aportaban nada bueno y había podido ver de primera mano lo que podían llegar a hacerle a tu mente si no los frenabas a tiempo.

Kami me transmitía alegría. Kami me aumentaba el ritmo cardíaco. Kami me llamaba a mimarla, a protegerla, a cuidarla. No es que ella no fuese capaz de cuidarse solita, pero despertaba en mí ese instinto protector que nunca había podido desarrollar porque siempre había pertenecido a mi hermano. Con nuestra madre, él era quien se encargaba de todo: animarla cuando estaba triste, asegurarse de que se tomaba sus medicinas, consolarla cuando las noches se hacían eternas y los pensamientos y recuerdos la consumían desde dentro hacia afuera...

Pero con Kami no. Kami siempre había sido mi responsabilidad. De pequeños era a mí a quien acudía cuando tenía miedo. Era a mí a quien cogía de la mano para asegurarse de que ninguno de los dos nos caíamos en el río que pasaba detrás de nuestras casas. Era a mí a quien le pedía opinión sobre sus dibujos, pero sobre todo era a mí a quien elegía primero para cualquier juego y eso... Joder, eso siempre me había hecho sentir especial.

Por eso no pensaba dejar que nadie se interpusiera entre los dos. Nos habíamos besado... y había sido intenso. Había sido especial.

A lo mejor no había sido todo lo romántico que ella hubiese podido esperar, pero, joder, qué beso nos dimos allí a oscuras, delante de todos y al mismo tiempo delante de nadie.

Quería volverlo a hacer.

Verla aquella mañana, otra vez enfrentándose a su ex, me sacaba de mis casillas. Maldito Dani Walker... Cuando creía que nos habíamos librado de él al menos para toda la temporada de baloncesto, llegaban sus padres con un montón de dinero y recuperaban su puesto en el equipo. Al menos ya no era el capitán, puesto que gratamente mis compañeros habían delegado su responsabilidad en mí. Sabía que iba a haber trifulca por eso, pero me traía sin cuidado.

Yo era mejor que Dani Walker.

Recorrí los pasillos hasta tocar la puerta de la profesora Denell. Cuando me invitó a que pasara, le tendí el papel con la descripción de la idea de nuestro trabajo: los mitos de la sexualidad femenina.

¿Cómo demonios iba a hacer ese trabajo con Kami sin empalmarme al instante? Bueno..., eso si aún quería que hiciéramos el trabajo juntos... Como me viniese con algo de tipo «yo hago esta parte, tú la otra y luego las juntamos», me iba a enfadar.

Por esa razón, ayer la pelea con mi hermano había acabado casi llegando a las manos. Me había hecho sentir como una mierda, había sacado toda la artillería pesada para convertir mis sentimientos por Kami en algo horrible, y por un instante había llegado a convencerme... Joder, había conseguido que viera que sentir algo por la chica que estuvo relacionada con el fin de la vida que teníamos me convertía en una persona horrible. Incluso por unos segundos me arrepentí de haberle mandado ese mensaje... Pero esta mañana, esta mañana la había vuelto a ver y...

Se había recogido el pelo en una cola alta, lisa y brillante. Un pañuelo de colores rodeaba su gomilla y la hacía parecer aún más guapa de lo que ya era. Sus ojos marrones, apenas pintados con rímel, me habían mirado con culpabilidad, pero también con anhelo cuando había decidido intervenir en la disputa con su ex...

Entonces todo lo que mi hermano me había hecho creer se había ido a la mierda.

No iba a alejarme de ella...

Joder, no pensaba hacerlo.

El resto del día pasó volando. En el aire se respiraba esa emoción de saber que todos nos íbamos para no solo hacer lo que más nos gustaba, sino que nos íbamos un fin de semana sin padres a liarla parda... O eso era al menos lo que yo pensaba hacer.

El bus se iba después de la hora del almuerzo. Eso significaba que nos perdíamos las dos últimas clases, en mi caso, matemáticas y literatura... Sin mencionar el castigo de los cojones.

—¡Eh, Di Bianco! —me llamó Victor Di Viani. Me pasó el brazo por los hombros y acercó su boca a mi oído. No lo aparté porque lo que dijo me gustó demasiado—. ¿Botellón en el bus esta tarde?

Me reí.

—¿En serio me lo preguntas? —contesté. Yo ya tenía preparada mi petaca hasta arriba de ron y en la mochila una botella de plástico de Coca-Cola para poder hacer la mezcla y que nadie sospechara.

Victor sonrió, me dio un puñetazo amistoso en el hombro y corrió para abordar al siguiente que pasaba por allí.

Entré en la cafetería con un hambre feroz. Me acerqué para coger una bandeja y llenarme el plato de pizza y pasta rancia. Entonces vi que Kami aguardaba a que le sirvieran una ensalada que parecía más triste que un perro el cuatro de julio.

—Preciosa, dale a tu cuerpo algo más contundente... Si sigues comiendo así, vas a terminar desapareciendo —le dije acercándome por detrás y consiguiendo que se sobresaltara un poquito.

—Si la ensalada engordase y la pizza no... ¿Qué comerías hoy? —me preguntó con una sonrisa pícara.

—Ensalada, por supuesto —respondí muy serio mirando mi bandeja repleta de hidratos de carbono—, pero como no es el caso...

—Deberías cuidar lo que comes el día antes de un partido... ¿No te lo ha enseñado tu entrenador? —me preguntó arrugando la nariz al final de la frase.

—Estoy hecho un toro —dije levantando el brazo—. ¿Ves estos músculos? Pura fibra, nena.

Puso los ojos en blanco y pasó por mi lado para llegar a su mesa.

Di rápidamente un billete de cinco dólares al cocinero que repartía la comida y la seguí.

—¿Te apuntas a una pequeña fiestecita al final del autobús? —le pregunté al oído por detrás mientras ella seguía caminando hasta llegar a su mesa.

Todas las chicas charlaban animadas sobre el viaje de esa tarde y por suerte nadie nos hacía caso.

Me senté a su lado esperando su respuesta.

—Si con fiestecita te refieres a que os vais a poner como cubas, no gracias —dijo pinchando una hoja de lechuga y llevándosela a la boca.

—¡Venga ya! No seas aburrida. Desde la fiesta de principio de curso donde te machaqué al billar no te he vuelto a ver tomándote una copa. Y he de admitir que la Kami borracha me gusta... Me gusta mucho.

—Primero —dijo girándose hacia mí sacándome una sonrisa—: la paliza te la di yo, ¿recuerdas?

Me reí y negué con la cabeza.

—Creo que la comida basura me ha borrado la memoria —contesté mirado hacia la pizza que aún no había probado.

Se suponía que estaba hambriento, ¿no?

—Y segundo —siguió mirándome con calidez—: yo no bebo antes de una competición.

La miré con falsa decepción.

—¿Quién diría que la chica a la que ya han castigado como quinientas veces iba a ser tan responsable...?

—Deja de intentar llevarme por el mal camino —dijo fingiendo seriedad.

Mil cosas se me pasaron por la cabeza al oírla decir eso.

—Créeme que aún no has visto ni la mitad de lo malo que puede llegar a ser ese camino...

Se ruborizó.

Y me encantó.

Me reí y me levanté para dejarle su espacio.

—Me prometiste hablar, ¿recuerdas?

—Taylor... —dijo entonces con cara martirizada.

—Te veo hoy al final del autobús... Tenemos una cita. —Le toqué la punta de la nariz y me marché con mis amigos.

Si hubiese sabido entonces todo lo que iba a desencadenar nuestra fiestecita, creo que me lo hubiese pensado dos veces...

¡Qué coño...! No lo cambiaría por nada del mundo.

22

KAMI

El día pasó rápido y, después de comer, nos reunimos todos frente al autobús amarillo que nos llevaría hasta Falls Church. Todas mis amigas iban a hacer ese viaje, ya que todas éramos animadoras y casi todos los chicos eran de nuestro mismo grupo, por lo que el viaje se suponía que debía ser de lo más divertido.

Pero yo estaba muy nerviosa porque aún no había visto a Thiago y no tenía ni la menor idea de qué pasaría cuando mis ojos volviesen a encontrarse con los suyos. Además, mi mente jugaba conmigo recordando lo que había ocurrido la noche anterior y rememorando el recuerdo en mi cerebro una y otra vez. Me ponía nerviosa tener que volver a verlo, joder...

Mientras todos charlábamos animados esperando a que llegase el entrenador para pasar lista y poder subir, me fijé en que Julian se encontraba apartado del resto de sus compañeros de equipo. Apoyado contra una columna, miraba distraído al grupo. Me fijé en que sus ojos se desviaban del resto hasta llegar a mí y decidí acercarme.

—Eh—dije con una sonrisa que no me devolvió—. ¿Qué tal?

Esperó unos instantes antes de contestar...

—Aburrido de esperar a que me llames para tomarnos ese café —me dijo con voz trémula, mirándome muy serio.

¿Estaba enfadado conmigo?

—Ostras, lo siento...

Una sonrisa apareció en su cara.

—Era broma, Kami —dijo relajando las facciones de su cara—. Sé que estás ocupada... No te preocupes.

—No, de verdad —dije automáticamente—. Si quieres, esta noche me paso por tu habitación y vemos una peli o algo... Estoy segura de que todos se van a pillar un pedo de cuidado y no hay nada que me apetezca menos...

—¿De verdad? —me dijo ilusionado.

—¡De verdad! —respondí con una gran sonrisa—. No dejan que las chicas vayan a las habitaciones de los chicos, pero seguro que me las puedo ingeniar para colarme sin que me vean.

—¡Estupendo! —dijo divertido—. Podemos ver una peli de miedo si quieres.

—¡Claro! ¡Me encantan!

Me hizo ilusión ver que su mirada era ahora de felicidad. Joder... A veces uno no se da cuenta del efecto que produce en los demás... y Julian..., Julian parecía que podía llegar a ser un buen amigo.

El entrenador llegó y nos llamó para que hiciéramos una fila frente a la puerta del bus.

Al girarme vi que Thiago estaba allí, lista en mano para poder tachar los nombres y asegurarse de que estábamos todos.

Sentí un retortijón en el estómago.

«Joder...».

Me coloqué detrás de mis amigas y fui viendo cómo iban subiendo las escaleras para sentarse en el autobús de uno en uno. No olvidaba que Taylor me había pedido si podíamos hablar y que, si lo hacíamos, lo más seguro es que Thiago lo viera... No es que me tomara a broma su amenaza, pero no podía permitir que Thiago se inmiscuyera en lo que a él no le importaba. Me odiaba por lo que había ocurrido. Muy bien, lo aceptaba, por mucho que me doliera, pero lo que su hermano sintiera por mí era otra cosa. Él ahí no podía meterse y eso mismo le diría la próxima vez que se le pasase por la cabeza amenazarme o decirme lo que podía o no podía hacer.

Además..., después de lo que había ocurrido entre los dos, una parte de mí me decía que la razón por la que Thiago era tan reacio a dejar que su hermano se relacionara conmigo era principalmente por celos. Y eso... Eso era algo totalmente diferente a lo que estaba acostumbrada.

¿Thiago celoso por mí?

Eso era como un sueño. No era una realidad.

La cola del bus se fue haciendo cada vez más corta. Yo no dejaba de hacerme la tonta e irme para atrás en un intento cobarde de alejarme de él, de no enfrentarme al momento en que tuviese que volver a mirarlo a la cara y recordar que casi me había comido con los ojos...

Pero al final no quedó nadie más, solo yo... Aron Martin subió las escaleras y me dejó a mí sola para enfrentarme a Thiago. Ahí comprendí que haberme ido para atrás había sido una mala idea, porque ya no había nadie a nuestro alrededor para impedir que alguno de los dos dijese o hiciese algo...

Estaba segura de que se había dado cuenta de que me había estado escaqueando y había ido dejando pasar primero a mis compañeros y eso, junto al recuerdo de la pasada noche, consiguió que me ruborizara de forma patética.

Mi idea había sido pasar por su lado sin más, pero fue como si sus ojos de repente se convirtieran en imanes para mí, obligándome a levantar la mirada y clavarla en él.

Su pelo rubio oscuro, ligeramente ondulado, estaba despeinado, como si se hubiese pasado la mano contadas veces... nervioso. ¿Había estado nervioso Thiago por verme?

—Kamila, sube de una maldita vez.

Su voz rompió el encantamiento en el que me había sumido su mirada.

Joder, qué puta vergüenza. ¿Podía ser más patética?

Pero no podía estar tan confundida... Lo que veían mis ojos no era indiferencia... Había algo más... Algo más escondido delante de la rabia y el odio...

Deseo.

Sí... Thiago me miraba con deseo y lo peor de todo era que no parecía estar capacitado para ocultarlo.

Recordé sus dedos en mi boca, el calor que emanaba de su cuerpo... tan cerca, pero al mismo tiempo tan lejos.

Entonces su mano cogió mi brazo y me sacó de mi maldita ensoñación.

—Por favor, Kam... Sube —dijo en un susurro bajo, un susurro que solo yo pude escuchar...

Y me llamó Kam.

Subí al autobús como si de repente estuviese muy borracha.

Subí al autobús y, nada más llegar al pasillo, Taylor me indicó con la mano que me sentara a su lado...

«Lo siento Taylor», pensé.

«No puedo hacerlo».

Mejor no hablar de la mirada glaciar que Taylor me echó nada más llegar, dos horas y media después, a Falls Church.

Me sentía culpable, pero necesitaba ordenar mis sentimientos. No podía sentarme con Taylor cuando mi cuerpo aún vibraba simplemente por el hecho de que Thiago me hubiese tocado y llamado por el apodo con el que siempre se había dirigido a mí.

¿Había cambiado algo entre nosotros?

¿Me miraría de forma diferente?

Pero me había escrito un mensaje dejándome claro prácticamente que me olvidara de lo que había pasado...

Bajé del autobús y cogí mi maleta de color púrpura. Mis amigas estaban todas sonrientes y algunas también bastante achispadas. En la parte trasera del bus se había montado una buena y, aunque se las habían apañado para que ni Thiago ni el entrenador Clab se dieran cuenta, al bajar y ver cómo andaban algunos era evidente que algo había pasado ahí arriba...

Miré a mi alrededor aspirando el olor a pino y a césped recién cortado. No era la primera vez que estábamos en Falls Church, y aunque muchas veces nos habíamos vuelto de allí cabizbajos por una derrota, estaba segura de que con Thiago como ayudante de entrenador, los chicos volverían victoriosos. El pueblo era bonito, pintoresco, con una plaza en el centro y una gran iglesia de color blanco. Era un pueblo extremadamente católico y donde uno no podía saltarse las reglas así como así. Los que lo hacían después eran criticados por el pueblo hasta la saciedad, pues las familias que vivían allí eran muy conservadoras y por eso los chicos de Carsville siempre se partían el culo escandalizando a todo el vecindario.

Los que vivían allí nos solían mirar con envidia y, mientras nosotros hacíamos y deshacíamos a nuestro antojo, ellos debían tener extremado cuidado.

El hotel donde solíamos hospedarnos era el mismo de siempre. En realidad, era más un hostal que otra cosa. El típico hostal que se ve en las películas: habitaciones que dan al aparcamiento central, con escaleritas de metal que rodean todo el recinto y una cafetería un poco apartada para poder desayunar café rancio y gofres con sabor a plátano. Lo bueno de ese hostal era que tenía una piscina, orientada hacia la izquierda, y un pequeño yacusi al que le sacábamos partido como si no hubiese un mañana.

Pero, sin duda, lo mejor de aquellas excursiones era que el entrenador Clab tenía familia en Falls Church y siempre aprovechaba para visitarla. Dormía en casa de su hermano, a cinco kilómetros de allí, y nos dejaba a nuestra suerte en el motel.

Las fiestas que nos montábamos en la piscina eran épicas, pero solo me bastó una mirada a Thiago para saber que aquello iba a ser prácticamente imposible.

Ellie vino a buscarme blandiendo una llave entre sus dedos.

—Vamos, nenita —me dijo de manera cariñosa. Siempre compartía habitación con ella, mientras que Kate la compartía con Marissa y Lisa, con Chloe.

Nuestras habitaciones quedaban alineadas una junto a la otra, por lo que no tendríamos problema para poder juntarnos a media noche.

Ellie abrió la puerta y el olor a humedad mezclado con ambientador nos dio la bienvenida.

—Ya podrían cambiar por lo menos las colchas, ¿no? —preguntó Ellie arrugando la nariz.

La habitación era pequeña, pero estaba bien distribuida. Tenía una cama grande de matrimonio, una tele pequeña, una mesita con dos sillas y un pequeño baño al fondo.

Nos habían dejado dos toallas blancas que olían a limpio en la esquina de la cama junto con dos jaboncitos pequeñitos.

—Estoy mareada —dijo Ellie dejándose caer sobre la cama.

Fuera ya había anochecido y mi estómago rugía con un hambre feroz.

—Lo que estás es como una cuba, amiga —dije apoyando mi maleta en la cama y empezando a deshacerla. Guardé la poca ropa que había llevado y la metí en el armarito.

—Tienes razón... ¿y sabes lo que me ayudaría con esta borrachera? ¡Comida!

La miré sabiendo que iba a pedirme que fuera a comprar algo para las dos.

—Venga, porfa... —insistió haciendo pucheros—. Si vas hoy, yo me encargo de comprarla mañana.

El instituto no se encargaba de nuestra alimentación fuera de las instalaciones del colegio, por lo que nos las teníamos que apañar nosotros solitos.

Fuera había un 7-Eleven que tenía de todo... y con «de todo» me refiero a todo tipo de comida precocinada, pero no teníamos mucho más donde poder elegir. Era eso o caminar durante media hora y comprar hamburguesas en el McDonald's de la carretera.

—Está bien, ¿qué quieres? —le pregunté cogiendo mi bolso.

—Trae Pringles, pero de las verdes, no de las rojas. Y la pasta esa tan rica que probamos la última vez. —La miré con escepticismo al oírla definir esa comida como «rica», pero me callé—. Y trae también M&M's de postre.

—¡Madre mía, Galadriel! —exclamé riéndome y tirándole la almohada a la cabeza.

—¡No me llames así! —dijo ofendida.

—Te traeré todas esas porquerías que me pides, tú tranquila.

Salí de la habitación y me fijé en que casi todas las puertas de las habitaciones estaban abiertas y los chicos entraban y salían para reunirse con sus amigos. Me encontré con Kate en la barandilla, cartera en mano.

—¿Te ha tocado? —preguntó.

Asentí.

—Creo que somos las únicas que no estamos tan borrachas —me dijo siguiéndome escaleras abajo.

—Yo no estoy nada borracha, de hecho —dije muy tranquila.

Caminamos juntas hacia el 7-Eleven. Los demás no tardarían en venir a comprar comida, por lo que agradecí que llegáramos de las primeras.

Recorrí los pasillos cogiendo lo que Ellie me había pedido y busqué un burrito vegetariano para mí, junto con hummus natural que sabía que estaba rico porque mi madre lo compraba en casa.

Cuando me acerqué a la única cajera que había, me fijé en quién estaba pagando.

Thiago me miró un instante y después se centró en la cajera.

Yo coloqué mis cosas allí y esperé a que le cobrara a él.

Se me paró el corazón cuando vi que entre las cosas que había comprado había una caja de condones.

Se dio cuenta de lo que miraba y una chispa acudió a sus ojos verdes.

—Habrá que hacer algo para pasar el rato, ¿no?

Me lo quedé mirando y sentí que estaba disfrutando con aquello.

Forcé una sonrisa relajada y estiré la mano para coger una caja. Condones XL con estrías para alargar el placer, sabor a fresa, y la coloqué junto con el resto de mis cosas.

—Totalmente de acuerdo.

Thiago se me quedó mirando fijamente y creí que me congelaba allí en el lugar.

—No juegues con fuego, princesa, no vaya a ser que te quemes.

—A lo mejor eso es lo que quiero... quemarme —le contesté casi automáticamente.

—Mientras no te quemes con la persona equivocada...

La cajera parecía estar superpendiente de lo que decíamos, pero no pudo importarme menos.

—¿Estás insinuándome con quién debería usar estos condones, Thiago?

Cogió la bolsa con sus cosas y recogió el cambio que le tendía la chica.

—Más bien con quién no deberías...

En ese momento vi que Taylor entraba en la tienda, casi al mismo tiempo que Kate llegaba con sus cosas y las colocaba detrás de las mías.

Thiago miró a su hermano desde allí y luego a mí.

—Buenas noches, Kamila —dijo antes de marcharse y desaparecer hacia el exterior.

La cajera empezó a pasar mis productos por el lector al mismo tiempo que Taylor se acercaba a nosotras para saludarnos, aunque sabía que se había fijado en que su hermano y yo intercambiábamos miradas y que no le había hecho mucha gracia.

—¿Dónde vas con esa caja de condones, loca? —preguntó Kate entonces justo cuando Taylor llegaba a nuestro lado.

«Mierda, joder».

Me puse roja y Taylor miró la caja entre sorprendido, divertido y un poco receloso.

—¿Vas a montar una orgía y no me has invitado, Kami? —me preguntó mientras yo me apresuraba a meter todo en la bolsa de plástico.

—¿Quién sabe? Puede que sí —contesté de manera misteriosa intentando aparentar normalidad.

La puerta corredera del súper volvió a abrirse y entraron Dani, Harry Lionel y Victor Di Viani. Los tres me miraron y yo deseé desaparecer antes de que alguien más se diera cuenta o escuchase lo que acababa de decir.

Kate se giró hacia Taylor y le preguntó animada:

—¿Reunión en tu cuarto a medianoche, entonces?

Taylor asintió mirándome a mí.

—Tú también estás invitada, Kami... Pero trae los condones, si no, no puedes entrar.

Sonreí de manera automática.

—Me lo pensaré.

Esperé a que Kate pagara y agradecí que Taylor desapareciera por los pasillos para comprar su comida.

—Tía, ¿en serio vas a montarte una orgía?

Puse los ojos en blanco y la cogí del brazo.

—Tranquila. Si la monto, serás la primera en saberlo... Te lo prometo.

Comimos las seis en mi cuarto mientras hablábamos de todo un poco: sobre la competición del día siguiente, sobre el partido, sobre a quién le gustaba quién...

—Yo creo que a mi hermano le gustas... —dijo entonces Kate otra vez.

Puse los ojos en blanco y recordé que había quedado con Julian esa noche para ver una película.

—Somos amigos, te lo he dicho un montón de veces...

Kate puso entonces una cara rara... Miró hacia la ventana y supe que nos ocultaba algo.

—¿Qué ocurre, Kate?

Esta negó con la cabeza, pero después de algunas insistencias por parte de Marissa empezó a hablar.

—No está siendo fácil, ¿sabéis? —dijo mordiéndose un carrillo. Parecía incómoda de repente—. Tenerlo en casa, quiero decir.

Lo cierto es que se me olvidaba siempre que Kate y Julian eran hermanos por parte de padre... Kate lo había visto en contadas ocasiones antes de que se mudara con ellos a vivir y, obviamente, eso no debía de ser fácil para ella.

—Es normal que te cueste adaptarte...

—No es eso... Es que Julian... No es fácil, ¿sabéis?

Recordé los momentos que había compartido con él y no conseguía encontrar algo que me demostrara que mi amiga tenía algún fundamento para decir que no lo fuera... aunque claro, ¿qué sabía yo?

—¿Qué quieres decir con que no es fácil? —preguntó Lisa terminándose las ultimas Pringles del paquete.

—Mi madre me contó que cuando Julian era pequeño solía pasar algunos fines de semana con nosotros. Decía que era muy diferente a los niños de su edad. Nunca lloraba, por ejemplo, pero siempre que él y yo estábamos en la misma habitación, yo me ponía a llorar como una descosida...

—Eso es seguramente porque no querías que te robara los juguetes —dijo Ellie bebiendo de su Coca-Cola.

Yo parecía ser la única que le prestaba verdadera atención.

—¿Tú te acuerdas de aquella época?

Kate negó con la cabeza.

—Solo recuerdo que cuando venía a casa todo era diferente... Mis padres solían pelearse, mi madre estaba tensa, yo lloraba mucho...

—No debe de ser fácil meter en tu casa al hijo de la exmujer de tu marido. No sé si me entiendes... Además... Cuando te tuvieron a ti... Julian ¿qué tenía? ¿Un año?

—Más o menos —admitió Kate comiéndose una patata—. No sé... Es que a veces preferiría que no viviese en mi casa y me duele decir esto, pero me pone nerviosa lo pasota que es, la manía que tiene de no abrir la boca más que para pedir que le pasemos la sal y su costumbre de encerrarse en su habitación con la música a todo volumen...

—Yo pensaba que os llevabais bien... —dije con pena y planteándome muchas cosas.

—Y lo hacemos... Pero ¿sabéis esa sensación de cuando alguien lo está intentando demasiado...? No sé si me explico, pero creo que en el fondo no me soporta.

—Los hermanos no se soportan en general, Kate, es lo más normal del mundo.

—Bueno ya, pero... Yo qué sé. Vamos a dejar de hablar de mi hermano —finalizó ella el tema de conversación.

Recordé algunas cosas que Julian había dicho o que me había contado. ¿Sería su homosexualidad lo que lo tenía tan encerrado en sí mismo? Sabía de sobra que la familia de Kate era muy conservadora, seguramente para él no fuera fácil confesarle a su padre, a su hermana y a su madrastra que le gustaban los chicos...

No le di muchas más vueltas y me puse a recoger la habitación mientras mis amigas empezaban a servirse alcohol en vasos rojos.

—¿De verdad vais a ir a la habitación de Taylor? —pregunté por segunda vez aquella noche—. La fiesta deberíais montarla mañana, cuando la competición ya haya tenido lugar —empecé yo a hablar como si fuera la capitana del equipo.

Kate me miró y le quitó hierro al asunto.

—Solo estaremos un rato, no te preocupes. Pero ¿tú no vienes o qué?

Negué con la cabeza.

—Prefiero quedarme viendo una película. Ya bastante voy a tener con emborracharme mañana después de que les demos una paliza a los de Falls Church.

Todas asintieron entusiasmadas y me di cuenta de que ninguna insistía demasiado para que fuera con ellas, aparte de Ellie.

A veces me preguntaba por qué parecían pasárselo mejor cuando yo decidía quedarme en casa...

23

KAMI

No tardé mucho, después de que las chicas se marcharan, en llegar hasta la habitación de Julian y tocar a la puerta suavemente.

El barullo que estaban montando mis amigos desde la otra esquina del motel era impresionante y me demostró que Thiago pasaba de inmiscuirse en lo que quisiésemos hacer o dejar de hacer.

Me pareció una postura extraña teniendo en cuenta que parecía que se había tomado el papel de «profesor» bastante en serio, pero no pensaba quejarme. Seguramente estaba haciendo uso de sus preservativos con alguna chica cualquiera que hubiese conocido en el 7-Eleven...

No le di muchas vueltas a lo que fuera a estar haciendo y esperé pacientemente a que Julian me abriera la puerta.

Cuando lo hizo solo llevaba unos pantalones de chándal grises y nada en la parte superior. También iba descalzo y con el pelo oscuro revuelto y húmedo después de la ducha.

Me fijé en su torso, muy definido y fibroso, y en los lunares que salpicaban su piel aquí y allá.

Lo primero que pensé fue que era una pena que fuera gay. Aunque, bueno, era una pena para las chicas... Los tíos se llevaban algo demasiado bueno como para haber tenido que darme cuenta tan tarde.

—Pensaba que no vendrías... —dijo con una sonrisa que le iluminó los ojos marrones.

—Te dije que lo haría, ¿no?

Se movió hacia un lado para dejarme pasar.

—Bueno..., eres muy dada a olvidarte de las cosas. No me hubiese sorprendido encontrarte con tus amigas al final del pasillo..., la verdad.

—Me alegra saber que hoy te he sorprendido para bien, entonces —dije entrando y fijándome en que solo había cosas en una cama. La otra estaba vacía.

—¿No compartes habitación con nadie? —le pregunté sintiendo un poco de pena al ver que lo habían dejado solo.

—Me gusta estar solo... Siempre y cuando no signifique perderme una noche de pelis contigo, claro.

Sonreí y le enseñé el paquete de M&M's que le había robado a Ellie.

—No podemos hacer palomitas, pero oye, yo con el chocolate me conformo.

Julian se rio y me indicó que me pusiera cómoda.

—¿Qué peli te gustaría ver?

—Mmm... Me han dicho que *El exorcismo de Emily Rose* está muy bien y que da mucho miedo.

—No la he visto, así que por mí genial.

—Además creo que está en Netflix...

Julian se giró un momento hacia mí.

—No tengo Netflix —dijo apenado.

—¿No tienes Netflix?

Negó con la cabeza y creí ver que se avergonzaba un poco.

—Tu hermana es la persona más aficionada a las series que he conocido en mi vida. Tiene Netflix, HBO, Hulu, Amazon Prime... ¿Nunca le has preguntado la contraseña?

Julian se encogió de hombros un segundo y se agachó para coger algo de la neverita.

—No me llevo muy bien con mi hermana..., la verdad.

Presté atención al ver que parecía querer hablar del tema. Era como si hubiese podido escuchar la charla que habíamos tenido sobre él hacía unas horas.

—¿Y eso? —pregunté de manera distraída.

—Kate a veces... puede ser un poco cruel —admitió girándose hacia mí con dos botellas de Coca-Cola.

Pestañeé sorprendida.

—¿Por qué lo dices?

—Creo que está celosa de que me lleve tan bien con su madre, por ejemplo... Hay veces en que la he visto montar pollos simplemente por hablar con Rachel de libros... o de arte...

Pestañeé sorprendida.

—¿Te llevas bien con su madre?

—Claro, prácticamente me crio cuando era un bebé... No sé si lo sabes, pero mi madre estuvo ingresada por alcoholismo durante mis primeros tres años de vida. Durante ese tiempo yo viví con mi padre y su mujer... y, bueno, Kate.

—No lo sabía...

—Kate cree que le robé su lugar. No te voy a mentir..., tener una madre alcohólica puede dejar algunas secuelas... Por ejemplo, a mí me costaba mucho dormir por las noches, tenía miedo y pesadillas, y entonces mi padre me metía en su cama con Rachel. Dormí con ellos durante mucho tiempo, me sentía a salvo... Mientras que Kate...

—¿Crees que ella se sintió desplazada?

—Una parte de mí lo cree así, aunque es imposible que

lo recuerde... Creo que le afectó cuando fue mayor y sus padres se lo contaron... Ya sabes que Kate necesita ser siempre el centro de...

—Atención. Lo sé... —completé su frase pensando en todos esos momentos en que había creído atisbar celos cuando me miraba o cuando yo conseguía algo que ella también quería. Kate y yo siempre competíamos, pero en el fondo nos queríamos y nos respetábamos...

Me sorprendió ver de primera mano lo importante que es conocer las dos versiones de la historia... Saber esto, escucharlo de parte de Julian, hacía que entendiera mucho mejor la situación de ambos. Me molestaba que Kate hubiese manipulado la versión de los hechos a su antojo, pero tampoco me sorprendía...

—¿Pongo ya la peli? —le pregunté después de unos instantes.

—Claro... Dame, que te abro la bebida... Creo que tengo un abridor en mi neceser. —Me cogió la Coca-Cola y se metió en el baño.

Cuando volvió, nos tumbamos en la cama y Julian colocó el portátil en medio de los dos para que pudiésemos ver la película.

Comimos chocolatinas y patatas que él había comprado mientras bebíamos Coca-Cola a sorbitos. La película acojonaba de verdad y en más de una ocasión me vi cerrando los ojos y tapándome la cara con una mano.

En un momento dado, Julian me pasó el brazo por los hombros y yo escondí la cabeza en su pecho... Me sentí a gusto... Muy a gusto... Saber que a Julian le gustaban los chicos conseguía que yo me relajara a su lado... Ni siquiera mi amistad con Taylor había podido durar siendo eso... una simple amistad.

A medida que la película avanzaba, noté que mi cuerpo se relajaba y que mis párpados empezaban a pesarme.

Antes de que pudiese darme cuenta, me quedé frita.

Y tuve pesadillas.

A la mañana siguiente, al abrir los ojos, me sentí un poco perdida... ¿Dónde estaba? Tardé más de lo normal en recordar que estaba en la habitación de Julian... Aunque él no parecía estar en ningún lado. Joder, me había quedado dormida...

¿Por qué no me había despertado?

Miré el reloj de la mesilla y a punto estuvo de darme un infarto. ¡Mierda!

Me levanté casi corriendo, me puse los zapatos y me fui a mi habitación a cambiarme. Era tardísimo, me acababa de perder prácticamente todo el entrenamiento de la mañana. Cuando fui a mi habitación vi que Ellie seguía durmiendo también.

—¡Tía! ¿Sabes qué hora es? —dije histérica.

Ellie cogió la almohada y se la puso por la cabeza.

—Chis, no grites —dijo casi gruñendo.

—Ellie, Kate va a matarnos, ¡tenemos que entrenar!

—Kate dijo que estábamos preparadas, que no hacía falta...

«¿Cómo?».

—¿Que no hace falta entrenar antes de una competición? Estás de coña, ¿no?

Apenas se movió ni tampoco me contestó.

Salí de la habitación y me fui hasta la de Kate.

Por lo menos me abrió ella la puerta, aunque vi que seguía en pijama y con una taza de café en la mano.

—¿Qué hay? —dijo distraída dejándome pasar.

—Kate, ¿has visto la hora que es?

—Mmm... sí —dijo dejando la taza y recogiéndose el pelo en un moño desaliñado.

Vi que en su cuello tenía un chupetón nada discreto.

—¡Marissa, despierta! —le dije a nuestra amiga quitándole la manta—. ¡Tenemos que entrenar, Kate!

Kate me miró de malas maneras.

—¿Puedes relajarte? —dijo con voz cansina—. Haremos un repaso rápido antes de la competición... Joder, ya lo hemos practicado miles de veces.

—Entrenar antes de la competición nos ayuda a centrarnos, Kate. Nos ayuda a...

—Para, Kami —me dijo callándome en seco—. Ya no eres la maldita capitana, ¡entérate de una vez!

Apreté los labios con fuerza y salí dando un portazo.

Kate no tenía ni idea...

Finalmente nos reunimos una hora después en el gimnasio donde se realizaba la competición.

Teníamos una hora y media antes de que tocase competir y ni siquiera habíamos calentado. Me fijé en mis compañeras, que calentaban ojerosas sobre las colchonetas y apenas intercambiaban más de dos palabras.

¡Por eso yo nunca las había dejado emborracharse la noche antes de enfrentarnos a otro equipo!

Cuando pudimos calentar y después repasar el número, nos fuimos dando cuenta de que no parábamos de cometer errores. Nos fuimos poniendo más y más nerviosas y Kate empezó a perder los papeles.

—Pero, vamos a ver, ¿qué coño os pasa? —nos gritó a todas después de que el baile nos saliera totalmente descoordinado.

Me mordí la lengua con todas mis fuerzas.

¿Que qué nos pasaba? ¡Estaban todas de resaca!

—¡Otra vez, maldita sea! —gritó histérica. Todas nos miramos nerviosas.

Yo contenía mis ganas de decirle de todo porque sabía que no serviría de nada... Aunque después no me callaría, os lo aseguro.

Finalmente nos arreglamos en los vestuarios. Nos pusimos los uniformes y nos maquillamos. Todas tuvieron que usar extra de corrector porque las ojeras que tenían no eran normales.

—¿A qué hora acabasteis ayer, Ellie? —le pregunté mientras le trenzaba el pelo.

—Sobre las cuatro y media o así —dijo un poco avergonzada.

No podía creérmelo.

Finalmente salimos todas al gimnasio, forzando una sonrisa que ninguna sentía y nerviosas por hacer el ridículo.

Creo que era la primera vez en mi vida que sentía miedo ante una competición. Siempre me había encantado la adrenalina, la música, el ambiente festivo que lo rodeaba todo... Miré hacia las gradas y, como siempre, allí estaban los chicos para animarnos. Les tocaba a ellos. Me fijé en que todos estaban también bastante cansados y en que

Thiago, sentado en la esquina de las gradas, parecía furioso.

Sentí mariposas en el estómago al verlo y dejé de mirarlo para poder centrarme.

Kate estaba dando un discurso de mierda sobre que éramos las mejores y no sé qué tontería más.

En ese momento estaba tan enfadada que me hervía la sangre.

Anunciaron por el megáfono que el primer equipo en competir debía salir a la pista y todas nos sentamos en las gradas a mirar el número que debíamos superar.

Cuando empezó la música y ellas empezaron a bailar, supe que estábamos perdidas.

24

THIAGO

Eran gilipollas.

Todos.

No había otra explicación.

Le había dicho a mi hermano que no pensaba estar de niñera como si fuesen niños de diez años, que eran lo suficiente mayores y responsables como para saber medir hasta dónde podían llevar la fiesta teniendo en cuenta que al día siguiente tenían partido, y allí estaban todos... destrozados.

No tenía ni la menor idea de hasta qué hora se habían quedado despiertos porque no había estado en el motel. Tenía una conocida en Falls Church, que al enterarse de que iba a pasar el fin de semana allí no había dudado en invitarme a cenar a su casa.

Yo tampoco lo había dudado... Después de lo que había

pasado con Kam, el recuerdo me había asaltado a cada hora, a cada minuto, a cada segundo... Nunca pensé que algo tan simple podía calentarme tanto, pero así había sido.

Y ni siquiera nos habíamos besado...

Me había desfogado de lo lindo con mi amiga. Me había pasado la noche haciéndolo en todas las posturas posibles y en todas ellas había imaginado que a la que se la metía hasta el fondo era a Kamila.

Como podéis ver..., teníamos un problema.

Me fijé en ella desde la distancia. Había decidido ir a la competición porque quería volver a verla, no porque me interesase en absoluto lo que hacían o dejaban de hacer las animadoras, pero viéndolas entrenar... Me había dado cuenta de que los chicos no eran los únicos que estaban teniendo problemas para centrarse.

La única que parecía fresca como una rosa era Kam... Miraba con mala cara a la capitana, que no había dejado de gritar desde que había llegado.

Me molestaba... Me molestaba escucharla.

En mi opinión, si tenías que gritar para que te hiciesen caso, entonces algo fallaba. Si tus compañeras no te tenían el respeto y la confianza suficiente para confiar en ti ciegamente, entonces no eras un buen capitán... Pero ¿yo qué sabía? Y más de equipos de chicas...

Finalmente, la competición empezó. Tuvimos que tragarnos tres equipos antes de que les tocase a las leonas de Carsville.

Kam se había hecho dos trenzas que le llegaban a la altura de los pechos y se había pintado con purpurina la cara... El uniforme de animadora se le pegaba al cuerpo marcando las discretas curvas que tenía y la falda se movía a cada paso que daba.

Me imaginé poniéndola de espaldas, empujando la curvatura de su columna hacia abajo mientras ella se sujetaba con fuerza contra lo que fuera que tuviese delante para después levantarle la falda, bajarle las bragas y metérsela lentamente por detrás.

Cerré los ojos un segundo, deleitándome con la imagen, y después me obligué a centrarme... sobre todo porque solo con eso ya se me había empezado a poner dura.

Cuando abrí los ojos vi que ya se habían colocado para empezar a bailar. Todas miraban hacia abajo, la música empezó y ellas iniciaron el baile que llevaban practicando desde el inicio de curso...

Al principio todo fue bien, estaban perfectamente coordinadas e iban al ritmo de la música. Eran buenas, joder, todos lo sabíamos. Pero a mitad del baile algo empezó a fallar. Coincidió con el momento en que empezaron a realizar esos saltos, volteretas y numeritos imposibles que tanta admiración levantaban entre los espectadores que siempre las veían bailar en los partidos.

Kami era voladora, término que había acabado por aprenderme de tanto escucharlo en el instituto. Lo que significaba que, si había que lanzar a alguien al aire y luego cogerlo en posturas imposibles, era a ella. Al principio todo fue bien, pero fijándome en las que la tenían que recoger terminé por darme cuenta de que algo empezaba a fallar. Una de las chicas tenía mal aspecto, estaba pálida y no parecía estar disfrutado del baile. De hecho, mientras que todas sonreían ante el público, a ella parecía que la estaban torturando.

Lo vi como si sucediese a cámara lenta... Todas se colocaron en su posición. Kam hizo una serie de movimientos y volteretas en el suelo, antes de tomar carrerilla. Cogió impulso ayudándose de sus compañeras y después saltó al aire esperando que la cogieran.

Pero mientras ella volaba en el vacío, la chica que se encontraba mal, se giró para vomitar, y los brazos que supuestamente debían sujetarla desaparecieron. Kami miró hacia abajo y en su cara apareció una mueca de miedo antes de caer hasta golpearse fuertemente contra el suelo. No cayó con las manos, no. Cayó con la cabeza.

La otra chica que tenía que cogerla, lo intentó sola y también se cayó. El grito de dolor fue seguido de un silencio repentino que se propagó por todo el gimnasio.

Me puse de pie con los ojos clavados en ella.

«Vamos, levanta».

«Levanta, Kami».

No lo hizo.

No tardé más de tres segundos en salir corriendo hacia allí. Salté las gradas hasta llegar a la pista y me acerqué sin importarme nada ni nadie, sin detenerme a pesar de que sabía que el equipo médico sabría qué hacer mucho mejor que yo.

Todas las chicas estaban gritando que llamaran a un médico. El caos se generó en menos de treinta segundos y, mientras el médico llegaba, yo me arrodillé a su lado, sin tocarla por miedo a lastimarla aún más.

—Kam... Kam, abre los ojos —le supliqué muerto de terror.

«Por favor... por favor, ella no».

—¡Que alguien llame a una ambulancia! —escuché que mi hermano gritaba muy cerca de mí. Debió de venir corriendo igual que yo.

El equipo médico no tardó en llegar y la subieron a una camilla justo cuando sus ojos volvían a abrirse.

Al principio parpadeó varias veces, desorientada y luego sus ojos se fijaron en los míos, que la miraban desesperados por saber si estaba bien.

—Soñé que me besabas... —dijo entonces y supe que no tenía ni idea de lo que estaba diciendo... Aunque eso dio igual... Mi cabeza lo imaginó... y mi hermano lo escuchó.

Se llevaron a Kami y a su compañera a la enfermería. La seguí, diciéndome a mí mismo que era mi responsabilidad asegurarme de que estaba bien... Me di cuenta de que en esos momentos ella estaba por encima de todo: no me importaba que yo fuese el encargado de mi equipo, no importaba el partido... Lo único que importaba era que Kam estuviese bien.

—Estoy bien —dijo por enésima vez.

—Deberían llevarla al hospital y hacerle un TAC, joder —decía mi hermano, que no se había separado de ella ni un instante.

Yo la observaba desde la otra punta de la habitación. Me había apoyado contra la pared, en silencio, a esperar que los médicos hicieran su trabajo.

—¿Cómo está Nadia? —preguntó Kam, mirándome.

A la otra chica le habían tenido que escayolar la muñeca. Aguantar ella sola el cuerpo de Kam en el aire no era algo que fuese a terminar en nada.

—Tiene un esguince —dije con voz calmada—. No va a poder animar al menos en un mes —añadí al ver que esperaba más información.

Se lamentó en voz alta.

—Joder... Es mi culpa, le he roto la muñeca —dijo echándose hacia atrás en la camilla.

—He dicho esguince, Kamila, no rotura —repetí con paciencia.

—Eso da igual, ha sido mi culpa —volvió a insistir.

—La culpa ha sido del vómito de Marissa... Si tan mal estaba, no debería haber competido —dijo mi hermano de malas maneras.

—Lo que no deberíais haber hecho es emborracharos el puto día antes de la competición —rugió enfadada. Creo que por primera vez en mi vida estuve de acuerdo con ella.

—Taylor, vete a calentar —dije con paciencia—. El partido empieza dentro de una hora y os aseguro que ya os podéis poner las pilas...

—Quiero quedarme con ella —dijo sin ni siquiera mirarme.

Kam le lanzó una mirada suplicante.

—Por favor, Taylor, te he dicho que estoy bien.

—Me da igual lo que me hayas dicho. Te has golpeado en la cabeza, deberías ir al hospital...

—No parece que tengas nada grave, tal vez una pequeña contusión... —dijo el médico entrando por la puerta—. Quédate tranquila en la habitación y que alguien esté pendiente esta noche por si vuelves a perder el conocimiento. Si tuvieses mareos o vómitos, que te lleven a urgencias.

Kam asintió y, después de que el médico le recetara unas pastillas para el dolor de cabeza, se bajó de la camilla y los tres salimos de la enfermería.

—¿Quieres que te acompañe al motel? —le preguntó mi hermano mirándola muy preocupado.

Me detuve un momento a observar esa mirada... Nunca antes había visto ese brillo, esa ilusión en sus ojos. ¿Se estaba enamorando Taylor de Kam?

Sentí algo amargo en mi interior, pero lo disimulé como pude.

—Taylor, no sé ya cómo cojones decírtelo. Vete a entrenar y yo la acompaño. Si eres el puto nuevo capitán, demuéstralo.

Taylor parecía tener una diatriba interna que finalmente Kam solucionó.

—Si no te vas ya, me voy a enfadar y lo digo en serio.

—Vale, vale —dijo cortante, lanzándome una mirada de advertencia—. Pasaré a verte cuando termine.

Entonces se acercó y le dio un beso en la mejilla.

Kam me miró, tensa, y yo esperé en silencio a que mi hermano se marchara.

Cuando por fin estuvimos solos, sentí una sensación extraña.

—¿Vas a alargarme otra semana de castigo por el beso que me acaba de dar? —soltó molesta... muy molesta.

Vaya... alguien estaba enfadada.

—Vamos, el autobús nos está esperando para llevarte de vuelta al motel.

—¿Y si no quiero ir al estúpido motel? ¿Y si me quiero quedar para ver a tu hermano jugar? ¿Y si no me da la gana hacer lo que tú me ordenes?

Me detuve delante de ella y respiré hondo.

—Kamila... Súbete al autobús, métete en tu habitación y tengamos la puñetera fiesta en paz.

No me dijo nada más. Se adelantó, caminó a buen ritmo e hizo lo que le pedí. Solo que cuando llegó al bus, subió dos escalones y se giró.

—No hace falta que vengas —puntualizó sacándome ya de mis casillas—. No quiero que me acompañes. No quiero que finjas que te importa algo si llego sana y salva a mi habitación. No quiero que hagas ese numerito para sentirte tú bien... Tu trabajo es entrenar al equipo de baloncesto... Lo demás —añadió encogiéndose de hombros— se escapa de tu control.

Quise decirle unas cuantas cosas, pero justo en ese momento el entrenador Clab me gritó desde la distancia.

—¡Thiago, ven aquí y explícame por qué coño tengo a medio equipo vomitando!

Kami sonrió con suficiencia y me dio la espalda para terminar de subir al bus.

Las puertas se me cerraron en la cara y tuve que girarme para enfrentarme al entrenador.

¿En qué momento el hecho de que una panda de adolescentes se hubiera emborrachado se había convertido en mi puta responsabilidad?

25

KAMI

Supe cómo se estaba desarrollando el partido gracias a que Nadia estuvo mensajeándome todo el tiempo.

Al final ganaron.

Ganaron porque de verdad estaban preparados..., no como nos había ocurrido a nosotras. Solo de pensarlo me encendía... Kate no tenía ni idea de cómo llevar al equipo. Me parecía genial que su sueño siempre hubiese sido ser la capitana, pero eso implicaba responsabilidades. No puedes irte de fiesta el día antes de una competición... por mucho que te apetezca.

A mí nunca me había gustado ser la mala, pero cuando tuve que ponerme firme lo hice. Después, cuando nos llevábamos el trofeo a casa, la fiesta se disfrutaba mucho mejor.

Me quedé en mi habitación el resto del día, la cabeza me dolía muchísimo... Aún no podía creerme que hubiesen dejado que me estrellara contra el suelo de esa manera. Estaba furiosa.

A eso de las siete de la tarde, los oí llegar. Todos gritaban entusiasmados y estaba segura de que se les oía a varios kilómetros a la redonda. La primera en llegar a mi habitación fue Ellie.

—¿Cómo estás? —dijo un poco cabizbaja y preocupada por mí.

—Estoy bien. —Me levanté de la cama y cogí una botella de agua de la neverita.

—Estás enfadada, ¿no? —me preguntó sentándose en la cama.

No me dio tiempo a contestar porque al segundo empezaron a llamar a la puerta. Cuando fui a abrir, me encontré a todas las chicas esperando para entrar... la primera Kate.

—¿Cómo estás? —me preguntó hablándome seria... Sin un ápice de preocupación real en su voz y eso me dolió.

Le podía más el orgullo que la culpabilidad... porque sí, había sido su culpa. No toda, porque las chicas sabían que hacían mal en emborracharse el día antes de competir, pero Kate era la capitana. Ella debería ser la imagen de autoridad. Le gustase o no, el respeto que todas deberían tenerle nunca había llegado a existir... Y el poco que yo le tenía se había perdido en el instante en el que puso la vida de todas, incluyendo la mía, en peligro.

—Estoy bien —dije dejándolas entrar.

Éramos diez metidas en una habitación bastante pequeña.

—¿Cómo estás, Nadia? —pregunté yo al ver su muñeca vendada.

—Me duele, pero en un mes supongo que podré volver a animar —dijo apretando los labios.

Vale... Yo no era la única que estaba enfadada.

Se creó un silencio incómodo entre todas y Kate abrió la boca para hablar.

—No es el fin del mundo, ¿vale? —dijo mirándonos con hartazgo—. No pasa nada porque hayamos perdido una vez. ¡Una vez! Siempre hemos salido victoriosas. No nos viene mal tener un poquito de humildad, sentir lo que se siente al estar abajo y no siempre arriba —dijo y todo eso sin quitarme los ojos de encima.

—¿Estás insinuando algo en concreto, Kate? —dije controlando la rabia que sentía por dentro.

—Lo único que digo es que esto nos va a enseñar algo... Perder nos ha mostrado la otra cara de la moneda...

—¡Oh, por favor! —Ya no pude contenerme más—. Déjate de discursos baratos, Kate. Hemos perdido porque no has sabido ser una buena capitana. No has sabido ser el ejemplo a seguir que necesitábamos todas. No has tenido ni la disciplina ni el empuje para llevarnos a la victoria.

—Y tú sí, ¿no? —preguntó furiosa—. ¡Como tú eres perfecta!

—Eh, Kate, nadie ha dicho eso —intervino Ellie intentando calmar los ánimos.

—¡Oh, venga ya! No te pongas de su parte —le gritó entonces a ella—. Ayer no decías lo mismo cuando te bebías una cerveza tras otra... Espera, ¿qué fue exactamente lo que dijiste? Oh, sí, ya me acuerdo. «Menos mal que no está Kami, porque si no ya nos hubiese arruinado la fiesta... Desde que no es la capitana, esto de ser animadora por fin empieza a divertirme». O no dijiste eso, ¿eh?

Miré a Ellie sintiéndome totalmente traicionada.

—No fue eso lo que dije —se excusó mirándome con la culpabilidad reflejada en sus ojos claros—. Estaba borracha... Kami, yo no...

—Déjalo —la corté—. ¿Sabéis qué? Nunca me ha importado una mierda esto de ser animadora... Si lo hacía, era porque me gustaba estar con vosotras, ser una piña, competir, ganar y después celebrarlo todas juntas como hemos hecho siempre. Dejé de ser la capitana porque no quería que esto pareciese una dictadura, por mucho que siguieseis votándome para que lo fuera, ¡porque erais vosotras quienes lo hacíais! Di un paso hacia atrás para dejarte a ti, Kate, tomar el mando, porque sé que es algo con lo que llevas soñando desde siempre... Pero ¿sabes una cosa? Soñar no significa que cuando consigues el sueño no tengas que hacer nada para conservarlo.

Las miré a todas... Algunas parecían tristes, otras molestas, y la mayoría enfadadas, si era conmigo o con Kate, aún no lo sabía, pero al menos sí que tenía algo claro.

—Lo dejo —continué y noté un alivio que hacía tiempo que no sentía—. Tengo demasiadas cosas en la cabeza como para tener que preocuparme por esto.

—No, Kami, no lo dejes —dijo Ellie con cara martirizada.

—El equipo no va a ser lo mismo... Joder, no os peleéis. Podemos arreglarlo, ¿verdad, Kate? —dijo Marissa mirando a nuestra capitana.

Pero cuando me giré hacia Kate, estaba con los brazos cruzados... enfadada y muy seria.

—Si quiere irse, no pienso detenerla... Además, tiene razón con eso de la dictadura. No me había dado cuenta hasta que lo ha dicho y siento decirlo de esta manera... Pero dos alfas no pueden convivir en la misma manada.

Nos miramos fijamente durante unos instantes.

Sabía que no solo se estaba refiriendo al equipo de animadoras.

—Pues entonces tendré que ser un lobo solitario.

Sin decir una palabra más, crucé la habitación y salí de allí respirando hondo... llenándome los pulmones de aire fresco.

Escuché que a mis espaldas empezaba una discusión a cuchicheos y supe que no quería seguir oyendo cómo me criticaban.

No entendía por qué las lágrimas acudían a mis ojos... Nunca había querido ser la líder de nada ni de nadie. Había sido la capitana porque ellas habían querido y yo me había dejado llevar por la corriente... como siempre hacía, sin tener en cuenta lo que yo en realidad quería.

—Eh —escuché que una voz me llamaba desde el final del pasillo.

Levanté los ojos y vi a Taylor acercarse con cara preocupada.

—Estaba a punto de ir a verte a tu habitación, quería saber cómo estabas... Oye, ¿qué te pasa? Kami, ¿por qué lloras?

No lo dudé.

Me giré hacia él y enterré mi cara en su pecho.

Sus brazos me rodearon al instante y me sentí mejor...

mucho mejor. Aunque mi cuerpo siguiese llorando como si tuviese diez años.

—Ven... vamos a mi cuarto —dijo y lo seguí... lo seguí sin ni siquiera dudarlo.

—Vamos..., que se acaba de producir un golpe de estado, ¿no? —me dijo Taylor muy serio.

Le pegué un puñetazo al mismo tiempo que se me escapaba una sonrisa. Taylor soltó una carcajada que alivió la presión que había estado sintiendo en el pecho.

—Te juro que nunca fue mi intención ser la líder del grupo, ni mucho menos...

—Kami —me cortó entonces mirándome más serio—. Eres la clase de persona que no se hace líder... nace siéndolo. Algunas personas tienen ese don y otras no... Es así, y por muy bien que me caiga Kate, aunque ahora mismo le he cogido un poco de tirria, no te llega ni a la suela de los zapatos.

—No digas eso, ella... —empecé a defenderla, pero me callé.

No se merecía que la defendiera... Había antepuesto sus estúpidas ganas de ocupar mi lugar a una amistad de años.

—Ya se le pasará... y vendrá pidiéndote perdón de rodillas —dijo muy seguro.

—Cómo se nota que no la conoces...

Taylor se encogió de hombros sutilmente y me fijé en que tenía un golpe en el ojo derecho.

Sin pensarlo levanté la mano para rozarle el moratón.

—¿Qué te ha pasado? —pregunté.

—Me dieron un codazo antes de que encestara un triple —contestó de manera automática.

Sus ojos se habían clavado en los míos esperando que yo hiciera lo mismo... y lo hice.

Y sentí muchas cosas.

—Me prometiste que hablaríamos —dijo poniéndose serio de repente.

—Lo sé —dije en voz baja, sin saber por qué.

—Estuve esperándote toda la noche de ayer... Quería verte a ti, solo a ti. Me he enterado hoy de que estuviste viendo una peli con Julian... A mí me hubiese encantado ver una peli contigo. ¿Por qué no me diste la oportunidad?

Bajé la mano que aún seguía sobre su mejilla y la coloqué entre medio de los dos, sobre la cama, donde estábamos sentados.

—Porque contigo no hubiese sido simplemente ver una película.

Cuando dije aquello el ambiente pareció cambiar... calentarse, llenarse de algo mágico. Algo mágico que solo Taylor podía conseguir... Algo entre calma, paz y mucho mucho calor.

—¿Y qué hubiese sido entonces...? —dijo inclinándose hacia mí despacio.

Antes de que yo pudiera contestar, ya había enterrado la boca en el hueco de mi cuello.

Primero lo besó, varias veces, rozándome con la punta de la nariz y luego con los labios, provocando en mi cuerpo una reacción casi instantánea. Luego, pasó su lengua... convirtiendo sus besos en algo mucho más intenso...

—Diez minutos hubiésemos visto de esa película, llevas razón —admitió sobre mi piel.

—Taylor... —Intenté detenerlo, pero conseguí lo mismo que habría conseguido si hubiese querido tirar una pared abajo solo con mis manos... O sea, nada.

—Deja solo que te saboree un poco —me pidió, casi me rogó—. Solo un poquito... —Antes de que yo pudiera aceptar, ya me había empezado a besar... A besar de verdad. No como aquel día en clase, no, sino sabiendo que por fin estábamos solos, que nadie podía entrar ni impedirnos seguir con lo que ambos queríamos seguir.

¿Yo quería?

Mi cuerpo parecía asentir entusiasmado porque, joder..., qué bien besaba, qué bien tocaba...

Su mano había bajado para, sin tapujos, apartarme el short y meter la mano debajo de las bragas...

—Taylor —dije forzando al aire a entrar en mis pulmones porque, joder, me acababa de quedar sin respiración.

—Así, di mi nombre, que me vuelves loco —dijo introduciendo un dedo en mi interior.

Me dejé caer en la cama y él me siguió colocándose a mi lado. Su mano entraba y salía de mí, primero despacio... después más fuerte.

Su boca alcanzó mi cuello otra vez y me besó hasta seguir bajando. Con su otra mano me apartó la camiseta y sus labios alcanzaron mi pezón para después morderlo suavemente...

Entonces mi mente me jugó una mala pasada... Porque no era Taylor quien me besaba... sino Thiago... Thiago era quien me metía los dedos hasta el fondo... Quien me comía la oreja poco a poco para susurrarme al oído todo lo que quería hacerme...

—Joder... Estás empapada, Kami —me dijo Taylor y solo eso bastó para que aquello me dejara de gustar.

Solo hizo falta una palabra.

«Kami».

Entonces, antes de decirle que se detuviera... llamaron a la puerta.

Taylor separó los ojos de mí y maldijo en voz alta.

—Joder, ¿qué quieren ahora? Deberían estar celebrándolo...

No me preguntéis por qué, pero tuve una corazonada.

Taylor se incorporó para abrir la puerta y yo me recoloqué la ropa con prisas.

Cuando la puerta se abrió, Thiago entró en la habitación. Primero me miró a mí y después a Taylor.

—Volvemos hoy a Carsville —dijo apretando la mandíbula, pero manteniendo la calma.

—¿Cómo? ¿Por qué? —preguntó Taylor aún sujetando la puerta.

—El entrenador considera que no os merecéis celebrarlo. Dos alumnas lastimadas y un partido que os ha costado sangre, sudor y lágrimas ganar cuando debería haber sido pan comido... Haced las maletas. El bus sale dentro de media hora.

Antes de marcharse, Thiago se giró hacia mí.

—¿Te encuentras mejor? —preguntó dándole la espalda a su hermano y mirándome a los ojos.

Sentí un cosquilleo en todo el cuerpo al ver que se preocupaba..., se preocupaba de verdad...

—Sí —solo fui capaz de decir.

—Muy bien. Ya me has oído entonces, haz las maletas.

Thiago se marchó y yo me puse de pie.

—Vaya mierda... —dijo Taylor, acercándose a mí—. Oye... aún nos queda una charla pendiente...

—Lo sé... y la tendremos, pero... mejor cuando las cosas se calmen un poco.

Taylor no me metió prisa y me acompañó hasta la puerta.

Antes de abrir y salir me giré hacia él. Me fijé en que sus ojos parecían un poco tristones, no sé si porque nos hubiesen interrumpido, porque notase que algo se había enfriado al entrar su hermano o porque sabía que esto iba a causarle problemas... igual que a mí.

—¿Sabes, Taylor? Cuando era pequeña, tú eras mi príncipe y tu hermano el brujo malo que nos intentaba separar... Y nada de eso ha cambiado. Tal vez sea momento de aceptar que nosotros no podemos...

Taylor me interrumpió cogiéndome la cara con sus manos y noté el calor que desprendía su piel. Me calentó cuando me sentía congelada.

—Nadie nos tiene por qué separar, Kami. Ni mi hermano ni nadie —dijo muy en serio—. Me encanta volver a pasar tiempo contigo. Me encanta estar contigo. Es así de simple. Siempre fue así y no era de extrañar que esto ocurriera... Solo te pido que no le des tantas vueltas a la cabeza, ¿vale? Vamos a disfrutar y ya veremos qué pasa.

Asentí y dejé que me diera un beso rápido en los labios.

—Te veo luego en el bus... Si quieres, te reservo un asiento a mi lado.

Asentí y le dediqué una sonrisa sincera.

—Te veo dentro de un rato.

Taylor y yo estuvimos todo el trayecto de vuelta charlando sin parar. Hacía tiempo que no me reía tanto con alguien y eso me permitió olvidarme de la cara con la que me miraron todas mis amigas cuando subí al bus y pasé de ellas para irme hasta el fondo y sentarme con mi mejor amigo, aunque... ¿Seguía siéndolo?

¿Qué éramos Taylor y yo?

Me había encantado cómo me había tocado, pero debía aceptarlo: quien había querido que estuviese conmigo al abrir los ojos había sido su hermano, no él.

Estaba tan confundida... ¿Podían gustarme los dos al mismo tiempo? Con Taylor todo era muy sencillo... fluía, ¿entendéis? Pero con Thiago todo era más intenso, más profundo, como un veneno.

Y yo ya tenía demasiadas cosas tóxicas en mi vida como para añadirle una más.

Durante el viaje de vuelta, Thiago no interfirió en ningún momento. No dijo nada cuando, al pasar por el pasillo y asegurarse de que no faltaba nadie, nos vio a los dos muy juntos al final del autobús y... no sé cómo me hizo sentir eso...

¿Ya no se ponía celoso? ¿Quería yo que lo estuviera?

Joder, estaba hecha un lío.

Cuando nos dejaron en el instituto, mi madre estaba allí esperándome con mi hermano. Cuando me vio bajar del autobús con Taylor pegado a mis talones, su cara pareció descomponerse.

«Mierda».

Me giré hacia él, con prisas, y me despedí con la mano.

—Nos vemos mañana, lo siento —añadí en voz más baja.

Mi hermanito corrió y saltó sobre mí para que le diera un abrazo.

—¡Kami, Kami! —gritó entusiasmado—. ¡Menos mal que has vuelto! ¡Tu coche ya no está, Kami!

Lo dejé en el suelo y miré a mi madre.

—Hablamos luego —dijo muy seria.

Eché un vistazo hacia el resto del grupo... Mis amigas

estaban todas agrupadas cogiendo sus maletas y me lanzaron una mirada extraña... ¿Qué demonios les había dicho Kate para que me miraran así?

La única que me sonrió y me saludó con la mano fue Ellie.

Le devolví el saludo y seguí a mi madre hasta el Mercedes.

—¿Qué hacías hablando con Taylor Di Bianco, Kamila?

Puse los ojos en blanco mientras me abrochaba el cinturón de seguridad.

—¿Eso es lo único que te importa, mamá? ¿Te has olvidado de que me caí y me golpeé la cabeza? ¿De que tengo una contusión leve, pero que podría haber sido mucho peor?

Mi madre sacó el coche del aparcamiento y aceleró hacia la carretera principal de Carsville.

—Ya hablé con el entrenador, ¿te crees que iba a contentarme con el escueto mensaje que me enviaste? Sé que podría haber sido peor, pero no lo fue. Estás bien por lo que veo, así que contéstame.

—Taylor está en mi clase, mamá... Es amigo de mis amigos y tenemos que hacer un trabajo juntos...

—Esos chicos siempre te metieron en líos... Desde que han vuelto tu comportamiento ha sido totalmente errante. Estás distraída, te castigan en el instituto, ahora te caes delante de todo el mundo... No quiero ni saber qué notas estás sacando...

—Mis notas siguen intactas —mascullé mirando por la ventanilla.

—No quiero que te juntes con ellos, Kamila —añadió casi sin dejarme acabar—. Lo digo muy en serio. Bastantes problemas nos han traído ya...

—¿Que ellos nos han traído problemas? —la corté levantando el tono de voz.

Mi madre justo detuvo el coche enfrente de casa, pero no hice ni el amago de bajarme de él.

—¡Tú nos trajiste esos problemas, mamá! ¡¿O tengo que recordarte las consecuencias de tu maldita aventura?!

Estaba furiosa... Tantas cosas que llevaba dentro, tantas peleas, soportar la mirada de enfado de Thiago, la de tristeza en la señora Di Bianco, la pena en la de Taylor...

—Cierra la boca, Kamila —me dijo cortante—. Tu hermano...

—¡Mi hermano a lo mejor tiene que saber que nuestra madre es una...!

La bofetada que me dio llegó antes de que yo soltara la palabra.

Me llevé la mano a la mejilla y se hizo el silencio en el coche.

—Vuelve a insinuar algo parecido y juro por Dios que no vuelves a entrar en mi casa.

Apreté los labios con fuerza... y me bajé del coche sin decir nada más.

Cuando lo hice me fijé en el garaje exterior... Allí donde mi descapotable rojo solía estar solo había un espacio vacío.

Ni siquiera me habían dejado despedirme de mi reluciente coche...

Me limpié la lágrima que me cayó por la mejilla y subí hasta mi habitación.

Ninguno de mis padres subió a ver cómo estaba y mucho menos a explicarme qué había pasado con el coche, a quién se lo habían vendido o por qué lo habían hecho sin esperar a que yo estuviese aquí...

Mi hermano, en cambio, llamó a mi puerta cuando los gritos empezaron a producirse como llevaba sucediendo desde hacía una semana.

—¿Puedo dormir contigo? —me preguntó y me fijé en que se había puesto el pijama al revés.

—Ven aquí. —Le quité la parte superior y la giré para que los dinosaurios quedasen del lado correcto—. Claro que puedes dormir conmigo, ven. —Le hice un hueco a mi lado.

Se pegó a mí como una lapa y se giró para poder verme la cara. Su manita subió hasta colocarse en mi mejilla.

—¿Por qué te ha pegado mamá?

—Porque casi la llamo de una manera muy fea —le expliqué.

—Pero ¿no era que la violencia nunca estaba *justiciada*?

Me reí.

—Justificada, querrás decir.

Mi hermano asintió.

—A veces... solo a veces... puede que un poco.

Y no lo dije porque lo creyera de verdad, sino porque no quería que mi hermano temiese a nuestra madre. No quería ponerlo en su contra.

Bastante estaba sufriendo ya al ver que cada día que pasaba nuestros padres se separaban más y más.

26

KAMI

Cuando bajé a la mañana siguiente a desayunar, me fijé en que la casa estaba bastante silenciosa. Mi padre estaba preparando huevos revueltos y mi hermano lo ayudaba sentado en la mesa de la cocina.

—Buenos días —dije recogiéndome el pelo en una cola alta para tener la cara despejada—. ¿Y mamá? —pregunté al no verla por ninguna parte.

Mi padre me miró.

—Se ha ido... a un balneario toda la semana —dijo y supe por el tono de su voz que estaba cabreado.

—¿Un balneario? Pero ¿no decías que...?

—Ya estaba pagado —me explicó mi padre—. Me contó lo que pasó ayer en el coche... —añadió mirándome muy serio.

Me sentía avergonzada por haber estado a punto de llamarla por aquella palabra que empieza por «p», la verdad... Pero me había cabreado tanto cómo prácticamente había culpado a Taylor y Thiago por lo que estaba ocurriendo...

—Lo siento —dije sentándome frente a él en la isla de la cocina.

—No vuelvas siquiera a insinuar algo parecido, ¿me has oído? —me dijo muy serio.

Asentí y mi padre dio por terminado aquel asunto.

—¿Ponemos música? —dijo entonces.

Se limpió las manos en el delantal de florecitas que tenía anudado en la cintura y manipuló la pantalla que había adherida a la pared, desde donde se podían controlar hasta las luces de mi habitación.

Mi hermano sonrió y, cuando la canción preferida de mi padre empezó a sonar, a mí también se me contagió la sonrisa. «Here comes the sun» de los Beatles empezó a sonar a través de los altavoces y los tres nos pusimos a cantar a pleno pulmón mientras preparábamos juntos el desayuno.

Por un instante me olvidé de los problemas y disfruté de la compañía de nuestro padre. Comimos huevos revueltos con beicon y tostadas calentitas. Yo me encargué de exprimir las naranjas para hacer zumo natural y mi hermano de poner la mesa.

Charlamos animadamente de todo. Mi hermano parecía contento y me hizo bien verlo sonreír. La noche anterior, cuando había venido a mi habitación, había podido ver que tenía los ojitos hinchados de llorar... Me dije a mí misma que tenía que estar más pendiente de él... Lo que estaba ocurriendo en casa le afectaba más a él que a cualquiera de nosotros.

Después de desayunar, y al ser domingo, mi padre nos dijo que podíamos ir juntos al parque. Antes de salir, ambos, mi hermano y él, quisieron darme una sorpresa.

—Cierra los ojos, ¿vale? —me dijo mi padre mientras esperaba en la entrada de casa, al aire libre a que ellos maquinaran lo que fuera que tenían preparado.

—Vale... a la de una... a la de dos... —dijo mi padre.

—¡Y a la de tres! —se adelantó Cameron con impaciencia.

Cuando abrí los ojos, vi lo que ambos habían estado ocultando.

Una bici de color blanco, con una cesta de mimbre en la parte delantera y unas margaritas pintadas sobre esta. Relucía entre los dos, aguardando a que alguien le diera una vuelta.

Sonreí divertida.

—¿Es para mí? —les pregunté acercándome a verla.

—¡Claro! —dijo Cameron—. ¡Ahora podremos hacer carreras, Kami! ¡La bici es mucho más divertida que el coche!

Miré a mi padre, que me sonreía a pesar de que sus ojos estaban tristes.

—Me encanta, papá —dije dándole un abrazo.

—Volverás a tener tu coche, te lo prometo —me dijo al oído acariciándome el pelo.

—No hace falta, de verdad —dije con sinceridad—. ¡Así haré ejercicio!

Mi padre sonrió y después de eso los tres nos fuimos al parque con nuestras bicis. Mi padre tenía una bici de montaña con la que siempre se iba a dar vueltas los domingos y mi hermano una pequeña con miles de pegatinas que había ido pegándole.

Estuvimos todo el domingo fuera de casa, pasando tiempo juntos y comiendo bocadillos junto al lago de Carsville. Fue perfecto. Mi madre no sabía lo que se perdía... Siempre se interesaba en lo frívolo y no en lo que de verdad importaba.

No la eché de menos en toda la semana... ni a mis amigas tampoco, que parecían ofendidas conmigo por alguna razón que aún no llegaba a entender. Y como cada año, cada vez que se acercaba aquella época, yo me encerraba en mí misma y pasaba esos días sola... dibujando e inmersa en mis pensamientos.

A veces me daba por machacarme día sí día también... Otros por recordar lo ocurrido con pelos y señales... Estaba segura de que la razón por la que mi madre se había marchado era porque no quería estar en Carsville en esta fecha y menos aún con los Di Bianco de vuelta. Siempre tenía alguna excusa para no estar aquí estos días: visitar a mis abuelos, ir a un balneario, escaparse con sus amigas del AMPA...

Los primeros días después de la competición, Ellie intentó acercarse a mí para entender por qué de repente me había alejado de ellas o por qué había abandonado el equipo de animadoras. Me explicó que muchas de las chicas me preferían a mí como capitana, pero que no querían decirlo muy alto por miedo a la reacción de Kate...

«Miedo a la reacción de Kate...». Repetí esas palabras en mi mente intentando buscarles algún significado...

¿Desde cuándo una amiga tenía que inspirar eso... miedo?

—Por favor, Kami... Vuelve con nosotras —me insistió sentándose conmigo en la mesa del comedor, una mesa que quedaba junto a la ventana, en la otra punta de donde ellas se sentaban.

—Ellie, ahora mismo no me sale... Lo siento —dije jugando con los espaguetis de mi plato en vez de comérmelos.

Mi amiga me miró triste y enfadada a la vez.

—Pero con Taylor no tienes problema, ¿no? Porque te pasas el día con él —dijo acusándome sin ningún tipo de reparo—. ¿Vas a convertirte en ese tipo de chica que abandona a sus amigas por su novio?

«Mi novio...».

¿Taylor era mi novio?

Justo en ese instante apareció el susodicho para sentarse a mi lado.

—¿Qué hay, Ellie? —la saludó con una sonrisa amigable..., aquella sonrisa que me trasmitía una calma infinita.

Mi amiga no dijo nada, me miró, luego lo miró a él y se levantó enfadada para ir con el resto de nuestras amigas.

—¿Sigue molesta? —me preguntó Taylor haciendo girar una manzana entre sus dedos.

Me encogí de hombros.

—No entiende que ahora mismo necesito estar alejada de casi todo el mundo...

Taylor me cogió la mano, deteniendo mi movimiento sobre los espaguetis.

—Oye, Kami... ¿Vas a contarme lo que está pasando en tu casa o no?

Por alguna razón que aún no llegaba a comprender, no quería contarle a nadie que mi padre estaba prácticamente en bancarrota. Bastante tenía ya con escuchar las conversaciones que tenía en casa con su abogado y con sus clientes. Ahora trabajaba desde su despacho, pues había tenido que cerrar la oficina que tenía en el centro y también había puesto en venta la casa de la playa...

Sabía que todo eso era superficial, que eran bienes materiales, pero no podía evitar sentirme triste por mi padre... Todo lo que había conseguido durante toda su vida se estaba desmoronando y mi madre ni siquiera se dignaba a echarle una mano o a estar ahí para apoyarlo... Esa tarea había recaído en mí, que en casa lo único que hacía era fingir que todo estaba bien, siempre forzando una sonrisa que no sentía por mi padre, por mi hermano...

—No me apetece hablar de eso ahora.

Me sentía tan culpable... Él era quien debería estar mal. Él era quien tenía todo en contra ahora mismo. Y yo era quien debería estar forzando una sonrisa y animándolo para ayudarlo a pasar estas malditas fechas.

Pero no podía forzarlo... No me salía porque para mí esa fecha también era una pesadilla.

—Oye... —me dijo Taylor después de que cambiásemos de tema y charlásemos un poco sobre el trabajo de sexualidad para la clase de biología—. Mañana no vendré a clase... y el fin de semana tampoco creo que pueda verte...

Asentí sin poder mirarlo directamente a la cara.

Él me cogió la barbilla y me obligó a mirarlo a los ojos.

—Deja de culparte, por favor —me insistió tocando su frente con la mía—. ¿Estarás bien?

No podía creer lo que acababa de preguntarme.

—¿Que si yo estaré bien? —le dije echándome hacia atrás—. ¡Taylor, no te entiendo!

Taylor parpadeó varias veces y su gesto se volvió más severo.

—¿No entiendes que me importas? ¿Que me importas más que cualquier otra cosa? ¿Cómo tengo que hacértelo entender...?

Negué con la cabeza.

—Déjalo ya, en serio. —Me sentía muy triste... tan triste que una coraza de rabia se encargó de ocultar esa tristeza que no quería que nadie viera—. Tengo que irme —dije poniéndome de pie.

Taylor me miró sin entender por qué la pagaba con él..., que era el último que se lo merecía. ¡Taylor tenía todo el derecho del mundo a odiarme y no lo hacía! La culpabilidad que yo sentía no soportaba su manera dulce de tratarme. Solo hacía que me sintiera aún peor.

Me detuve un segundo antes de marcharme y me incliné para darle un beso en los labios.

—Te quiero... y lo siento. —Me marché del comedor... Un comedor donde todos seguían mis pasos, donde todos aguardaban que algo ocurriese porque...

Kamila Hamilton ya no era animadora.

Kamila Hamilton ya no se juntaba con los populares.

Kamila Hamilton ya no iba a clase en un descapotable.

Kamila Hamilton ya no era lo que todos querían que fuera.

Aquella tarde, de camino al aula de castigados, mientras daba las gracias por haber tenido unas horitas para mí, ya que ya no entrenaba con las animadoras, me planteé firmemente saltarme el castigo.

Estábamos a jueves y haber tenido que ver a Thiago los tres días anteriores durante esas horas me había machacado psicológicamente. Todos los allí presentes parecían tener algo que decirme, o algo que reprocharme, incluso Julian, que también estaba molesto porque, desde el día de la película, lo había estado evitando. No por nada, sino porque de verdad necesitaba estar sola.

Me senté en la mesa de siempre y me fijé en Thiago.

Parecía triste... muy triste, y sentí como si alguien me clavara una puñalada en el corazón.

«Está así por tu culpa..., porque todo esto es culpa tuya».

Miré hacia el folio en blanco que tenía delante.

Miré y empecé a dibujar.

Casi sin darme cuenta, trazando líneas aquí y allá, sombreando en las partes necesarias, borrando y dibujando de nuevo los rasgos hasta que quedaran perfectos. Tenía esa imagen en la cabeza desde hacía muchísimo tiempo. Los cuatro mirando a la cámara, sonrientes, felices, contentos antes de que todo se fuera a la mierda.

Me pasé las dos horas de castigo haciendo ese retrato y, cuando por fin me permití echarle un vistazo general... Joder...

Noté que las lágrimas acudían a mis ojos y casi dos segundos después una sombra oscureció el dibujo que tenía frente a mí.

Al levantar la cabeza vi que Thiago miraba hacia la mesa.

Primero creí ver un dolor profundo... Tan profundo como solo alguien que había vivido lo que él había vivido podía llegar a sentir. Un dolor que se me quedaba tan lejano que a veces hasta me sentía culpable por no poder sentirlo igual que ellos. Pero ese dolor en sus ojos fue sustituido por rabia casi al instante, le quitó esa armadura que llevaba siempre puesta para que nadie pudiese verla.

Su mano agarró el dibujo y lo arrugó con fuerza sin ni siquiera dudarlo.

—Se acabó el castigo —dijo mirándome, desafiándome a decirle algo.

No lo hice.

Me puse de pie, ignorando las miradas del resto y salí de la clase.

—¡Kami! —me llamó Taylor hasta alcanzarme.

Me detuve solo porque sabía que se merecía que lo hiciera.

—¿Qué ha pasado? ¿Qué habías estado haciendo?

Lo miré forzando una sonrisa.

—Nada... Al parecer no le parece bien que dibujemos garabatos... —mentí y me miró sin llegar a creérselo del todo.

—¿Podemos hablar un momento? —me preguntó cogiéndome la mano y apartándome hacia las taquillas, justo donde nadie pudiese vernos... aunque el instituto estaba ya prácticamente vacío—. Te conozco, Kami... y sé que vas a machacarte hasta la saciedad... Por favor, prométeme que no lo harás... Prométeme que encontrarás la manera de decirte a ti misma que no fue culpa tuya...

Me aparté quitando sus manos de mis brazos de un tirón.

—¡Fue mi culpa! —le grité ya sin poder contener lo que llevaba dentro—. ¡Deja de mentirme y de mentirte a ti mismo para poder quererme mejor! Tu hermano es el único que es sincero en todo esto, el que me trata como me merezco. Ni mi madre ni mi padre ni la psicóloga a la que fui siendo una niña han conseguido quitarme ese peso que llevo dentro. ¡¿Por qué crees que vas a poder hacerlo tú ahora?!

Taylor se había quedado callado. Me miraba sin decir nada, sin apenas mover un músculo.

—Me merezco todo esto... Merezco el rechazo de tu madre, el de tu hermano, el de tu padre... Merezco que todos me odiéis y no me importa lo que digas... No hay nada que puedas hacer para cambiarlo.

Me giré para salir de allí y largarme, pero casi choqué con Thiago. Había estado justo ahí, detrás de las taquillas escuchando. Sus manos me sujetaron por los brazos para impedir que me golpeara contra su cuerpo y me cayera. Sentí como si me hubiesen dado una descarga eléctrica. No dijo nada... Se apartó para dejarme pasar y salí corriendo de allí.

Mi madre aún no había regresado y yo lo prefería así. Si existía una persona a la que yo pudiera culpar por lo que pasó, aparte de a mí, era a ella. Bueno, y a él.

Intenté cerrar los ojos, relajar la mente mientras escuchaba música tumbada en mi cama, pero me estaba resultando imposible. Escuché el ruido de un relámpago resonar e iluminar parte de mi habitación, que debido a que el sol ya casi había desaparecido, estaba prácticamente a oscuras.

La lluvia me recordaba demasiado a aquel día. En la tele habían anunciado que habría tormenta durante el resto de la semana, incluido el fin de semana, y yo me había tomado aquello como una señal. Me levanté quitándome los cascos de las orejas y me asomé a la casa de enfrente.

¿Cómo estarían? ¿Cómo estaría Katia? ¿Cómo estaría Taylor después de que le gritara sin que se lo mereciera ni un poquito? ¿Y Thiago...?

Su habitación estaba a oscuras mientras que el resto de la casa ya estaba iluminada. Afuera, las tonalidades de grises se estaban apagando y daban paso a los tonos anaranjados del atardecer. Decidí salir a dar una vuelta antes de que se hiciese de noche, nos fuésemos a dormir y las imágenes regresaran para hacerme volver a sufrir.

Le dije a mi padre que me iba a casa de Ellie a estudiar y que llegaría tarde. Ni siquiera sé si me oyó, porque nadie me respondió desde el final del pasillo donde se había encerrado hacía horas y lo único que hacía era gritarle al teléfono.

Nada más salir y ver el espacio vacío enfrente de mi casa, recordé amargamente que ya no tenía coche... Era curioso que lo hubiese olvidado después de haber ido y vuelto del instituto en bici desde el lunes. Si cerraba los ojos, aún era capaz de ver a todo el mundo en el instituto flipar al verme llegar en dos ruedas en vez de en cuatro.

Muchos me miraron con curiosidad al ver que la aparcaba con el resto de las bicis que había frente a la entrada. Eso era otra... Cientos de estudiantes venían en bicicletas y nadie los miraba raro, pero claro... Solo había dos estudiantes en todo el instituto que habían superado al resto en cuanto a automóviles se refería, y esos éramos Dani y yo.

Al principio creo que se creyeron que lo hacía porque me apetecía, e incluso algunos estudiantes me hicieron saber que querían sumarse a eso de hacer deporte por las mañanas, pero cuando los rumores sobre que mi padre ya no era lo que era comenzaron a circular por los pasillos del instituto, ya no hubo quien los detuviera...

Borré las caras de burla de mi mente y cogí mi bicicleta. Me detuve un momento a mirar el cielo y las nubes negras que antes habían estado lejos parecían haber alcanzado Carsville sin demora..., cubriendo el bonito cielo celeste y convirtiéndolo en algo siniestro.

Pero no me importó.

Me subí a la bici y empecé a pedalear.

Mi urbanización estaba a unos quince minutos andando del centro del pueblo y a media hora del instituto en bicicleta. Pero decidí coger otro camino... uno diferente, uno que no llevaba a un buen lugar, sino a miles de recuerdos tristes, a recuerdos que solo podían hacer daño porque... Joder, ocho años atrás la vida de todos se había jodido para siempre.

Aún recordaba el inicio de aquel día... Todo había sido normal, si teníamos en cuenta que desde hacía días Thiago y yo habíamos descubierto a nuestros respectivos padres teniendo una aventura.

Al principio fue muy extraño para mí ver a mi madre besar a otro hombre, pero más extraño fue ver que cuando llegaba a casa besaba a mi padre con total normalidad... como si eso estuviese bien.

Cuando tienes diez años hay muchas cosas que no entiendes..., pero no hay nada a esa edad como juntarse con alguien mayor...

—¡Venga, princesa! —me gritó Thiago tirándome del

brazo con fuerza y ayudándome a subir a nuestra casita del árbol.

Llevábamos dos días intentando mejorarla. Habíamos llevado tres banquetas, una mesita, algunos juguetes: un telescopio para ver las estrellas de Taylor, una cometa de Thiago que había hecho él mismo y tres de mis muñecas preferidas.

Llegué hasta arriba y me senté con las piernas colgando. Lo cierto era que aquella casita en el árbol era bastante alta... Una caída desde aquella altura y nos habríamos muerto en el acto...

—¿Dónde está Taylor? —recuerdo que pregunté.

—Aún sigue enfermo... Mi madre no le deja salir a jugar.

Taylor seguía empachado de chuches hasta las cejas. Miré a Thiago. Ambos estábamos creando una escalera para poder subir al refugio, como él lo llamaba, aunque yo prefería llamarlo casita del árbol.

—Siempre que estés triste, puedes venir... Aquí nadie te va a poder encontrar. Además..., los mayores no saben subir hasta aquí —dijo muy seguro de sí mismo.

Entonces, mientras lo ayudaba con la escalera escuchamos unas risas.

Ambos miramos hacia abajo.

Mi madre y su padre acababan de llegar.

Fui a saludarlos, pero entonces una mano me tapó la boca y Thiago me indicó que me callara con un gesto de su mano.

Lo miré sin entender, aunque necesité poco para saber por qué nadie podía saber que estábamos allí: Travis Di Bianco tiró de mi madre y le plantó un beso en la boca que me dejó a cuadros.

Miré a Thiago, que miraba hacia otro lado y luego a mi madre otra vez.

—Aquí pueden vernos... —dijo ella empujándolo un poco hacia atrás.

—Venga ya... Llevamos una semana sin follar, lo necesito.

Esa fue la primera vez en mi vida que escuché la palabra «follar». Me hubiese gustado haber sido más mayor para hacerlo..., sobre todo cuando con ella se referían a mi madre.

—¿Dónde están los niños? —preguntó mi madre mirando hacia todos los lados mientras Travis le besuqueaba el cuello y le subía el vestido.

—Espero que lejos —dijo él.

Lo que siguió a esa frase fue una sucesión de besos, gemidos y ruidos que para mí antes no habían significado nada, pero ahí todo cobró un nuevo sentido.

Thiago tiró de mí, sacó unos auriculares y me los colocó en la oreja.

—Escucha esta canción... Me recuerda a ti —dijo con una sonrisa tensa.

Yo no entendía nada, pero dejé que la música apagara los ruidos que venían desde abajo. Dejé que la melodía suavizara el miedo que sentía sin entender aún por qué estaba allí...

«Ain't no mountain high enough» de Marvin Gave & Tammi Terrel resonó en ese instante en mi cabeza, trayéndome de vuelta a la realidad.

Sin darme cuenta, me había alejado más de lo que había planeado y había cogido un camino que no conocía. Con la misma canción que hacía años había cambiado nuestras vidas, seguí pedaleando y pedaleando. Un rayo resonó iluminando el cielo oscuro y me estremecí.

¿Por qué me dirigía hacia allí?

¿Era masoquista?

—Prométeme que no dirás nada, prométemelo —me dijo Thiago agarrándome de los hombros con fuerza.

Lo miré con la duda reflejada en mi mirada.

—Pero... —empecé a decir y me cortó.

—Si nuestros padres se enteran, se van a separar. ¿Es eso lo que quieres?

—¡No, claro que no! —le contesté molesta. Tiré con fuerza hacia atrás para que me soltara, pero solo me apretó más fuerte—. ¡Suéltame, Thiago!

—¡Prométemelo! —me exigió muy serio.

—¡Vale! Te lo prometo. —Me soltó para dejarme espacio.

Me agarré los brazos por donde él me había sujetado haciéndome daño y sin poder evitarlo me puse a llorar.

Thiago parecía arrepentido.

—Lo siento, pero es muy importante que no digas nada.

—Pero... Mi padre debería saberlo... —dije un segundo después, desafiándolo a contradecirme. Sentí que había crecido de golpe, que me habían arrojado una jarra de agua helada y transportado al mundo de los adultos donde no todo era color de rosa, donde mi madre no quería a mi padre, donde su padre no quería a su madre... ¡y eran amigos! Hasta una niña de diez años sabía que eso estaba mal.

—¿Para qué? ¿Para qué quieres que lo sepa? ¿Para que se ponga triste? ¿Para que se peleen por tu culpa cuando la verdad arruine su matrimonio?

Yo no tenía la culpa de nada, pero Thiago estaba enfadado, furioso. Cuando pude verlo con perspectiva, supe que no lo estaba conmigo, sino con su padre, pero la pagaba con quien podía y con quien podía pagarlo en ese instante era conmigo.

Prometí no abrir la boca, pero los días pasaron y yo cada vez me sentía más culpable. Veía a mi padre preocupado, a mi madre distante... Eso sí, estaba más guapa que nunca. Recuerdo a la perfección los vestidos que lucía en aquella época, su pelo rubio peinado a la moda, su maquillaje impoluto...

—¿Y esa pulsera tan bonita? —le preguntó mi padre un día mientras desayunábamos los tres en la cocina de casa.

Me fijé en las pequeñas perlitas rematadas en oro y me pregunté cuándo iba yo a poder tener cosas tan bonitas como esas.

Aunque mi padre había hecho una pregunta inocente, mi madre se puso automáticamente a la defensiva.

—¿Otra vez vas a empezar con el interrogatorio, Roger? —saltó de malas maneras.

Mi padre dejó los cubiertos sobre la mesa y se giró hacia ella enfadado.

—Perdona porque ayer me preocupase cuando eran las dos de la madrugada y aún no habías vuelto de casa de tus amigas.

—Te dije que se nos pasó la hora mientras tomábamos margaritas...

—No, si no hace falta que lo jures... El hedor a alcohol que traías hablaba por sí solo.

—¡¿Te das cuenta de cómo eres?! ¡Solo sabes criticarme!

—No pienso tener esta pelea delante de la niña —dijo mi padre cogiendo los cubiertos y llevándose un pedazo de filete a la boca.

—¡Kamila, sube a tu habitación! Tenemos que hablar cosas de mayores.

—No le grites, Anne —le dijo mi padre muy serio.

Yo me levanté de la mesa y salí de la cocina, pero no subí a mi habitación como me había ordenado mi madre, sino que me quedé escuchando detrás de la puerta.

—Si sigues así, vas a conseguir que pida el divorcio. Estoy cansado de vivir de esta manera —dijo mi padre y entonces yo me asusté de verdad.

Sabía lo que era el divorcio... Muchas de mis compañeras de clase me lo habían explicado.

—¿En serio ahora vas a amenazarme con eso? No puedo creer lo bajo que has caído —le dijo mi madre furiosa.

—No puedo vivir con una persona a la que le importa más un puto balneario con amigas que su propia hija, o que prefiere pasar el fin de semana bebiendo margaritas en vez de con su marido, que lo único que hace es trabajar todo el maldito día...

—¡Ni se te ocurra ir por ahí! Yo soy mucho mejor madre que tú, al menos estoy aquí todos los días...

—¡Oh, por favor! —le gritó entonces mi padre—. Mañana es la obra de la niña en el colegio y te vas a un spa durante cuatro días, cuando te dije que yo tenía un viaje de negocios. ¿Cuántos fines de semana está Kamila con alguien que no sea la niñera?

—¡Yo también me merezco tener tiempo libre!

—¡Yo estoy trabajando! Tú, en cambio, utilizas tu tiempo para cualquier cosa menos para educar a nuestra hija...

—¿Estás insinuando que soy mala madre? —espetó muy seria.

Se hizo un silencio en el que hasta yo contuve el aliento.

—Sí —admitió finalmente mi padre—, a lo mejor eso es exactamente lo que estoy insinuando... Si no fuera porque adoro a esa niña, me arrepentiría de haberla tenido contigo...

Mi madre soltó una risa amarga y escuché que se levantaba de la silla donde estaba sentada.

—Ahora ya es tarde para mirar hacia el pasado... Pero ya veremos a quién le dan la custodia cuando me pidas el divorcio. Porque una cosa te digo: si eso sucede, haré todo lo que esté en mi mano para que mi hija no pase ni un día con el padre que quiso abandonarme.

Recuerdo que me aparté y me escondí debajo de las escaleras cuando escuché que mi madre salía de la cocina y subía furiosa a la planta superior.

Esa misma noche busque la palabra «custodia» en internet.

Recuerdo la definición a la perfección.

«Custodia: Responsabilidad que se tiene sobre la educación y el bienestar de una persona menor de edad».

No me pareció tan horrible, pero entones empecé a navegar... Si juntabas palabras como «custodia», «divorcio» y «mis padres se pelean» en Google, los resultados hubiesen asustado a cualquiera.

Leí sin detenerme y me asusté cada vez más. Comprendí leyendo que eso de la custodia era una palabra que podía separar a los hijos de sus padres para siempre. Leí que los motivos de divorcio eran muy variados y que dentro de una de las razones más comunes para solicitarlo era el adulterio. Ni idea de lo que era eso y por eso volví a teclear esa misma palabra en el buscador.

Me pasé la noche informándome sobre el engaño. Leí anécdotas. Leí que engañar a tu pareja estaba mal. Leí que muchas de las personas que mentían y engañaban de esa manera terminaban dañando irremediablemente a la otra y que el divorcio podía convertirse en una pesadilla.

Pero lo que de verdad me impactó fue una pregunta que un usuario hacía en un foro de internet.

«¿Preferirías saber la verdad o vivir una mentira?».

No solo fue eso lo que me hizo recapacitar y después abrir la boca convirtiendo el engaño de nuestros padres en una pesadilla de las de verdad, de las que pides a gritos despertarte y volver a la normalidad. Fue el miedo que se instauró en mi cuerpo al pensar que mi madre podía separarme de mi padre... El miedo atroz de saber que los jueces se decantaban por las madres en los juicios por custodias y que, si ella de verdad lo quería, podía dejarme sin padre.

Todo esto fue el resultado de un descuido por parte de mis padres. Nadie controló qué buscaba yo en internet, el ordenador estaba al alcance de todos. No había ningún tipo de filtro antiniños ni tampoco un adulto que entrase en mi cuarto a ver qué hacía la Kamila de diez años despierta a las dos de la madrugada de un jueves...

Así empezó el fin de todo. El fin de nuestra amistad con los Di Bianco. El casi divorcio de mis padres. El fin del matrimonio de los padres de Thiago... y el fin de ella.

27

KAMI

Acabé llegando al puente amarillo donde terminaba Carsville y empezaba Stockbridge. Me detuve pegando un frenazo que casi me hizo derrapar. Volví a escuchar un trueno y levanté la mirada hacia el cielo. Iba a empezar a llover de un momento a otro... Las primeras gotitas cayeron, mojando mis mejillas como si fuesen lágrimas forzadas por el cielo.

Recordé entonces los globos, los niños jugando, el castillo hinchable del que nadie quería bajarse, tampoco Taylor y yo... Recordé los padres charlando amigablemente con el resto de los invitados. Se habían currado aquel cumpleaños, como casi todos los cumpleaños de los hermanos Di Bianco: había animadores, gente que coloreaba las caras de los niños, chucherías, una fuente de chocolate caliente en la que te dejaban mojar lo que quisieras... Taylor y yo nos habíamos puesto a jugar con Thiago a ver qué éramos capaces de comernos siempre que estuviese bañado en chocolate negro. Empezamos siendo buenos, mojando frutas y chucherías, como hacía todo el mundo, pero luego subimos de nivel y empezamos a mojar ganchitos, patatas fritas, aceitunas...

«Qué asco», pensé en mi fuero interno, pero joder, qué bien nos lo estábamos pasando.

Recuerdo haber querido hacer como si no pasase nada, como si lo que le había contado a mi padre la noche anterior nunca hubiese ocurrido. Él me había dicho que no tenía nada de lo que preocuparme, que ellos iban a quererme siempre y que nadie me iba a apartar de su lado, que nunca nadie iba a romper nuestra familia... Después de asegurarme todo eso, me había hecho explicarle qué es lo que yo había visto aquella tarde desde el árbol y qué era lo que yo sabía de boca de Thiago.

Y se lo conté... Se lo conté porque había estado asustada, porque en internet la mayoría de la gente había respondido que le gustaría saber la verdad en vez de vivir en una mentira... Se lo conté porque, en el caso de que se divorciaran, quería que mi padre luchase por mí y me llevase con él. Se lo conté porque engañar a su marido con el vecino de al lado no decía mucho sobre la madre que tenía...

Pero, sobre todo, se lo conté porque no podía seguir sobrellevando ese peso en mi interior, porque cada vez que me metía en la cama tenía ganas de llorar, porque cada vez que mi padre intentaba arreglar las cosas con mi madre sabía que esta no se lo merecía...

Pero al contarlo no pensé en las consecuencias para la otra familia, para la madre de Thiago, para la relación de amistad que unía a nuestras familias... No pensé en Taylor, que aún no sabía lo que pasaba, y no pensé en ella...

Mi padre hizo como si nada... Cuando al final le dije la verdad, me imaginé que saldría de mi cuarto hecho una fiera, que se armaría la Tercera Guerra Mundial, pero nada más lejos de la realidad. Ahora que era mayor, entendía que no lo había hecho porque había querido pillarlos con las manos en la masa. Mi madre era muy escurridiza... y mentirosa, y mi padre, al igual que yo, sabía que si la única prueba de su engaño era el testimonio de su hija de diez años, nunca habría podido llegar a ningún lado. Solo le hubiese dado tiempo a mi madre a inventarse cualquier excusa y a andarse con mucho más cuidado.

La lluvia empezó entonces a caer con mucha más fuerza y supe que era momento de volver a casa. Con una sensación horrible en el pecho, me subí a la bici y emprendí el camino de vuelta. No me había dado cuenta de lo tarde que era, y de que, aparte de la lluvia, mi bicicleta no tenía luces de ningún tipo ni yo tampoco llevaba ropa reflectante. Me agobié un poco cuando el frío empezó a calarme los huesos y la visibilidad se volvió casi nula.

Metí las manos en el bolsillo de mi sudadera y maldije en voz alta al darme cuenta de que seguía castigada sin móvil y que, por lo tanto, no lo había llevado conmigo. Podía esperar a que la lluvia amainase y a congelarme de frío, o emprender el camino de vuelta y rezar para que nadie me atropellase.

Hice esto último, pasándome la mano por la cara para quitarme el exceso de agua... Mientras pedaleaba con fuerza y me centraba en la carretera, mi mente solo seguía recordando detalles de aquella fiesta.

Que mi madre y Travis desaparecieron antes incluso de que se hubiesen soplado las velas, que mi padre empezó a dar vueltas por el jardín buscándolos con la mirada... Que yo dejé de jugar en el instante en el que un estruendo proveniente de la casa de los Di Bianco llegó a oídos de todos los invitados incluyéndonos a nosotros, que estábamos casi al final del jardín...

—¡Hijo de la gran puta!

Mis ojos volaron hacia Thiago, que dejó el pincho de pollo que quería meter en la fuente de chocolate para buscar con la mirada a su madre. Estaba sentada en el suelo a lo indio porque había estado pintando la cara de las niñas de cuatro años que habían acudido a la fiesta.

Se volvió a escuchar el estruendo de algo de cristal romperse contra el suelo y el grito de mi madre, que resonó con fuerza en el jardín.

Alguien apagó la música al mismo tiempo que la madre de Thiago se ponía de pie y miraba pálida hacia su casa.

—¡Se van a matar, que alguien vaya a separarlos! —gritó uno de los invitados.

Katia Di Bianco corrió hacia su casa, pero antes de que pudiera entrar, mi padre y Travis salieron al jardín y empezaron a pegarse. Mi padre tenía la ropa rajada mientras que Travis solo llevaba puesto el pantalón.

Vi desde la distancia que Katia se detenía en su carrera y se quedaba allí, quieta, cada vez más pálida, hasta que mi madre salió también al jardín.

Mal día para haberse pintado los labios de rojo... Mal día para enrollarse con el marido de su mejor amiga en la fiesta de cumpleaños de Lucy, su hija de cuatro años.

Vi que Thiago corrió hacia su padre a intentar que se detuviera. Aunque era un niño, ya era casi tan alto como él y, a pesar de que aún era desgarbado y le quedaban años para desarrollarse del todo, consiguió meterse entre ellos dos.

—¡Parad! —gritó al mismo tiempo que dos adultos lo ayudaban casi al instante y conseguían separarlos durante unos segundos.

—¡Eras mi amigo! ¡Y ella, mi mujer! —le gritó mi padre fuera de sus casillas.

Toda la tranquilidad que había fingido delante de mí la noche anterior acababa de explotarle en la cara a todos.

Sentí que alguien me cogía de la mano. Al mirar hacia atrás vi que era Taylor.

—¿Qué está pasando, Kami? —recuerdo que me preguntó casi con lágrimas en los ojos.

No dije nada... Estaba totalmente bloqueada.

Volvieron a las manos, fue imposible detenerlos... Rompieron casi todo a su paso. La tarta de princesas cayó al suelo. El castillo inflable se rompió. La mesa con la fuente de chocolate terminó esparcida por el césped, con los ganchitos, las aceitunas y el pincho de pollo, todo revuelto a su alrededor.

Alguien acabó llamando a la policía.

Mientras los invitados miraban si saber qué hacer o decir, la gente empezó a fijarse en Katia... No se había movido del lugar.

El ruido de las sirenas pareció sacarla de su ensimismamiento. El llanto lejano de su hija Lucy pareció traerla de vuelta de donde fuera que se había marchado para poder superar la humillación, el engaño, la vergüenza...

—¿Dónde están mis hijos? —empezó a gritar entonces.

Recuerdo que mi madre se había quedado mirándola con pena... Sintió pena por ella y recuerdo haber entendido ese sentimiento por primera vez en mi vida. Pena y tristeza fue lo único que se cruzó por los rasgos de Anne Hamilton aquella tarde fatídica.

A mi padre se lo llevaron en el coche patrulla y yo corrí llorando y gritándole a los policías que se detuvieran.

—Tranquila, nena —me dijo mi padre con lágrimas en los ojos.

Mi padre también lloraba, todo era un caos.

Cuando se lo llevaron, me giré hacia Katia, que gritaba completamente descontrolada.

—¿Las llaves del coche? ¡¿Dónde están las llaves del coche?!

Vi que algunas de las madres intentaban calmarla, pero le gritó a todo aquel que osara acercarse.

Lucy lloraba sentada en el suelo y no dejó de hacerlo ni siquiera cuando su madre fue hacia allí, se agachó y la cogió en brazos al mismo tiempo que sacaba las llaves del bolso y le daba al botón para que su coche se abriera.

—¡Thiago, Taylor! —les gritó a los niños, que corrieron hacia ella sin ni siquiera dudarlo.

Taylor lloraba mientras Thiago miraba muy serio a su madre.

Recuerdo fijarme en que las manos de Katia temblaban sin parar y en que las lágrimas caían de sus ojos con tanta fuerza que ni siquiera rozaban sus mejillas...

El coche blanco salió pitando de allí y con él la vida tal y como la conocíamos hasta entonces.

Todo se fue a la mierda después de esa fiesta.

Todo.

28

THIAGO

Hoy no iba a ser un buen día. Lo sabía ya desde hacía tiempo... Ni siquiera había sido una buena semana. Desde que habíamos vuelto de Falls Church, todo se me había hecho cuesta arriba. Los entrenamientos, los castigos, las clases de educación física que debía dar a los más pequeños y el trabajo... Joder, el trabajo me consumía cada día más...

No solo la fecha que más odiaba en el mundo se acercaba peligrosamente, sino que mis sentimientos por Kam se habían convertido en algo que no sabía muy bien cómo sobrellevar. Los días pasaban y cada vez me sentía más y más enfadado, pero ya no era por lo que había ocurrido años atrás, sino porque no soportaba verla con mi hermano.

Desde que habíamos vuelto de aquel fin de semana, no se habían separado. Había ignorado deliberadamente mi amenaza de hacerle la vida un infierno en el instituto... Pero no me había visto con fuerzas para separarlos, al menos no esa semana.

Verla en su habitación, con los labios rojos después de que mi hermano la hubiese besado, me perseguía en sueños. Ver que Taylor almorzaba con ella, que ella parecía tan a gusto a su lado, las sonrisas que le regalaba... ¿No me merecía yo esas sonrisas más que él?

Claro que no, Thiago, ¿de qué coño estás hablando?

En casa se podía sentir el dolor recorrer las habitaciones. Cada rincón de esa casa estaba impregnado de recuerdos, recuerdos que me escocían el alma y de los cuales era incapaz de escapar.

Mi madre estaba en su habitación encerrada y yo no había podido ni siquiera entrar para ver cómo estaba... Dolía demasiado y, como siempre que esa fecha se acercaba, los recuerdos también dolían.

Mi hermano estaba en el salón jugando a la Xbox, inmerso en un mundo paralelo donde nada de esto había pasado. Pero al contrario que a él, a mí el ruido de los coches me estaba volviendo loco... Todo me estaba volviendo loco, por lo que cogí las llaves del coche y salí pitando de allí. Me alejé de aquella casa y de sus recuerdos. Me alejé de la culpabilidad. Pero, sobre todo, me alejé del dolor, del dolor lacerante que llegaba a través del aire hasta donde yo estaba y amenazaba con ahogarme.

Se puso a llover muy fuerte... Tanto que los limpiaparabrisas eran incapaces de limpiar el agua que caía a raudales contra el cristal del coche. Maldije en voz alta porque no quería volver a casa. Quería quedarme por allí. Quería desaparecer durante un tiempo, pero la lluvia no cesaba.

Una parte de mí se preguntó por qué iba hacia allí. ¿Era masoquista o algo parecido? ¿Era necesario? Pero el puente amarillo quedaba en esa dirección y los recuerdos parecían querer volver a mi cabeza. Parecían querer regresar para torturarme de nuevo, hacerme sentir culpable y joderme la vida, como se la habían jodido al resto de mi familia.

Mi pie pisó el acelerador con fuerza... Igual que había hecho ella aquel día.

—Mamá, vas muy deprisa —recuerdo que dije muy asustado al ver lo rápido que íbamos sin ninguna dirección. Mi madre lloraba y se preguntaba en voz alta por qué, por qué, por qué mi padre le había hecho eso.

Mi hermana Lucy lloraba en el asiento de atrás. Su cumpleaños había quedado reducido a una pesadilla, su castillo de princesas destrozado, su tarta de cumpleaños esparcida por el suelo...

Odié tanto a mi padre... Lo odié aquel día más que nunca y eso que no sabía lo que estaba por venir.

—Lucy, cariño, tranquila, ¿vale? —decía mi madre, mirándola por el espejo retrovisor e intentando calmarla. Pero ¿cómo iba a calmarla si justamente lo que asustaba a la niña era que su madre lloraba y conducía a una velocidad muy poco prudente?

Mi hermana gritó histérica y Taylor empezó también a llorar, a decirle a nuestra madre que parara el coche, que tenía mucho miedo y que quería irse con papá.

—Tu padre me engaña, Taylor —dijo entonces y pude fijarme en que su rostro se transformaba por la pena—. Mi marido me engaña con mi mejor amiga...

Era como si mi madre no estuviese allí, como si hubiese dejado el piloto automático para irse lejos a sufrir por lo que acababa de descubrir. Pero su pie parecía tener vida propia y cada vez iba más y más rápido.

Vi el puente al final de la carretera.

—¡Mamá, ve más despacio! —grité por encima de los gritos y el llanto de mis hermanos.

Mi madre pareció volver de donde fuese que se había ido y entonces ocurrió. A veces me pregunto si eso debía pasar... Si el ciervo que cruzó la carretera justo en ese instante, justo en el momento en que mi madre entraba a más de cien kilómetros por hora en un puente al que se debía ir como mucho a cuarenta, había estado destinado a cruzarse justo en ese maldito instante condenándonos a todos por su simple insensatez.

Recuerdo el grito de ella. Recuerdo el fuerte golpe de la rueda en el costado del puente. Recuerdo el impulso que cogió el coche, girando completamente primero y luego cayendo por el puente.

Recuerdo el grito de mis hermanos.

Recuerdo el miedo que me atravesó entero cuando vi por la ventanilla que caíamos en picado hacia el agua fría del lago...

Me golpeé fuertemente contra algo cuando el coche llegó al agua. Había sido una caída de más diez metros de altura.

Recuerdo que todo pareció quedarse en silencio unos segundos. La vida aguantaba la respiración para anticiparse a lo que iba a ocurrir.

Miré hacia mi costado.

Mi madre estaba inconsciente.

Miré hacia atrás muerto de terror.

Mi hermana lloraba histérica y yo no podía oírla. Era como si a la vida la hubiesen puesto en *mute*.

Mi hermano parpadeó un par de veces y luego me miró.

—¡Thiago, nos hundimos! —gritó Taylor.

Aquello bastó para que mi cerebro registrase por fin todo lo que pasaba a mi alrededor. El llanto de mi hermana me llegó con fuerza a mis oídos, los gritos de mi hermano diciéndome que nos íbamos a ahogar también... Escuché incluso hasta el silencio de mi madre.

—¡Mamá! ¡Mamá! —gritaba Taylor llorando sin parar.

Miré hacia afuera... El agua nos rodeaba, amenazando con romper los cristales, pero debía romperlo, porque si no nos ahogaríamos. El agua ya entraba por el aire acondicionado, por el motor que ya pesaba, llevándonos hacia el fondo.

Me desabroché el cinturón y empecé a golpear desesperado la ventanilla.

Ese fue mi primer error.

No pensé con claridad. No pensé que en el instante en que el cristal se rompiera, el agua tardaría unos simples segundos en llenar el coche y en poner a toda mi familia en un peligro mortal.

Pensé con desesperación, con miedo... Pensé como pensaría un niño de trece años.

Rompí el cristal y entonces fue cuando hice lo primero que debí hacer antes de dejar que el agua entrara.

Me giré hacia mi madre y le quité el cinturón.

—¡Taylor, coge a Lucy! —grité con el agua ya cubriéndome la mitad del cuerpo.

Cogí a mi madre por los hombros y tiré de ella hacia afuera.

Recuerdo mirar hacia la ventanilla antes de impulsarme hacia arriba con mi madre.

Cuando salí a la superficie, mi madre despertó.

—¡¿Y tus hermanos?!

Ni siquiera le respondí.

Volví a sumergirme en el agua y nadé con todas mis fuerzas.

Al llegar abajo, el agua ya los había cubierto por completo.

Mi hermano intentaba sacar a mi hermana, cuyo cinturón de seguridad se había atascado.

Lucy abría y cerraba la boca.

El pánico de su mirada inocente me perseguirá hasta el fin de mis días.

Cogí a Taylor del brazo y tiré de él con fuerza.

Mi hermano me miró totalmente paralizado y saqué fuerzas que no tenía para impulsarlo hacia arriba, hacia la superficie.

Me quedaba sin aire... y sabía que, si subía a respirar y luego volvía a bajar, mi hermana estaría muerta.

Fui hacia ella... Sus rizos flotaban hacia arriba y sus ojitos me miraban con esperanza.

Su hermano mayor la sacaría de allí, eso fue lo que pensé cuando me miró de aquella manera.

Tiré del cinturón. No se abría. Tiré con fuerza. No se abría.

Sentí que las lágrimas caían por mis mejillas. Sentí que la pena me recorría el cuerpo entero cuando tuve que soltarle la mano a mi hermana de cuatro años para dejarla sola... Para subir a buscar aire.

Cuando salí a la superficie, mi madre gritaba.

Bajó conmigo esta vez. Juntos nadamos hasta el coche. Cuando llegamos a él, los ojos de Lucy estaban cerrados.

Mi madre tiró del cinturón con todas sus fuerzas, yo la ayudé y entre los dos conseguimos arrancarlo.

Mi madre cogió a mi hermana en brazos y subimos a la superficie.

Cuando salí, lo primero que vi fue a varias personas mirándonos desde el puente.

Un grupo de hombres nadaba hacia nosotros.

—¡Llamad a una ambulancia! —gritó mi madre desesperada.

Mi hermano Taylor ya estaba siendo rescatado por alguien que había saltado a ayudarlo.

Miré a mi madre mientras nadaba hacia aquellos hombres.

Mi hermana no se movía.

Por su boca no entraba aire ninguno...

Tres hombres nos ayudaron a salir por la otra parte del lago.

Había uno que era bastante grande. Recuerdo mirar hacia él y rogarle que hiciera algo, que salvase a mi hermanita.

Se la quitó a mi madre de los brazos, la depositó con cuidado sobre los hierbajos que rodeaban el lago y empezó a hacerle la RCP. Nunca olvidaré esa imagen.

La imagen de la niña de mis ojos... La niña a la que cuidaba por encima de todas las cosas. La niña que cuatro años atrás había llegado a nuestras vidas para llenarla de alegría, de princesas, corazones y trencitas francesas.

La niña que me perseguía a todos los lados. La que imitaba cuanto hacía. La que quería ser mayor para subir conmigo a los árboles más altos.

Recuerdo ver su cuerpecito ser maltratado por unas manos enormes que hacían lo posible por recuperar el pulso de alguien que había pasado demasiado tiempo sin respiración. Un cuerpecito cuyos pulmones estaban llenos de agua... Unos pulmones que jamás volverían a gritar desesperados.

Me fijé en su disfraz de Cenicienta. Estaba destrozado... Recordé su sonrisa y su alegría cuando horas atrás había abierto su primer regalo y le había pedido a mi madre que se lo pusiera, que quería ser una princesa.

Escuché el ruido de la ambulancia llegar al puente.

Miré hacia arriba y vi a dos paramédicos bajar con una maleta roja.

Mi madre lloraba junto a mi hermana, le decía algo al oído.

Taylor las miraba en silencio.

Los médicos llegaron y lo primero que hicieron fue romperle el vestido con unas tijeras... Fue ahí cuando empecé a llorar... No cuando la vi sin respiración, no cuando vi su cuerpo laxo inmóvil contra el frío suelo, sino cuando vi su disfraz cortado por la mitad.

—No dejéis que muera, por favor —decía mi madre desesperada, las lágrimas inundaban su cara y su cuerpo.

Hicieron todo lo que estuvo en sus manos.

Fueron veinte minutos de una agonía constante, de un pánico que no tengo palabras para describir...

Pero cuando se detuvieron, sentí alivio.

Quería que la dejaran en paz.

Quería que dejaran de tocarla, de manosearla, que la dejaran tranquila.

Cuando el médico se detuvo y levantó los ojos para mirar a mi madre, fue cuando un grito lejano llegó a nuestros oídos.

Mi padre corría colina abajo hasta donde estábamos nosotros.

Cuando vio a mi hermana en el suelo, volvió a gritar casi desgañitándose la garganta en el proceso.

Mi madre ni siquiera lo miró.

Lloraba desconsolada junto a su niña pequeña, junto a su precioso bebé de ojos verdes y pelo rubio.

Una mano pequeña cogió la mía con fuerza.

Miré hacia abajo y vi que era mi hermano.

Se pegó a mí casi de forma inconsciente y yo hice lo primero que se me pasó por la cabeza.

Apreté su mano y lo alejé de allí.

Lo alejé de la tragedia, de la muerte, de la vida escurriéndose por los pequeños miembros de una hermanita que ya no veríamos crecer.

Lo alejé de todo aquello y no dejé de caminar.

No me di cuenta de lo que veían mis ojos hasta que no bajé la velocidad y la vi a través de la ventanilla.

—Pero ¿qué...? —dije en voz alta, mirando con cuidado

por el espejo retrovisor y girando para volver hacia donde ella estaba—. ¡¿Qué cojones estás haciendo, Kamila?!

Su cabeza se giró y se detuvo.

Corrí hacia ella.

—¡¿Qué haces?! —volví a preguntarle.

Tenía el pelo pegado a sus costados… Su ropa de deporte también estaba empapada. Llevaba la bicicleta a cuestas, tirando de ella con sus brazos.

—¿Thiago? —me preguntó por encima del ruido de la lluvia.

—¡¿Quieres que te maten?! ¡¿Es eso lo que quieres?! —le respondí furioso.

No lo dudé. La cogí del brazo y tiré de ella. La bicicleta cayó al suelo, pero hasta que Kamila no estuvo dentro del coche, no regresé a buscarla.

Giré la palanquita de la rueda delantera para quitarla y poderla meter en el asiento trasero. Volví a subirme al coche.

La tormenta que se había desatado era una locura. No había visto llover de esa manera desde…

Frené mis pensamientos con urgencia y puse el coche en marcha.

—¿Me explicas qué cojones estás haciendo?

Pero no me respondió.

Miró hacia delante, quieta y recta sin devolverme la mirada.

—Kamila... —insistí entonces, fijándome en que algo iba mal.

Miré hacia delante y una zona de frenado de emergencia. Llevé el coche hacia allí y lo detuve.

Me quité el cinturón y me giré para mirarla.

—Kam... —empecé. Se giró antes de que pudiera terminar de pronunciar su nombre.

—¿Crees que algún día podrás perdonarme? —me preguntó entonces con las mejillas rojas y su cuerpo tiritando de frío.

Levanté la mano y encendí la calefacción.

No quería mirarla mucho... No quería hacerlo porque mis sentimientos estaban a flor de piel... La fecha en la que enterramos a mi hermana hacía ocho años era al día siguiente. Hoy, hacía ocho años, mi familia caía por aquel puente, una caída que se llevaba consigo todo lo que yo conocía hasta entonces.

A mi hermanita...

A mí...

Si nada hubiese pasado, hoy Lucy cumpliría doce años... Casi la misma edad que tenía yo cuando la perdí...

Por alguna razón inexplicable, el dolor que sentía desde

hacía días —ese dolor desgarrador que siempre me agarrotaba los músculos, los huesos, el cuerpo entero— parecía amainar un poco con la presencia de Kam. La presencia de la mujer que un día fue la niña a la que culpé por todas las desgracias que desde aquel cumpleaños habían azotado mi vida, la de mi madre, la de mi hermano, la de mi padre...

—Te dije que mantuvieras la boca cerrada —recuerdo que le dije cuando la vi aparecer en el funeral.

La trajo su padre, que por alguna razón que aún desconocía, fue a quien mi madre se aferró para llorar desconsoladamente después de que el pequeño ataúd fuera llevado hasta el cementerio de Carsville.

—Lo siento mucho —me dijo con la cara roja de haber estado llorando sin parar.

Supe entonces lo hijo de puta que había sido...

—Esto ha sido culpa tuya. Lo sabes, ¿no? —la acusé acercándome a ella y hablándole muy cerca.

Llevaba el pelo peinado en dos malditas trenzas... Justo como las llevaba Lucy el día anterior, cuando aún respiraba. Odié verla tan perfectamente arreglada, tan perfectamente peinada. Mi hermana llevaba siempre trenzas después de habérselas visto a Kam... La adoraba, la imitaba, era como su hermana mayor...

—¡Es culpa tuya! —le grité al mismo tiempo que mis

brazos salían despedidos hacia delante y la empujaban haciéndola caer al suelo.

Solo mi hermano presenció esa escena. Y cómo no, vino corriendo a su lado a intentar protegerla.

—¡Déjala en paz! —me gritó furioso—. ¡Fuiste tú quien no la sacó a tiempo! ¡Fuiste tú quien lo hizo todo mal!

Recuerdo que me quedé quieto. Muy quieto.

El dolor de esa realidad aún me perseguía por las noches.

Levanté la mirada y la clavé en aquella chica preciosa. Aquella chica que había extrañado todos los días desde que me fui de aquel maldito pueblo. Aquella chica cuya sonrisa aún soñaba con volver a despertar...

—¿Podrás perdonarme tú? —dije entonces, mirándola a los ojos.

Pestañeó varias veces y ni aun así pareció entender lo que acababa de pedirle.

—¿Qué? —preguntó unos segundos después.

Fuera solo se oía el repiquetear de la lluvia golpeando el techo y los cristales.

—No debí culparte... —admití. Sabía que a una parte de mí aún le costaba decir esas palabras en voz alta. Lo que había ocurrido con mi hermana había sido una sucesión de catastróficas desdichas, una sumada a la otra terminaron con la muerte de una niña inocente que nada tenía que ver con las decisiones incorrectas que todos tomaron a su alrededor.

Mi padre engañó a mi madre con su mejor amiga.

Yo le pedí a una niña que no contara lo que vio.

Kam le contó a su padre lo que sabía.

Su padre perdió los papeles en un cumpleaños infantil.

Mi madre condujo a una velocidad desmedida por un puente.

El ciervo cruzó la carretera.

Yo rompí la ventana antes de asegurarme de que todos tenían el cinturón desabrochado...

Podría seguir y la lista nunca acabaría.

Sentí la mano de Kam alcanzar mi mejilla y me estremecí.

—Debí mantener la boca cerrada —dijo en voz muy baja.

—Debiste hacerlo, sí —dije aún sin ser capaz de mirarla del todo—. Pero lo que ocurrió hubiese terminado sucediendo... Fue mi culpa, Kam... No supe salvarla a tiempo. No supe aguantar la respiración lo suficiente para darle una oportunidad... —empecé a decir y escuché mi voz quebrarse más de una vez—. Te culpé a ti porque fue lo fácil. Porque quería alejarme de ese sentimiento que a día de hoy me persigue día y noche...

—Thiago, no fue culpa de nadie —insistió entonces obligándome a levantar la mirada y fijarla en sus enormes ojos marrones—. A veces hay cosas malas que le suceden a personas buenas que no se lo merecen... A veces... la vida nos da una bofetada y nos grita que puede hacer lo que quiera con nosotros, que los días están contados y que justamente por eso debemos vivirla al máximo... No puedes seguir culpándote o buscando culpables por lo de Lucy. Debes vivir la...

—¿Vivir la vida...? —repetí fijándome en su pelo empapado, en las líneas que conformaban su rostro, en la curva de sus labios rosados—. ¿Por qué me merezco yo vivirla cuando a ella se la arrebataron? ¿Por qué?

—Porque la vida es injusta —me contestó derramando una lágrima que lentamente empezó a caer por su mejilla. Levanté el dedo y la capté antes de que se escurriera por su cuello—. Porque deberías vivirla por tu hermana... Deberías perdonarte. Perdonarnos a todos y seguir adelante.

Seguía con la mirada fija en mi dedo. Con lentitud me llevé la lágrima a mis labios y la saboreé como si fuese la energía que me devolvía las ganas de vivir... Unas ganas que creía imposible poder recuperar.

Nos quedamos en silencio, escuchando la lluvia y los

truenos sobre nuestras cabezas... Escuchando el latir del corazón del otro y nuestras respiraciones acompasadas...

—Dime una cosa —le pregunté entonces, mirándola a los ojos otra vez—. ¿Llegué yo en algún momento a gustarte más que mi hermano...?

Kam parpadeó confusa y pareció ponerse nerviosa.

No quería que se escapara de esa respuesta.

Levanté mi mano y la llevé hasta su cara, acercándola hacia mí.

—Dímelo... —le exigí entonces. Necesitaba esa respuesta más que nunca. Necesitaba esa respuesta para volver a empezar, para volver a confiar, para volver a creer que a lo mejor... A lo mejor había algo de felicidad reservada para mí—. Dímelo bajito y te juro que me darás una razón para volver a empezar.

Kam miró hacia abajo y volví a forzarla a que me mirara...

—Dímelo, Kam... Por favor —insistí.

—Siempre fuiste tú, Thiago —dijo entonces sin apenas pestañear—. Lo fuiste, lo eres y lo ser...

Y, sin dudarlo ni un segundo, la besé.

29

KAMI

Sentí miles de cosas cuando sus labios tocaron los míos. Tantas y todas tan intensas que el resultado de nuestras bocas unidas se convirtió en un cóctel peligroso que sabía que podría volver a necesitar como una droga. Lo que empezó siendo un beso triste..., lleno de sentimientos, amargura, culpabilidad, angustia y pena pronto se convirtió en una necesidad casi vital para los dos... Porque ambos llevábamos deseando ese momento desde hacía demasiado tiempo y lo habíamos enterrado en un lugar donde ninguno de los dos sabía cómo llegar.

La manera en la que Thiago se apoderó de mis labios distaba mucho de parecerse a aquel beso infantil que nos dimos cuando éramos unos niños. Antes de que todo lo que ocurrió después arruinara nuestra vida, nuestros sueños y nuestra infancia. Su manera de besarme fue desesperada, pero a la vez demandante. Me reclamaba como suya, me marcaba por todos los rincones que su lengua no tardó en probar y descubrir.

—Ven aquí —dijo desabrochando mi cinturón, después el suyo y tirando el asiento hacia atrás.

No dudé en pasarme a su lado, en sentarme a horcajadas sobre él y dejar que me comiera a besos, que me invadiera en todos los sentidos de la palabra.

Sus manos recorrieron mi espalda... bajaron despacio hasta llegar a mi culo.

—No sabes el tiempo que llevo queriendo hacer esto, Kamila —dijo apretándome con fuerza y reclamando mi boca una vez más.

Mis manos fueron hasta su cuello y lo atrajeron hacia mí. Me incliné tanto hacia atrás que podía sentir el volante clavarse en mi espalda, pero no me importó. Lo quería cerca de mí. Lo deseaba de todas las maneras que se puede desear a una persona.

—Thiago... —dije cuando sus manos dejaron mi culo y se pasearon por mi cintura hasta llegar a mis pechos.

Me apretó con fuerza el sujetador deportivo que llevaba y empezó a besarme el cuello... Hizo algo con la lengua que consiguió que todos los pelos se me pusieran de punta, pero no fue suficiente. No lo fue...

Mis manos bajaron hasta colarse por su camiseta empapada y lo acariciaron con desesperación. Su cuerpo era puro músculo, estaba duro y marcado por todos los lados. Era el cuerpo de un deportista, de alguien que a pesar de lo ocurrido seguía entrenando y trabajando duro...

Mi mente me trajo con ese pensamiento una realidad en la que Thiago había perdido todo lo que amaba por lo ocurrido aquella noche del 15 de octubre, ocho años atrás... Porque no solo perdió a su hermana, sino que, por lo que sabía, no volvieron a ver a su padre, no después de que se mudaran. Su madre sufrió una depresión y nunca volvió a ser la misma... Hasta yo me di cuenta cuando la vi semanas atrás, cuando entré en su casa... Katia Di Bianco no era la misma mujer que yo conocí, con la que yo crecí. Entendí entonces por qué Thiago descarriló. Descarriló en un intento por salvar lo que quedaba de su familia y se perdió a él mismo en el proceso...

En algún momento de nuestro beso desesperado, las lágrimas empezaron a caer por mis mejillas y él acudió con su boca a limpiarlas una detrás de otra.

—No llores —me rogó ralentizando el beso, sus manos aferrándose a mi pelo—. No llores, Kam, por favor.

Y con eso me rompió... Me rompió por dentro de todas las maneras que se puede romper a una persona.

—No me dejes nunca —me oí decirle al oído, mientras él toqueteaba todas las partes de mi cuerpo que mi ropa le permitía—. No vuelvas a irte. No vuelvas a alejarte de mí, por favor... —le pedí sintiendo que ese sentimiento de abandono, el mismo que había sentido cuando se fueron de Carsville sin despedirse, volvía a relucir después de años ocultándolo bajo miles de puertas y cajones...

Me cogió la cara con la mano derecha y la acercó a la suya para dejar bien clara una cosa.

—Fuiste mía, desde el mismísimo instante en que me dejaste ser el primero que besaba tus labios.

Sentí un nudo en el estómago. Un nudo de excitación, de miedo, de emoción... ¿Cómo podía hacerme sentir tanto? ¿Cómo hacía que una simple caricia suya convirtiese mi cuerpo en gelatina? ¿Cómo conseguía que mi cuerpo se derritiera simplemente con oír su voz, esa voz ronca y masculina, la misma voz que su hermano...?

Detuve mi mente o al menos lo intenté.

—¿Qué te pasa? —me preguntó deteniendo su mano, que con cuidado había bajado por mi pierna acercándose peligrosamente a un lugar que desesperadamente necesitaba ser atendido con urgencia.

Cerré los ojos un momento.

—Taylor —susurré... Rompí la burbuja al instante...

Las manos de Thiago se detuvieron sobre mi cuerpo y noté que se tensaban.

Levanté la mirada para ver qué se le pasaba por la cabeza y, para mi sorpresa, no me esquivó, sino que me la mantuvo fijamente.

Vi primero rabia, después decepción... Hasta finalmente llegar a la derrota.

—Mi hermano... —dijo en voz alta, como queriendo dejar bien claro de quién estábamos hablando—. Siempre estuvo loco por ti... Aunque él no lo supiera —admitió con voz pausada—. Yo me adelanté porque desde el instante en el que empecé a crecer y en vez de una niña empecé a ver una futura mujer, supe que te querría para mí. Siempre he querido lo mejor para mi hermano, pero, joder, Kam...

Lo escuchaba en silencio, sin saber muy bien qué decir.

Taylor... Yo lo quería. Joder que si lo quería... Era bueno, atento, divertido. Era mi niño travieso. Era mi Taylor... Pero ¿era solo un amigo? Nunca había sentido aquello por solo un amigo... Pero tampoco nunca había tenido un amigo como él.

Thiago se llevó la mano a la cara y se la pasó para quitarse el agua que aún le caía del pelo, mojándolo sin remedio...

—No es como si tú y yo pudiésemos tener algo tampoco, Kam —dijo entonces bajando las manos y aferrándome las caderas con fuerza—. Te deseo... Joder, sabes que es así. Te follaría ahora mismo en todas las posturas que creo que te harían gritar de placer, pero... lo nuestro es imposible.

Y lo era... Lo sabía. Por miles de razones, no solo por Taylor. Thiago trabajaba en el instituto, era profesor, por lo que quedaba totalmente prohibido tener algo con él... Mi madre me mataría si llegase a enterarse. Me haría la vida imposible, igual que me la estaba haciendo ahora solo por sospechar que me juntaba más con Taylor. Y no solo eso, estaban también las diferencias que había entre nosotros... Thiago y yo éramos como el agua y el aceite. Éramos muy distintos. Solo puedo recordar tres o cuatro ocasiones en las que supimos llevarnos bien, en las que no nos matamos a gritos...

—Vamos a dejar esto como las paces que debimos haber hecho hace tiempo... —me dijo entonces subiendo sus manos por mi cintura hasta elevarme y ayudarme a sentarme en el asiento de al lado.

Extrañé el calor de su cuerpo casi al instante.

Sentí frío, mucho frío.

—¿De verdad me has perdonado? —le pregunté mirándolo y fijándome en su perfil... En su barba incipiente, en su mandíbula cuadrada, en sus pestañas largas que del peso que tenían le costaban curvarse hacia arriba...

Thiago colocó ambas manos en el volante y se forzó a respirar hasta llenar sus pulmones.

—Trabajaré en ello —admitió mirándome por fin—. Te lo prometo... Pero entiende que todo esto es difícil para mí. Sé que no solo fue culpa tuya, Kam, de verdad que lo sé. Pero necesito trabajar conmigo mismo para conseguir eliminar la culpabilidad de cada una de las personas que formaron parte en la muerte de mi hermana...

«No solo fue culpa tuya, Kam».

Esas palabras se repitieron en mi mente y arrancaron la tirita que me había puesto hacía media hora, destaparon otra vez aquella herida abierta que nunca llegaba a cicatrizar del todo.

—Mis padres hablaban de divorcio —admití entonces casi en un susurro—. Mi madre amenazó a mi padre con quedarse ella mi custodia, con no dejar que volviese a verme... Busqué en internet. Leí cosas que nunca debí leer, porque no las entendía bien del todo y me asusté. Creí que, si mi padre sabía lo que hacía mi madre, entonces él sería quien tendría la sartén por el mango... Quería que mi padre me llevase con él, y no al revés. Por eso se lo conté.

Thiago me escuchó con atención.

—Es curioso cómo actúa la vida muchas veces, ¿sabes? —reflexioné en voz alta sin poder evitarlo—. Mientras que a la mujer que se lo merecía todo le arrebataron un marido, una hija y su vida tal y como la conocía..., a quien se merecía perderlo todo le otorgó un hijo precioso y un marido que al final consiguió perdonarla...

—Le deseo lo peor a tu madre, espero que lo sepas —me dijo con una frialdad que cortaba el aire—. Al igual que a mi padre. Les deseo incluso la muerte.

Me estremecí por dentro.

Mi madre muerta.

Yo no quería eso.

Yo la quería a pesar de cómo era.

Y eso fue lo último que Thiago tenía que decir para dejarme claro que lo nuestro era imposible.

Respiré hondo y después miré hacia delante.

—¿Me llevas a casa?

Thiago puso el coche en marcha sin dudarlo ni un segundo.

Cuando llegamos, la lluvia ya había amainado. Las luces del porche estaban encendidas y desde allí podía ver la cabecita de mi hermano viendo los dibujos animados en el televisor.

Descendimos del coche y Thiago me ayudó a bajar la bicicleta de la parte trasera y le volvió a poner la rueda.

—Quiero preguntarte una cosa que me ha quitado el sueño desde que regresé a Carsville —me dijo entonces.

Al fijarme, vi que tenía los ojos clavados en la ventana donde se podía ver a mi hermano jugando.

Me adelanté antes de que pudiese llegar a formular la pregunta.

—No es hijo de tu padre —le dije y me miró sorprendido.

—Creía...

Negué con la cabeza.

—Mi padre pidió la prueba de paternidad... Es su hijo.

Thiago asintió con la cabeza y creí ver un atisbo de tristeza...

—Es un niño increíble —dijo entonces, rompiendo el silencio que se había creado entre los dos.

—Lo es... Lo único bueno que pasó después de tanta destrucción...

Thiago me miró un segundo y pareció querer decirme algo... Algo que ocultó preguntándome lo que finalmente me preguntó.

—¿Por qué la bici? ¿Te has cansado de tu descapotable o qué?

Sonreí sin sentir ni un ápice de alegría.

—Mi padre está en bancarrota... Lo ha vendido —dije cogiendo la bici y evitando rozar mis manos con las suyas. Thiago me miró serio—. El karma siempre vuelve... —dije encogiéndome de hombros.

Le di la espalda porque no quería que viera que la tristeza acudía para borrar la falsa tranquilidad que había intentado mantener en el coche.

Mi vida se iba a la mierda, pero... Era mi turno de asumir las consecuencias.

30

TAYLOR

Vi por la ventana de mi habitación que Kami se bajaba del coche de mi hermano. Sentí impotencia. Una impotencia real porque quería a Kami para mí y no podía entender cómo era posible que Thiago y Kami existiesen siquiera como posibilidad, pero... ¿Se creían de verdad que no me había dado cuenta de cómo se miraban? ¿De cómo a veces se buscaban irremediablemente el uno al otro con los ojos?

Desde que mi hermana había muerto, mi vida había girado en torno a ser el mejor en todo. El mejor en los estudios, el mejor en baloncesto, el hijo que hacía lo que se le pedía, el hijo que contentaba a todos, el que tenía más oportunidades, el que lo había superado antes que nadie, el que había seguido con su vida. El niño de todos y el niño de nadie...

Apreté el puño con fuerza.

Estaba cansado de ser el maldito niño que sonreía y aceptaba lo que se le imponía.

Sí, mi hermano había sacado la familia adelante. Sí, mi hermano nos salvó de aquel accidente. Sí, era consciente de la responsabilidad que se había autoimpuesto desde el instante en que nuestra hermana dejó de respirar. Pero estaba cansado de sentirme culpable. Culpable por lo que tenía, por lo que había conseguido. Culpable porque a mí sí se me permitió seguir con mi vida mientras que la de él quedó completamente destrozada...

Yo no tenía la culpa de eso.

Me fijé en que Kami dejaba la bici en el jardín y entraba en su casa. Me fijé en que su ropa y su pelo estaban empapados al igual que los de mi hermano...

¿Qué habrían estado haciendo?

Cerré los ojos con fuerza. No quería pensar en eso... Kami me había dicho que lo intentaríamos. Me había dicho que me quería, joder. Aunque seguía sintiendo ese «te quiero» de alguien que de verdad quiere a un amigo, no a un novio, a un amante, o a lo que quiera que fuésemos nosotros.

Todo estaba en el aire, pero yo confiaba en mi mejor amiga. Confiaba en que, cuando estábamos juntos, ella parecía más feliz. Confiaba en que juntos siempre habíamos conseguido superar todas las adversidades... o casi todas.

Escuché la puerta de abajo cerrarse y salí de la habitación de mi hermano.

Bajé las escaleras, y cuando llegué a mitad de camino, vi en sus ojos que me evitaba. Evitaba mirarme directamente porque sabía que había algo que no podía decirme...

Sentí algo muy feo en mi interior... Algo que no se debía sentir hacia un hermano... Algo que no debería estar ahí.

—¿Dónde está mamá? —me preguntó dejando la chaqueta en el perchero y acercándose a las escaleras.

—Ya sabes dónde está. —Noté la frialdad en mi voz.

Mi hermano pareció notarla también, pero decidió pasar ese detalle por alto.

—Tenemos que hacer algo... —dijo subiendo hasta alcanzar el rellano—. No puede seguir así...

—He intentado hablar con ella, pero no quiere saber nada de lo que le dijimos ayer...

Thiago cruzó el pasillo hasta la puerta del fondo, la misma que aún tenía los bloques rosas que formaban el nombre de Lucy... Abrió la puerta despacio y entró.

Lo seguí porque sabía que me necesitaría... Lo seguí, a pesar de que cada vez que ponía un pie en esa habitación se me rompía el corazón.

Mi madre estaba sentada en el suelo, apoyada contra la camita enana de mi hermana, una cama rosa que mi padre había mandado hacer especialmente para ella y que tenía forma de castillo... Fue la única manera con la que consiguieron que saliera de la cuna...

Sus juguetes seguían exactamente igual que ocho años atrás. Antes de la fiesta, mi hermana había estado jugando con sus tacitas de té y estas seguían en el suelo, igual que ella las había distribuido para darle de comer a todos sus peluches, que seguían sentados en torno a su pequeña mesa de madera, aguardando a que su dueña volviera para reponerles las tacitas vacías con té de mentira... Una dueña que ya no volvería jamás.

Su pijama estaba entre las manos de mi madre, que seguía oliéndolo a pesar de que los años ya habían dejado simplemente el olor a polvo en la tela celeste con puntitos.

Si cerraba los ojos, aún era capaz de verla bajar las escaleras, medio dormida, con su peluche preferido en una mano, el castor Otor, como ella lo llamaba y con la otra restregándose los ojitos para poder despertar del todo y empezar a jugar.

Cómo jugaba... y qué llena de vida estaba...

Podía verla acomodar sus tacitas de té y obligarnos a mi

hermano y a mí a acompañarla en sus infinitas meriendas... A mí me aburría sobremanera y me quejaba durante casi todo el rato que duraba aquello, mientras que Thiago aguantaba sin decir ni mu.

Lucy nos perseguía donde fuéramos y lloraba cuando mi madre no la dejaba venir con nosotros porque éramos unos cafres y terminaría haciéndose daño...

La habíamos querido con todo nuestro corazón.

Y la echábamos de menos todos los días, a todas horas.

Pero había que seguir adelante.

—Mamá —dijo Thiago sentándose a su lado, sobre la alfombra rosa que cubría el parqué y que mi padre había colocado para que Lucy jugara tranquila en el suelo y no le doliesen las rodillas—. Deberías comer algo...

Mi madre cerró los ojos y vi que las lágrimas volvían a caer por sus mejillas.

—Mamá. —Me senté a su otro lado y le pasé el brazo por los hombros. Cómo me dolía ver a la mujer que más quería sufrir de esa manera...—. Por favor, sal de aquí...

Negó con la cabeza, aferrada a su pijama.

—Mi niña... —dijo respirando hondo, buscando el aire que a veces le costaba hacer llegar a sus pulmones de lo grande que era su pena—. ¿Por qué tuvo que marcharse? ¿Por qué tuve que perderla?

Ninguno de los dos teníamos respuesta a eso. Eran preguntas que todos nos hacíamos y que seguíamos sin entender del todo.

—Mamá, prometiste que guardaríamos todas sus cosas... Lo prometiste —dijo Thiago muy serio. A veces me sorprendía que pareciera saber cómo hablarle a nuestra madre. Podía pasar de la dulzura a la exigencia sin pestañear—. La condición de volver a Carsville era empezar de cero de verdad... Dejar todo esto atrás...

—Lo sé... —dijo después de un rato poniéndose de pie.

Nos miró a los dos y se limpió las lágrimas.

—Sois lo más bonito de mi vida... —dijo sonriendo con tristeza, pero al menos sonriendo—. Os quiero más de lo que os podéis imaginar... Mañana sacaremos las cosas de la habitación y las donaremos a la iglesia como dijimos que haríamos... Pero hoy dejadme que llore su ausencia... Hoy le estaría preparando una tarta de cumpleaños con dos velas en vez de una...

Sentí dolor en el corazón y visualicé lo que mi madre decía.

Lucy con doce años... Lucy con su pelo rubio y rizado peinado hacia atrás o con trenzas, como a ella le gustaba... Lucy bajando medio dormida las escaleras... Lucy soplando las velas y luego abriendo sus regalos...

Me puse de pie y, al pasar por su lado, la besé en lo alto de la cabeza.

—Como tú quieras, mamá. —Salí de la habitación de mi hermana..., no sin antes coger la tacita de porcelana en la que Lucy había pintado mi nombre con torpeza...

Eso... eso me lo quedaba para mí.

Epílogo

THIAGO

El día siguiente fue duro... Tuvimos que empaquetar cada una de las cosas de mi hermana y guardarlas en cajas para decirles adiós. Mi madre se quedó algunas cosas, como su pijama, su peluche y seguramente otras cosas que guardaría en una caja para poder verlas siempre que se le hiciera insoportable echarla de menos.

Llevamos todo a la iglesia que estaba en la plaza central del pueblo y le dijimos adiós. Después, pasamos por el cementerio y le dejamos flores de colores sin poder ni siquiera hablar.

Cuando nos marchamos, me incliné y dejé una piruleta junto a las rosas.

—Para ti, Lu... —dije forzando una sonrisa—. Pero no te la comas hasta después de cenar.

Cerré los ojos y casi pude oírla reír como respuesta.

Nunca me había hecho caso... Siempre que le daba una piruleta y le decía eso, me prometía que no se la comería, pero cuando bajaba a cenar tenía toda la lengua manchada de rojo.

No me quedé mucho tiempo, necesitaba marcharme y alejarme unas horas, estar solo y pensar... Tal vez me quedaría el fin de semana en Falls Church o iría a visitar a algunos de mis antiguos colegas de la universidad. Cualquier cosa con tal de salir de Carsville.

Cuando me senté en el coche después de despedirme de mi madre, miré hacia la casa de Kam.

Justo salía por la puerta y se acercaba hasta donde estaba mi hermano.

Se abrazaron y sentí una punzada en el corazón.

Sentí el papel arrugado de mi bolsillo, el mismo que le había quitado el día anterior en el castigo. Necesité volver a mirarlo... Como si no lo hubiese hecho ya montones de veces.

Alisé el papel y ahí estábamos los cuatro.

Taylor, Lucy, Kam y yo.

Era un dibujo de una foto que nos hicimos el día de su cumpleaños. Los cuatro sonreíamos felices y en él se veía que mis ojos buscaban los de Kam.

Ese día había planeado pedirle que fuera mi novia... Me

reí solo de pensarlo. Novios con trece y diez años... Hubiese sido divertido.

Pero eso ya había quedado en el olvido...

Puse el coche en marcha y los miré por última vez.

Mi hermano apenas se giró, pero ella sí que me buscó con la mirada.

«Espérame, Kam... Espérame y el año que viene estaremos juntos...».

Eso había sido lo que le había querido pedir cuando la dejé en su casa la noche anterior.

Pero ¿a quién quería engañar?

Mi hermano se merecía a la chica dulce, divertida, guapa, talentosa e increíblemente inteligente que vivía en la casa de enfrente... Y ella se lo merecía a él.

A mí ya no me quedaba nada bueno que ofrecerle. A mí... A mí ya no me quedaban fuerzas para poder luchar.

Agradecimientos

Y aquí estoy otra vez, con un libro nuevo, el primero de una trilogía, y me pregunto cómo he sido capaz de hacerlo. Si os contara todas las cosas que han pasado desde que este libro se empezó hasta este momento en que leéis los agradecimientos, no os lo creeríais. Empecé esta historia después de escribir *Culpa mía*, aún no sabía que iba a escribir otros dos libros más de esa saga, por lo que barajaba nuevas ideas y esta fue una de ellas. Kami, Taylor y Thiago llevaban muchos años esperando tener su momento y no puedo ser más feliz de que ahora vayan a tener un huequecito en vuestras estanterías.

He disfrutado mucho con esta historia, y lo sigo haciendo, porque ahora mismo estoy con la segunda parte y no aguanto las ganas de terminarla para leer vuestras reacciones, porque sé que me vais a odiar y amar al mismo tiempo.

Y aunque he pasado por mucho para poder tener esta novela terminada, nunca habría sido posible sin la ayuda y el trabajo excepcional por parte de mi grupo editorial. Nunca me cansaré de daros las gracias: Ada, Rosa, Manuel, Alba, Conxita, Camino, Karen, Aina, Ana y cualquiera que haya aportado su granito de arena para hacer de esta novela su mejor versión. ¡Miles y miles de gracias!

Gracias a mi familia, a mi madre, a mi padre, a mis hermanas, a mis primas, a mis abuelos... gracias por estar tan orgullosos de mí, gracias por leer las primeras versiones y por ser críticos, aunque os cueste ser imparciales.

Gracias, Bar, tu opinión siempre será la más importante, pero chisss, que nadie se entere.

Gracias a mis amigas, a todas ellas por proporcionarme distintas historias y por estar ahí siempre. Sois una fuente de inspiración inagotable.

Y, por último, gracias a ti, lector, por cederme algo tan irrecuperable y valioso como es tu tiempo. ¡Espero que hayas disfrutado y espero verte en el siguiente!